SEIN DER PFERDE

BARBARA SCHÖNHER

Verlag: BoD • Books on Demand GmbH, In de Tarpen 42,
22848 Norderstedt
Druck: Libri Plureos GmbH, Friedensallee 273, 22763
Hamburg
ISBN: 978-3-7597-7692-1

~

Sein der Pferde

~

Philosophische Selbstfindung mit Pferd

- oder:

Wie ich die Ewigkeit entdeckte,
meine Seele rettete und
den Sinn des Lebens spürte

~

Barbara Schönher

～

Für Sammy & Galante

～

Ich widme dieses Werk den Pferden:

Gefährten der Menschheit

Spiegel der Seele

Mittler zwischen den Welten

～

❧ I ❧

STADT DER PFERDE

2

ANIMA

❦ 3 ❦

SEIN DER PFERDE

4

SEELENREITEREI

5

DAS SEIN UND DAS LEBEN

STADT DER PFERDE

Erinnerung in den Knochen

~

Nebel lag über der Themse. Dichte Nebelschwaden
schwebten über den dunklen Wassern und erzeugten eine
mystische Atmosphäre. Die Stadt war still –
ungewöhnlich ruhig. Es war Sonntag, London schlief
noch. Der Fluss war ruhig und schwarz, und floss lautlos
stadtauswärts ins Meer hinaus. Über den schwarzen
Wassern ragte der Westminster Palace empor. Ein
dichter Nebelschleier verhüllte den Palast, nur hier und
da waren die Türme zu sehen. Für einen Augenblick war
der große Uhrturm, den die Londoner Big Ben nennen,
sichtbar. Das Zifferblatt zeigte sechs Uhr dreißig.

Ich lehnte an der Mauer der Flusspromenade gegenüber
des Westminster Palace und blickte gedankenversunken
über den nebelverhangenen Fluss. Die Atmosphäre an
diesem Novembermorgen war außergewöhnlich. Es war,
als stünde man am Fluss des Lebens der unablässig,
unaufhaltsam dahin strömte, während darüber
Gedankennebel und Gefühlswolken schwebten – und
hindurch erhaschte man hier und da einen Blick auf die
Geschichte der Menschen, die aus Steinen, Schweiß und
Vorstellungskraft dieses prächtige Gebäude erschaffen
hatten.

Regungslos stand ich schon eine Weile an der Mauer und
ließ diese Aussicht auf mich wirken. Auf einmal war es
mir, als ob ich in der Ferne ein leises Klipp-di-klapp-di-
klipp-di-klapp vernähme. Etwas regte sich tief in mir.

Dieser Rhythmus erweckte etwas. Ich spürte eine Resonanz in meinem Körper. Es war, als ob meine müden Knochen von innen heraus belebt würden.

Ich starrte zur Brücke. Es war mir, als wäre das Geräusch von dort hergekommen. Man konnte die Westminster Bridge erahnen, denn es ragten blassgrüne Straßenlaternen aus den Nebelschwaden, die gelbe Kreise in den dichten Nebel schienen. Ansonsten war nichts zu sehen. Der Nebel war undurchsichtig. Nichts regte sich. Ich seufzte. Ich musste mich wohl verhört haben.

In dem Moment, als ich mich abwenden wollte, erschien ein weißes Pferd aus den sich lichtenden Nebelschwaden. Ich rieb mir die Augen und sah wieder hin. Ein weißer Pferdekopf mit dunklen Augen kam scheinbar aus dem Nichts. Es war keine Sinnestäuschung. Das weiße Pferd war echt. Ich war mir sicher. Nach und nach konnte ich das ganze Pferd erkennen. Gebannt schaute ich zu, wie das Pferd ruhig, gleichmäßig und rhythmisch über die Brücke schritt. Direkt daneben tauchte aus dem Nebel ein schwarzes Pferd auf. Im Gleichtakt schritten die Pferde ruhig und kraftvoll durch die Nebelschwaden über der Themse. Als sich der Nebel noch ein wenig lichtete, erkannte ich auch die Reiter der Pferde, die wie schwarze Schemen durch die Nebelschichten glitten. Es war eine berittene Polizeipatrouille.

Ich verharrte regungslos und beobachtete die Pferde und ihre Reiter, die so plötzlich wie sie aufgetaucht waren, wieder im Nebel versanken. Ich lauschte, als das gleichmäßige Hufgeklapper in der Ferne verschwand. Als es längst verklungen war, hallte das rhythmische

Geräusch noch immer in mir nach. Diese innere Resonanz meines Körpers war faszinierend. Lange nachdem die Pferde und die Reiter wieder von dichten Nebelschwaden verhüllt worden waren, stand ich noch immer bewegungslos da. Es war wie eine Erscheinung gewesen, als das weiße Pferd aus den weißen Nebelschleiern aufgetaucht war. Es hatte etwas in mir geweckt. Der Anblick der Pferde hatte mich erfasst, gefesselt, berührt und bewegt. Ich war im Bann der Pferde.

Der Rhythmus des Hufgeklappers hatte eine Erinnerung geweckt. Ich erinnerte mich. Mein Körper erinnerte sich. Etwas bewegte sich in der Tiefe. Etwas Altes war erwacht. Ich stand mitten in London an einer Mauer am Fluss und eine Flut an Erinnerungen überkam mich. Mein Körper erinnerte sich plötzlich wieder an das Gefühl zu reiten. Dieser Rhythmus, die dreidimensionale Bewegung, das Getragenwerden, der Einklang, das Einswerden, das Gefühl mit dem Pferd zusammenzuwachsen und sich wortlos verständigen zu können, das Schnauben, die großen Augen, der Geruch, das Gefühl eine Bindung eingegangen zu sein, die ein Leben lang hält und diese unfassbare Kraft der Pferde – an all das erinnerte sich mein Körper klar und deutlich. Es war fast so, als wäre ich eben erst vom Pferd gestiegen. Dabei war es Jahre her, seit ich das letzte Mal im Sattel gesessen hatte.

Die Kraft der Pferde – es ist die Kraft der Muskeln, des Körpers und zugleich die Kraft des starken, edelmütigen, großzügigen Charakters, die Pferde so besonders macht. Aber Pferde haben nicht bloß außergewöhnliche Kräfte, sie verleihen auch Kraft. Sie weckten Kräfte, von denen ich nicht einmal gewusst hatte, dass ich sie hatte. Ich erinnerte mich an die Kraft, die Pferde mir gaben. Ich spürte, dass ich diese Kraft noch immer besaß. Sogar jetzt noch – Jahre nach dem Tod meines Pferdes – spürte ich, dass die Kraft, die das Pferd erweckt hatte, in mir war. Es war die Kraft des Pferdes, die einem Menschen übermenschliche Kräfte verlieh. Eigentlich hatte ich das immer gewusst, gespürt und geglaubt. Aber in letzter Zeit hatte ich es wohl vergessen. Jetzt erinnerte sich mein Körper wieder an die Kraft des Pferdes, und dann auch mein Geist. Etwas war wiedererwacht.

Auf einmal sehnte ich mich nach Pferden und diesem einzigartigen Gefühl, das Pferde umgab. Wenn man einmal im Bann der Pferde war, dann kam man nie mehr von ihnen los. Viele Menschen waren von Geburt an, seit ihrer frühesten Kindheit ein Leben lang im Bann der Pferde. So wie ich. Man konnte ohne Pferd leben, aber man war ihnen trotzdem verbunden. Plötzlich wurde mir klar, wie schmerzlich ich Pferde in meinem Leben vermisste. Ich ahnte, dass das Leben zu lang war, um es ohne Pferd zu leben.

Was war es, was Pferde mit Menschen machten, dass sie nie wieder von ihnen loskamen?

Es war zu jener Zeit – meiner pferdelosen Zeit in London – als ich mich mit der Frage zu beschäftigen begann, was es denn eigentlich war, was Menschen in den Bann der Pferde zog. Ich fragte mich, warum ich nicht von den Pferden loskam, warum sie mich nicht losließen, warum sie mir immer wieder begegneten, warum sie in meinen Träumen erschienen.

Jahre war es her, seit mein Pferd gestorben war. Seither lebte ich völlig ohne Kontakt zu Pferden. Trotzdem galoppierten sie durch meine Träume. Sie erschienen in meinem Bewusstsein – ohne Vorwarnung, wie das weiße Pferd im Nebel.

Es dämmerte mir, dass ein Leben ohne Pferd nicht für mich bestimmt war.

Pferde im Bewusstsein

~

Ich schlenderte gedankenversunken die Flusspromenade entlang. Irgendwo zwischen der Westminster Bridge und der Vauxhall Bridge setzte ich mich auf die Mauer am Fluss. Ich starrte auf das dunkle Wasser. Das Wasser strömte unablässig Richtung Meer. Ebbe hatte eingesetzt. Noch stand das Wasser bis hoch an die Flussmauern. Im dichten Nebel wirkte die Stadt anders als sonst. Das London, das sich shiny, rich und smart als Business und Banking Capital präsentierte, war einem mystischen London gewichen, geschichtsträchtig und doch von natürlichen Prozessen bestimmt – Nebel, Gezeiten, Pferde – mitten in der Großstadt. Wenn man an der Themse stand, konnte man spüren, dass sich hier Kulturgeschichte und Naturgewalten trafen. Ich mochte das Ambiente. Ich fühlte mich bewegt, wie das Wasser der Themse bei einsetzender Ebbe. Eine Weile lang saß ich einfach da.

Als ich wieder auf das dunkle Wasser des Flusses blickte, erspähte ich etwas Weißes in den Fluten. Da musste etwas im Wasser sein, das jetzt langsam zum Vorschein kam. Seltsam, was konnte das sein? Ich starrte auf das weiße Etwas im Fluss, aber egal, wie sehr ich auch versuchte, zu erkennen, was es war, es offenbarte sich mir nicht. Als ich einen Polizisten erspähte, sprach ich ihn auf das weiße Etwas im Fluss an. Er erwiderte: „Keine Sorge. Das ist Kunst. Lassen Sie sich überraschen."

Als ich einige Zeit später wieder an der Stelle vorüber kam, wo ich vor ein paar Tagen das weiße Etwas erspäht hatte, hielt ich an. In der Zwischenzeit ragten Köpfe – Menschenköpfe und pferdeartige Köpfe – aus dem Wasser des Flusses. Es waren Skulpturen von Pferden und Reitern, die aus den Fluten auftauchten. Ich sah gebannt auf das Wasser. Ich konnte mich nicht losreißen. Ich stand eine ganze Weile so da und sah dem Wasser zu, wie es stadtauswärts Richtung Meer floss und Millimeter für Millimeter den Blick auf die Unterwasserstatuen frei gab.

Mit dem Wandel der Gezeiten leerte sich das Flussbett allmählich, bis die Steinstrände zu beiden Seiten des Flussufers zu sehen waren und die Themse nur noch ein Rinnsal war. Dann erinnerte nichts mehr an einen tiefen Fluss, auf dem Schiffe vom Meer hinauf bis nach London und weiter nach Oxford fahren konnten. Jetzt war Ebbe und am Ufer der South Bank mitten in London standen vier lebensgroße Statuen von Pferden mit Reitern auf ihrem Rücken. Große weiße Pferde standen am Flussufer, im Hintergrund der Westminster Palace, Big Ben, die Westminster Bridge, das London Eye und daneben das MI6. Es war eine beeindruckende Kunstinstallation. Diese weißen Pferde mit ihren Reitern, die aus dem Wasser des Flusses auftauchten, verfehlten ihre Wirkung nicht.

Als ich später bei Flut wieder an der Stelle vorbeikam, sah ich, wie die weißen Pferde mit ihren Reitern allmählich in den Fluten untergingen. Das Wasser stand den Pferden schon bis zum Hals. Das Wasser war aufgewühlt, dunkel, braun, grau, fast schwarz und es verschlang alles, was ihm im Weg stand. Eine Weile lang sah ich zu wie die Statuen der Pferde und Reiter allmählich im schwarzen Wasser untergingen. Ich fühlte mich auf eigenartige Weise berührt. Plötzlich wurde mir bewusst, dass das, was ich gerade mit ansah, eine Analogie zum Verschwinden der Partnerschaft von Mensch und Pferd aus der Stadt war.

Diese Installation, diese Skulpturen symbolisierten für mich das Bewusstsein der Stadt und der Menschheit. Was auch immer der Künstler sich dabei gedacht hatte, für mich symbolisierten die Statuen der Pferde mit den Menschen auf ihrem Rücken, die bei Flut im Wasser des Flusses untergingen, das Verschwinden der Mensch-Pferd-Partnerschaft aus der Gesellschaft. Wenn die Flut kam versenkten die schwarzen Wasser der Themse die Mensch-Pferd-Statuen. Sie verschwanden nach und nach im Wasser, bis sie gänzlich aus dem Stadtbild und aus dem Bewusstsein der städtischen Menschen verschwunden waren.

Aber die Gezeiten sind ein ewiger Kreislauf von Ebbe und Flut, und so, wie die Pferde verschwunden waren, tauchten sie auch wieder auf. Erst sah man nur die Köpfe aus dem Wasser ragen, dann die Körper und schließlich standen wieder große weiße Pferde mit Reitern am Flussbett der Themse mitten in London.

Diese Dimension des Verschwindens der Mensch-Pferd-Beziehung wurde meiner Ansicht nach durch diese Kunstinstallation dargestellt, wenn auch unbewusst. Damit zeigte die Kunstinstallation, dass Pferde noch immer im kollektiven Unbewussten der Menschen verankert waren. Pferde standen im tiefen Wasser des menschlichen Bewusstseins und tauchten immer wieder auf.

Die Pferde in meinem Bewusstsein waren wie die Statuen im Fluss. Mit dem Wandel der Gezeiten tauchten die Pferde im Bewusstsein der Stadt auf und verschwanden dann wieder im dunklen Wasser der Themse.

Als eine Welle schwarzen Wassers über die Köpfe der Pferd-Reiter Statuen schwappte und diese untergehen ließ, durchfuhr mich ein Schrecken. Ich hatte einen Kloß im Hals. Ich starrte auf das schwarze Wasser. Die Pferde und Reiter waren verschwunden, versunken, untergegangen in den Fluten. Ich sah nichts als schwarzes Wasser und hatte plötzlich eine Eingebung, die in meinem Inneren empor stieg. Das, was ich gerade mit ansah, war das Sinnbild meiner Seele. Dort waren früher auch Mensch und Pferd gemeinsam am Strand am Fluss des Lebens gestanden. Dann war der Tod gekommen und hatte mein Pferd mit sich gerissen, so wie die schwarzen Fluten die Pferde untergehen ließen. Seither war nur noch schwarzes Wasser, wo einst ein Strand am Fluss des Lebens war.

Mir wurde mit einem Mal klar, dass mit dem Tod meines Pferdes die Mensch-Pferd-Partnerschaft auch aus meinem Leben verschwunden war. Da stand ich nun – in London, einer Großstadt, fern von zuhause, ganz alleine, ohne Pferd. Ich war zu einer Städterin geworden, zu einem pferdelosen Menschen. Ich wusste, dass Pferde meiner Seele guttaten. Dennoch machte ich einen großen Bogen um sie. Das Schmerzgedächtnis erinnerte sich noch zu gut daran, wie weh es getan hatte, als mein

Pferd starb. Wahrscheinlich war das der Grund, weshalb ich Pferde mied. Aber sogar hier – in der Großstadt – waren Pferde. Ausgerechnet in London holten mich die Pferde wieder ein und drangen erneut in mein Bewusstsein.

Ich fragte mich, ob ich mich von dem Schrecken, dem Schock, dem Trauma des Todes meines Pferdes je erholen würde. Ich fragte mich, ob ich mich jemals wieder auf Pferde einlassen konnte? Ob ich vielleicht deshalb so verloren war, weil ich nicht wirklich ich selbst war, wenn ich ein Leben ohne Pferd lebte?

Dunkelgraue Wolken türmten sich am Himmel. Nebelschwaden zogen über das dunkle Wasser. Es begann zu regnen. Erst nieselte es, dann begann es allmählich kräftig zu schütten. Ich stand wie angewurzelt da und starrte gebannt auf das schwarze Wasser. Ich starrte auf die Stelle, der meine Erkenntnis entsprungen war, so als ob ich hoffte, dass ich noch eine Eingebung aus dem schwarzen Wasser holen könnte. Aber das war alles. Es war bitter. An diesem Tag gestand ich mir selbst ein, dass ich Pferde in meinem Leben brauchte, dass ich mein Trauma noch längst nicht überwunden hatte, dass ich mir selbst im Weg stand. Auf einmal hatte ich das eigenartige Gefühl, dass ich eigentlich nicht wirklich wusste, warum ich hier war und was ich hier machte. Vielleicht war ich hier, weil ich vor meinen Albträumen geflüchtet war? In London konnte man sich gut ablenken. Vielleicht war ich hier, weil ich etwas suchte – etwas, von dem ich nicht wirklich wusste, was es war? Jetzt durchstöberte ich die Bibliotheken Londons und suchte, ohne zu wissen, was ich suchte.

Als ich am nächsten Tag an der Themse entlang radelte, tauchten Pferde und Reiter wieder aus dem Wasser des Flusses auf. Die Sonne schien und die Wasseroberfläche glitzerte. Die Gezeiten waren ein ewiger Kreislauf. So wie gestern Verzweiflung über mich gekommen war, stieg heute wieder Hoffnung in mir auf. Ich lächelte wissend, als ich den Fluss entlang radelte. Ich hatte das Gefühl, dass auch in meinem Leben wieder ein Pferd auftauchen würde.

Pakt der Pferde

~

In London steht an jeder Ecke eine Pferdestatue, Polizeipferde schreiten durch die Stadt, die Horseguards reiten durch den Park und stehen vor dem Tor des Palasts Wache, überall ist das Symbol des Pferdes oder des Einhorns oder des Pegasus auf Flaggen, Wappen und Schildern zu sehen. Ich begegnete Pferden überall. Eigentlich war es nicht verwunderlich, dass mir die Pferde nicht aus dem Sinn gingen, wenn es so viele Pferde im Bewusstsein der Stadt gab. Wie konnten sie da nicht auch im Bewusstsein der Menschen auftauchen?

Die Geschichte von Mensch und Pferd ist untrennbar miteinander verbunden. Das Pferd war über Jahrtausende hinweg der wichtigste und engste Gefährte des Menschen. Das Pferd hat für die Menschheit alles gegeben. Pferde haben Kutschen gezogen, Felder gepflügt, Vieh gehütet, Wild gejagt, Wasser und Holz getragen. Das Pferd hat die Grundversorgung der Menschen garantiert, Lebensmittel- und Wasserversorgung sicher gestellt, Beschaffung von Heiz- und Baumaterial ermöglicht, es hat Fortbewegung in einer neuen Dimension erlaubt. Das Pferd hat bei allem geholfen, bei der Ernte, beim Bau von Häusern und Straßen, beim Reisen, Transport und Überbringen von Nachrichten, im Krieg. Es hat all die Arbeit gemacht, für die der Mensch nicht die nötige Kraft, Schnelligkeit und Ausdauer hat. Pferde sind mit den Menschen tagtäglich zur Arbeit gegangen, haben Menschen auf die Jagd begleitet, sind mit den Menschen in Kriege gezogen, haben an der Seite der Menschen gekämpft und sind für die Menschen auf dem Schlachtfeld gestorben.

Das Pferd war der wichtigste Gehilfe der Menschen und hat zum Wohlstand der Menschheit mehr beigetragen als irgendetwas oder irgendjemand sonst. Das Pferd hat mehr aus dem Menschen gemacht, als er selbst war. Mit Hilfe des Pferdes haben Menschen mehr als Menschenmögliches geschafft. Mit dem Pferd hat der Mensch die Welt erobert. Mit dem Pferd hat der Mensch die Welt verändert. Mit dem Pferd hat die Menschheit Geschichte geschrieben.

Die Partnerschaft von Mensch und Pferd hat es der Menschheit ermöglicht, sich weit über die eigenen Fähigkeiten hinaus zu entwickeln. Es gab nichts, was einem Menschen mehr Macht verlieh als ein gutes Pferd. Darum wurde das Pferd in vielen Kulturen weltweit verehrt. Die Verehrung des Pferdes begann in frühzeitlichen Steppen. Bis heute finden sich in nahezu jeder Zivilisation Symbole für die Verehrung der Pferde. Früher haben die Menschen Pferde an die Wände von Höhlen gemalt. Dann haben die Menschen Statuen von Pferden gemacht. Die Statuen von Mensch und Pferd in jeder Stadt sind Denkmäler, die die gemeinsame Geschichte von Mensch und Pferd in Stein meißeln und verewigen. Es sind Erinnerungen an die bedeutsamste Inter-Spezies-Partnerschaft der Geschichte der Menschheit. Die Menschheitsgeschichte war in Wirklichkeit eine Geschichte der Co-Evolution von Menschen und Pferden.

Wenn man durch London wanderte, sah man viele

Denkmäler, die Zeugnis dieser nach und nach in Vergessenheit geratenen, gemeinsamen Geschichte von Mensch und Pferd waren. Die Pferd-Reiter-Statuen erinnerten daran, dass das Pferd das Fundament der Menschheitsgeschichte war. Ich ging am Westminster Palace entlang und entdeckte die Statue von Richard I, König von England hoch zu Ross. Ich spazierte weiter durch die Stadt. Auf der Westminster Bridge blieb ich stehen und betrachtete die sich aufbäumenden Pferde, die auf einem Brückenpfeiler in den Himmel ragten. Direkt vor dem Westminster Palace steht dieses Denkmal einer keltischen Königin. Feurige Pferde zogen ihren Streitwagen. Die Königin und Heerführerin hatte einen Aufstand gegen die römische Besatzung geführt. Sie stand auf dem Streitwagen, beide Arme erhoben, den Speer in der Hand. Die Pferde bäumten sich auf den Hinterbeinen auf. Die steigenden Pferde vor dem Streitwagen verliehen der Statue der Königin eindrucksvolle Kraft, die ihre eigene bei weitem überstieg. Dieses Bildnis einer Frau auf dem Streitwagen, gezogen von sich aufbäumenden, ungezäumten Pferden war eindrucksvoll.

Auf dem Weg von Whitehall zum Trafalgar Square gab es einige Pferd-Reiter-Statuen. Ich ging jeder davon im Internet nach. Da waren Prinz George, Duke of Cambrige; Feldmarschall Garnet Wolseley; und Feldmarschall Frederick Roberts. Am Trafalgar Square findet sich eine Pferd-Reiter Statue von George III und Charles I, im St. James Park Edward VII hoch zu Ross, am St. James Square war William III auf seinem Pferd. Ich betrachtete jede Pferdestatue, wanderte dann weiter und hatte die Erkenntnis, dass die zahlreichen

Pferdestatuen Londons Zeugnisse der gemeinsamen Geschichte der Menschen und der Pferde waren. Die Geschichte der Menschheit war von Pferdehufen getragen und vom Pferderücken aus geschrieben worden.

Lange Zeit war das tagtägliche Leben fest vom Zusammenleben mit Pferden bestimmt. Pferde lebten Seite an Seite mit Menschen. Jeder Feldherr, der siegreich aus einer Schlacht zurückkehrte, wusste, dass er den Sieg und sein eigenes Überleben zu einem guten Teil seinem Pferd zu verdanken hatte, das mit ihm in die Schlacht gezogen war und ihn nicht im Stich gelassen hatte. Jeder Feldherr, jeder König, jeder Kaiser ließ sich ein Denkmal errichten, von sich und seinem Pferd. Die Menschen wussten damals, wie viel sie den Pferden verdankten.

Dann kam eine Zeit, in der Maschinen und technische Entwicklungen nach und nach die Leistungen der Pferde übernahmen. Autos übernehmen den Transport, das Internet die Nachrichtenüberbringung, Traktoren arbeiten in der Landwirtschaft und Panzer fahren in den Krieg. Die Menschheit hatte ein kurzes Gedächtnis. Schnell vergaßen die Menschen, auf wessen Rücken der Fortschritt der Menschheit einst stattfand und von welchen Hufen die Menschheitsgeschichte getragen worden war.

Wie genau es vonstatten gegangen war, dass Menschen begannen Pferde zu reiten, war wissenschaftlich nicht geklärt. Für mich war es jedoch völlig klar, wie es begonnen haben musste. Eine Frau fand ein Fohlen, das bei seiner toten Mutterstute stand. Die Frau empfand Mitleid für das Fohlen und beschloss, es zu adoptieren.

Das Fohlen fasste Vertrauen zu der Frau und folgte ihr nach Hause. Die Frau zog das Fohlen auf. Es wurde zum Pferd und treuen Gefährten. Eines Tages passierte es im Spiel, sie kletterte auf den Rücken des Pferdes und ritt mit ihm über das weite Land. Die anderen Menschen bewunderten und beneideten sie. Auf einmal hatte die Frau übermenschliche Kräfte bekommen. Sie konnte über das Land fliegen und wurde von ihrem Pferd getragen. Sie war stärker, schneller und ausdauernder durch die Kraft des Pferdes. Da wollten die anderen Menschen auch Pferde und so begann die Domestikation.

Der Pakt zwischen Mensch und Pferd veränderte den Lauf der Geschichte – Menschen und Pferde schrieben gemeinsam Geschichte, Mensch und Pferd entwickelten sich gemeinsam, miteinander, beschritten einen gemeinsamen Pfad. Obwohl das Pferd mittlerweile als Arbeitstier in den meisten Ländern Europas ausgedient hatte und die Haltung von Pferden aufwendig und kostspielig war, gab es heute noch geschätzte sieben Millionen Pferde in Europa.[1] Menschen hielten sich immer noch Pferde. Es gab Menschen, die dem Pakt treu blieben.

Vor dem Tor von Horse Guards standen die Lifeguards der Queen, die Leibwache der Königin. Es waren berittene Soldaten. Sie saßen bewegungslos auf dem Rücken ihrer Pferde. Die Pferde standen still wie Statuen. Die Reiter wirkten wie versteinert, wie lebendige Pferd-Reiter Statuen. Die Pferde waren schwarz und glänzten wie poliert. Das Fell, die Hufe, das Zaumzeug, alles blitzblank. Die Queen – Königin

Elisabeth II – war eine Reiterin und ritt im Alter von 90 Jahren noch täglich. Sie kultivierte die Reitertradition und unterhielt eine Leibgarde, die selbstverständlich beritten war, wie sich das seit eh und je gehörte. Beim Wechsel der Wachen konnte man die Leibgarde zu Pferd bei Horse Guards Parade bestaunen. Es ist ein Spektakel, das tagtäglich stattfindet. Im St. James Park beobachtete ich den Wachenwechsel. Es kam mir vor, als lebte ich zu einer Zeit, in der das Pferd noch fester Bestandteil der Kultur war. In London wurde diese Tradition gepflegt. Es war eine lebendige Erinnerung an die gemeinsame Geschichte von Mensch und Pferd, durch die Menschen und Pferde untrennbar miteinander verbunden waren.

Die Königin stand zum Pakt der Pferde. Es war ein Pakt fürs Leben. Das war mir klar. Auch ich gehörte diesem Bündnis an. Auch ich würde zu dem Pakt stehen. Das beschloss ich in eben diesem Moment. Es war an der Zeit für mich, dass ich mich den Pferden wieder öffnete.

Die Pferdestatuen, die ich an jeder Ecke in London sah, waren Boten. Sie überbrachten mir die Botschaft, dass Mensch und Pferd zusammengehörten, dass Pferdemenschen immer Pferdemenschen blieben. Sie verkündeten lautlos den Ruf der Pferde. Sie erinnerten mich daran, wer ich eigentlich wirklich war. Ich war einer jener Menschen, deren Geschichte, Gegenwart und Zukunft untrennbar mit der der Pferde verbunden war. Ich hatte die Botschaft der Pferdestatuen entschlüsselt. Sie zwangen mich zur Besinnung. Ich musste mich dem stellen, was sich immer wieder in mein Bewusstsein drängte. Ich wusste, dass ich dem Ruf Folge leisten musste, wenn ich zu mir selbst finden wollte. Der Ruf der Pferde erreichte mich selbst hier in London.

Ich war eine Pferdefrau. Es war meine Bestimmung und sie war in Bronze gegossen, wie die Statuen von Londons Pferden.

Denkkrank

~

„Was ist dein Beitrag zum Wissen?" Die Frage des Professors hing wie Damokles' Schwert über meinem Kopf. Nur ein Rosshaar hinderte das Schwert am Fall. Mein Leben hing an einem Rosshaar. Ich musste endlich eine Antwort finden. Die Zeit drängte. Das Geld war aus. Das letzte zulässige Einreichdatum rückte täglich näher. Ich musste meine Dissertation so bald wie möglich einreichen. Aber mittlerweile hatte ich so viel gelesen und so lange nachgedacht, dass ich überhaupt nicht mehr wusste, was ich wusste – geschweige denn, welchen Beitrag ich leisten wollte oder konnte. Ich wusste eigentlich nicht einmal mehr, was ich hier überhaupt machte. Warum war ich hier hergekommen?

Ich hatte das Gefühl, dass ich vor lauter lesen, lernen, studieren, forschen, denken, analysieren mich selbst verloren hatte und keine Ahnung mehr hatte, wer ich eigentlich war. Hatte ich mich verirrt? War ich hier gestrandet am Strand Campus des King's College London? So in etwa fühlte ich mich – wie eine Wissenschafterin, die jahrelang über weites offenes Meer gesegelt war, getrieben von Wissensdurst und Selbstfindungsdrang. Aber die Suche nach neuen Ufern war ergebnislos verlaufen. Das Boot war im Sturm zerschellt und ich war an eine Holzlatte geklammert am Strand angeschwemmt worden. Ich war eine Schiffbrüchige. Mein Boot war im Meer des Wissens untergegangen.

„Was ist dein Beitrag zum Wissen?" Der Professor hatte gesagt, es gehe darum, einen Beitrag zum Wissensschatz zu leisten, darauf aufzubauen, was andere Wissenschafter geschrieben hatten. Ich müsse meinen eigenen Beitrag leisten. Es sollte etwas Neues sein, etwas, was noch keiner vorher gemacht hatte. Aber wie sollte ich einen Beitrag zum Wissensschatz leisten, wenn ich nicht einmal wusste, was ich wusste oder glaubte? Wie konnte ich wissen, ob es neu war? Es war unmöglich, alles zu lesen, was schon geschrieben worden war. Und überhaupt, kann man Wissen erzeugen, wenn man nicht weiß, wer man ist? Ist Wissen entkoppelt vom Sein? Gibt es reines Wissen, das nur dem Verstand und der Logik entspringt – oder bestimmt das Sein, was wir denken, glauben, fühlen? Bestimmt unser Wissen, wer wir sind oder definiert das Sein alles, was wir sind? Fragen über Fragen – die Gedanken drehten sich endlos im Kreis.

Seit Wochen litt ich an einer Schreibblockade und brachte kein Wort zu Papier. Ich war unter Druck, in finanzieller Bedrängnis, in Zeitnot, aber ich litt auch unter selbstgemachter Belastung aus Perfektionismus und dem Wunsch, etwas Gutes zu schreiben. Versagensangst und Selbstzweifel lasteten schwer auf mir. Die Zeit für das Doktoratsprogramm war begrenzt. Wem es nicht gelang, die Doktorarbeit fristgerecht fertig zu stellen, der flog einfach so von der Universität – ohne Abschluss, ohne Titel im Sack, aber mit den gesamten Schulden des Studienkredits im Gepäck. Dann wäre alles vergeudete Zeit und verschwendetes Geld gewesen und würde nur eine große Lücke im Lebenslauf und ein tiefes Loch im Bankkonto hinterlassen. Je mehr ich daran dachte, desto mehr wuchs meine Angst zu versagen und umso größer wurde die Anspannung, die mich nachts nicht schlafen ließ. Ich war gelähmt vor Angst. Ich wusste nicht, wie ich meinen Schreibfluss wieder in Gang bringen konnte. Ich fühlte mich verloren. Ich war an dem Punkt, an dem ich mir selbst eingestand, dass ich auf meiner Irrfahrt gestrandet war. Da war ich nun – alleine, gestrandet in London, ohne Geld, ohne Plan, schlaflos, am Ende meiner Kräfte.

Auf der Suche nach Antworten und einem bestimmten Buch ging ich die Stufen bis zum obersten Stock des Gebäudes hinauf. Die Maughan Library ist ein schlossähnliches, großes, weitläufiges, verwinkeltes, altes Gebäude mit mehreren Türmen, vielen Treppen, zahlreichen Räumen und unzähligen Bücherregalen. Die vielen Räume waren voll mit Bücherregalen, die bis zur Decke reichten. Die Bücherregale waren mit Büchern prallvoll gefüllt. Das ganze Gebäude war vom Keller bis in die Turmspitzen voller Bücher. Die vielen, miteinander verbundenen Räume, die mit Bücherregalen verstellt waren, machten die Suche nach einem Buch zu einer Wanderung durch ein Labyrinth. Hier und da war einmal ein Schreibtisch. Manchmal ging man von Raum zu Raum und begegnete keiner Menschenseele. Dann wieder saß plötzlich irgendwo im entlegensten Winkel des Bücherlabyrinths ein Student vor seinen Büchern. Viele Räume hatten Galerien und Treppen, damit man zu den Büchern in den oberen Etagen gelangen konnte.

Mich faszinierte dieses Gebäude. So viel Wissen in einem einzigen Haus! Gleichzeitig symbolisierte es für mich das Labyrinth des Wissens wie nichts anderes. Hier konnte man sich auf der Suche nach seiner eigenen theoretischen Verortung hoffnungslos verirren.

Ich ging von einem Raum in den nächsten, wieder um die Ecke in einen weiteren Raum, dann eine kleine Treppe hinauf auf die Galerie. Immer weiter drang ich auf der Suche nach dem Buch in den entlegensten Winkel des Gebäudes vor. Ich folgte den angeschriebenen Nummern und tastete mich Raum für Raum, Regal für Regal, Reihe für Reihe und schließlich Rücken für Rücken an das gesuchte Buch heran. Die Zahlen auf den Buchrücken verrieten, dass ich immer näher kam. Ich ließ meine Finger über die Buchrücken gleiten und schließlich fand ich es. ‚Handbuch der Ontologie‘ stand auf dem Buchrücken. Ich nahm es heraus, und auch noch ein paar andere Bücher die daneben standen und interessant klangen, dann schleppte ich meine Beute zum nächstgelegenen Tisch. Dort setzte ich mich hin und begann zu lesen.

Als ich ein paar Stunden gelesen hatte und es draußen schon dunkel war, schaute ich auf. Da kam mir in den Sinn, dass man sich sogar Geschichten von PhD-Studenten erzählte, die sich so tief in der Maughan Library verlaufen – oder verlesen – hatten, dass sie den Weg heraus nie mehr fanden. Man sagte, dass es hier spukte. Ich hatte im Pub Ye Old Bank of England gehört, wie ein Lektor vom Philosophiedepartment den neuen PhD-Studenten solche Geschichten erzählt hatte. Es war wohl eine Warnung gewesen. Gewiss waren es die ruhelosen Seelen von PhD-Studenten, die sich in der Bibliothek verirrt hatten, die hier umher spukten. Sie hatten sich in Netzen von Theorie-Spinnereien verfangen. Schließlich hatten sie vor lauter Denken den Verstand verloren.

So fühlte es sich nun für mich an. Bei dem Versuch, mir Unmengen von Wissen anzueignen, unbewältigbare Stapel von Büchern zu lesen, Literatur zu recherchieren, zu erfassen und aus dem Gelernten reines Wissen zu erzeugen, das nur vom Verstand produziert wird, ausschließlich auf Argumenten und logischem Denken beruht, hatte ich irgendwie mich selbst verloren. Ich hatte mein Wohlbefinden verloren, Kopfschmerzen plagten mich, ich konnte meine Gedanken nicht mehr abstellen, ich war immer angespannt, ich konnte nicht mehr schlafen, obwohl ich so erschöpft war. Ich wusste, ich musste aus dieser Spirale aussteigen, sonst würde es ernsthafte gesundheitliche Folgen für mich haben.

Nur wie? Wie konnte ich mir selbst helfen? Wie konnte ich mich heilen? Wie konnte ich mein Wohlbefinden wieder erlangen? Wie konnte ich es schaffen, dass ich endlich wieder schlafen konnte?

Ich versuchte, mich zu erinnern, wie ich durch das Diplomarbeitschreiben gekommen war. Was hatte ich damals getan, wenn ich nicht mehr konnte, Kopfschmerzen hatte, Angstzustände oder Schlafstörungen?

Ich erinnerte mich, was mir früher immer geholfen hatte: ein Besuch beim Pferd.

Geflügelten Herzens

~

„Sammy," flüsterte ich. Das war der Name des Pferdes, der Stute, die mich von der Kindheit durch meine Jugendjahre bis ins junge Erwachsenenalter begleitet hatte. Sie hatte mir in allen Höhen und Tiefen des Lebens beigestanden, auch während der Zeit des Diplomarbeitschreibens. Wenn ich mich noch so verloren gefühlt hatte, am Ende meiner Kräfte völlig ausgebrannt gewesen war, wenn ich nicht weiter wusste oder konnte, wenn ich das Gefühl gehabt hatte, ich schaffte es nicht, dann war ich zum Pferd gefahren. Das Pferd hatte mich eine Runde durch den Wald getragen. Der Lebensmut und die Kraft des Pferdes taten mir gut. Ich wusste nicht wie und warum das geschah, aber es war für mich körperlich, geistig und seelisch heilsam, mit meinem Pferd lange Ausritte durch die Wälder und über weite Felder zu unternehmen. Sobald ich mit meinem Pferd umher streifte, hatte ich das Gefühl, dass mein Herz schwebte und in Glückseligkeit schwelgte. Wenn ich zurück war, merkte ich, dass ich wieder bei mir war. Ich war wieder bei Sinnen, bei Kräften, wenn ich vom Pferd abstieg, stand ich fest mit beiden Füßen auf dem Boden. Ich wusste nicht, wie das Pferd es schaffte, aber immer wenn ich mich verloren fühlte, brachte das Pferd mich wieder dahin zurück, wo ich sein sollte: zu mir selbst.

Das hatte ich damals gewusst. Aber wie das Pferd es machte, war mir rätselhaft. Früher hatte ich das auch nie hinterfragt. Das Pferd war immer da gewesen, seit ich ein Kind war. Wenn mir danach war, ging ich zum Pferd. Danach fühlte ich mich immer besser. Erst jetzt, als ich kein Pferd mehr hatte, begann ich mich mit dem Rätsel dahinter zu befassen.

Was war das Geheimnis der Pferde? Wie machten Pferde das, dass es mir besser ging, wenn ich bei ihnen gewesen war? Hatten Pferde wirklich Heilkräfte?

Als ich am nächsten Morgen aufwachte, sagte ich zu mir selbst: „Wake with a winged heart and give thanks for another day of loving." Es war ein guter Rat des Poeten Kahlil Gibran. Geflügelten Herzens zu erwachen war für mich das Lebensgefühl, das mir mein Pferd vermittelt hatte. Ich hatte meinem Pferd daher den Kosenamen „Winged Heart" verliehen, weil sie mich lehrte, geflügelten Herzens zu leben. Ich nahm mir vor, wieder zu versuchen nach dem Motto des Pferdes mit geflügeltem Herzen zu leben. Ich nahm mir außerdem vor, das Geheimnis zu lüften, und mich auf die Spur des Heilrezepts der Pferde zu machen.

Ich stand auf und begann den Tag mit dem Sonnengruß. Ich versuchte, das Gefühl zu aktivieren, das ich früher so oft gehabt hatte: Das Gefühl, dass mein Herz vor Freude mit den Flügeln schlug und abheben wollte. Lebensfreude und Liebe erweckten dieses Gefühl im Herzen. Ich hatte es verloren. War es mit meinem Pferd gestorben? Konnte ich es auferwecken?

Früher hatte ich dieses freudige Gefühl der Dankbarkeit für den Moment und der Liebe zum Leben oft gespürt. Das Gefühl hatte mich begleitet, wie mein Pferd mich durch das Leben begleitet hatte. Sammy, das Pferd mit dem geflügelten Herzen, hatte mir dieses Gefühl verliehen. Aber konnte ich auch lernen, ohne Pferd mit diesem Gefühl durchs Leben zu gehen? Konnte ich lernen, mich so zu fühlen – in London, für mich allein, weit weg von Familie, alten Freunden, Heimat, ohne Pferd? Ich musste hinter das Geheimrezept kommen.

„Wie lasse ich das Gefühl des geflügelten Herzen entstehen," fragte ich mich.

Als ich auf dem Weg zum College eine Flagge mit dem Wappen des Vereinigten Königreichs im Wind wehen sah, kam mir in den Sinn, dass es Legenden gab, über die Heilkraft des Einhorns. Es war überliefert, dass das Herz des Einhorns gegen viele Krankheiten heilsam war. Sagen erzählten, dass blutrünstige Menschen daher darauf aus gewesen waren, dem Einhorn das Herz aus dem Leib zu reißen. Es gab alte Darstellungen von der Einhornjagd. Aber eigentlich war auch altbekannt, dass Mythen nicht wörtlich zu verstehen waren, sondern stets als Gleichnis, das man im übertragenen Sinne deuten musste. Für mich war klar, dass das Einhorn für die Magie der Pferde stand – es war ein Pferd mit magischen Kräften. Die Heilkraft des Herzens des magischen Pferdes erhielt man meiner Ansicht nach nicht dadurch, dass man das Pferd tötete und ihm sein Herz herausriss und es auffraß, sondern indem man versuchte, mit dem lebendigen Pferd in Einklang zu sein und sein Herz für sich zu gewinnen. Wenn man das Herz eines Pferdes für sich gewann – mit Geduld, Aufrichtigkeit und Ehrlichkeit – dann entstand ein Gefühl von Liebe und Verbundenheit im Herzen, das heilsame Wirkung entfaltete. Die Legende von den

Heilkräften des Herzens des Einhorns war eine Allegorie für die Heilkraft des Herzens, der Liebe und des Mitfühlens. Es ging natürlich nicht um brutales Schlachten, Zerstückeln und Fressen. Ich wunderte mich über die Einfalt der Menschen. Für mich war es offensichtlich, was zu tun war. Es gab alte Darstellungen von einer jungen Frau und einem Einhorn, die in friedlicher Eintracht an einem Bach in einem Wald saßen. Der Mensch kam aber nicht auf die Idee, dass es dabei um eine Frau mit einem reinen Herzen gehen könnte, die das Vertrauen des Pferdes gewinnt, und so die heilsamen Kräfte des Herzens entdeckt. Nein, die Menschen wollten das Tier jagen, töten, ihm sein Herz herausschneiden, es fressen. Oder, wenn die Menschen auf die Idee kamen, es könnte doch allegorisch zu verstehen sein, dann hatte es etwas mit einer Jungfrau und Sexualität zu tun. Ich konnte nur den Kopf schütteln. Wieso verstanden manche Menschen nicht, worum es wirklich ging? Wieso war es für mich klar, dass es um die Ehrlichkeit des Herzens ging?

Vielleicht, weil ich es selbst erfahren hatte, dass es wahr war, was das englische Volk sagte: „Only the pure-hearted can ride the flying horse." Nur wer reinen Herzens ist, kann das fliegende Pferd reiten. Sammy war ein unzähmbares Pferd gewesen. Ich hatte die Lebens- und Leidensgeschichte des Pferdes erst später erfahren, als ich eine Frau kennenlernte, die das Pferd von früher kannte. Sie hatte erzählt, dass sie ein starkes, wildes Pferd gewesen sei, dass sie gebuckelt hatte und kein Mensch sich getraut hatte, sie zu reiten, dass ihr Sandsäcke auf den Rücken gebunden wurden und sie über Monate hinweg so lange longiert worden war, bis sie schließlich am Boden lag. Sie hatten mit allen Mitteln versucht, das Pferd zu brechen und reitbar zu machen. Irgendwann war es dann gelungen, das Pferd zu reiten. Aber es war nicht mehr das feurige Pferd, das es einst gewesen war. Es war ein Pferd, das keinerlei Lebensfreude zeigte, den Kopf hängen ließ und schließlich als untaugliches Sportpferd eingestuft wurde und als temperamentloses Freizeitpferd verkauft wurde.

Ich war noch ein Kind gewesen, als meine Mutter das Pferd gekauft hatte. Durch die ehrliche und aufrichtige Liebe einer Familie und eines Kindes hatte sich das gebrochene, depressive Pferd mit der Zeit wieder verwandelt – in ein temperamentvolles Pferd, das vor Lebenskraft nur so strotzte. Die Moral von der Geschichte war, dass man ein Pferd nicht mit Gewalt zu einem feurigen, freudigen Reitpferd machen konnte. Wer Gewalt am Pferd anwandte, brach es. Pferde, deren Herzen nicht ehrlich gewonnen worden waren, waren ausdruckslos, widerwillig oder willenlos und hatten leere Augen. Alles, was die Menschen an einem Pferd so faszinierte, verlor ein Pferd, dem Gewalt angetan wurde.

Ein geflügeltes Pferd konnte man nur haben, wenn man sein geflügeltes Herz gut behandelte und es für sich gewann. An die Heilkraft des Herzens des Einhorns konnte man auch nicht mit Gewalt kommen. Die junge Frau auf dem Bildnis machte vor, was zu tun war: Man setze sich auf die Wiese und warte, bis das Einhorn kommt. Man kann es nicht jagen, man muss warten, bis es selbst kommen will. Man kann die Heilkraft nicht aus ihm herausschneiden, man muss sich einlassen und warten, bis sie sich offenbart.

Heilsame Gegenwart der Pferde

~

Eine schmale Straße führte der Küste entlang hinauf auf Hügelkuppen, von wo aus man einen großartigen Ausblick hatte. Auf der einen Seite sah man über die Küste hinaus aufs Meer. Auf der anderen Seite breiteten sich grüne Hügel und weites offenes Land aus. Auf den Hügeln und an den steilen Hängen entlang der Küste waren überall braune Punkte zu sehen – die Exmoor Ponys.

Als ich schließlich auf einer Hügelkuppe anhielt, aus dem Auto stieg und in die Weite sah – über die grünen Hänge, an denen Pferde grasten, hinaus auf das weite Meer, bis zum Horizont, und darüber in den weiten Himmel – da merkte ich, dass es meinen Augen und meiner Seele guttat, in die Weite zu sehen und auch im Kopf löste sich etwas. Ich stand eine Weile lang einfach nur da, sah in die Weite und atmete tief die frische Luft ein. Ich spürte, wie sich meine Augen öffneten. Weitsicht spürte ich in den Augen, im Kopf und im Herzen. Die frische Luft tat der Lunge gut.

Meine Schwester war nach England zu Besuch gekommen und hatte mich in den Exmoor National Park entführt. Zum Glück! Ich konnte etwas frische Luft und Erholung gut gebrauchen. Zum Wandern war ich aber zu erschöpft. Darum schickte ich meine Schwester auf Expedition, während ich vorhatte nur ein paar Schritte zu gehen und mich zu erholen. Ich sah ihr nach, als sie loswanderte. Nach einer Weile beschloss ich, mich den Pferden zu nähern, die am Hang über der Meeresküste grasten.

Ich spazierte gemächlich in deren Richtung und achtete dabei darauf, mich nicht zielstrebig geradeaus auf die Herde zuzubewegen. Ich wollte die Pferde nicht in Unruhe versetzen. Ich schlenderte über die Wiese, sah mir die Gräser an, die da wuchsen, pflückte Blumen und sammelte Kräuter. So näherte ich mich langsam der Herde. In einiger Entfernung blieb ich stehen und setzte mich ins Gras. Ich beobachtete die Pferde beiläufig und war bemüht sie nicht anzustarren. Die Stuten hoben nur einmal kurz den Kopf, als ich näher kam, und grasten dann weiter. Die Fohlen spielten miteinander. Ein Hengst stand auf einer Anhöhe und wachte.

Ich saß einfach im Gras und ließ die Seele baumeln. Ich fühlte mich ausgelaugt und kraftlos vom Stress der letzten Zeit. Es war ein herrliches Gefühl, einfach nur sein zu können, ohne etwas zu müssen, ohne etwas zu wollen. Ich saß da und sah den Pferden beim Grasen zu. Die ruhige Präsenz der Pferde tat mir gut. Das gleichmäßige, rhythmische Rupfen grasender Pferde versetzte mich nach und nach in einen Zustand tiefer Entspannung.

Ich hörte das laute Schnauben der Pferde und seufzte tief. Ich atmete tief ein und aus und vertrieb mit jedem Atemzug Ängste, Stress und Sorgen aus meinem Inneren. Ich begann, wie die Pferde laut zu schnauben. Ich atmete tief ein und prustete die Luft aus meiner Lunge heraus. Es tat gut. Mit jedem Schnauben ließ ich los. Mit jedem Schnauben wich Anspannung aus mir. Es war als ob ich aus meinen Tiefen alles Belastende, das sich dort drinnen angesammelt hatte, hinaus schnaubte. Ich schnaubte mich frei. Es war wie eine innere Reinigung. Nachdem ich eine Weile lang geschnaubt hatte, fühlte ich mich erleichtert und befreit. Ich nahm mir vor diese Technik, die ich den Pferden abgeschaut hatte, von nun an öfter zu praktizieren und diese anzuwenden, wenn ich mich angespannt fühlte. Dann ließ ich mich rücklings ins Gras fallen. Ich schaute in den hellblauen Himmel, an dem Schäfchenwolken in riesigen Herden vorüber zogen. Ich schloss die Augen.

Als ich die Augen wieder aufmachte, dämmerte es und dicke, graue Wolken zogen über den Himmel. Ich blinzelte, setzte mich auf und sah mich um. Die Pferde standen jetzt nah beisammen. Einige Fohlen lagen im Gras und schliefen. Die Stuten dösten im Stehen. Ich stand langsam auf, streckte und räkelte mich. Ich verspürte ein Wohlgefühl, das meinen ganzen Körper erfüllte.

In diesem Moment hatte ich eine Erkenntnis: Die Gegenwart der Pferde ist heilsam. Wenn ich im Zustand des Gewahrseins bin – wie gerade eben in der Gegenwart der Pferde – dann hören die Gedanken auf zu rotieren, beruhigen sich und sind nur noch Schäfchenwolken am weiten Himmel. Angst löst sich auf, wenn ich in mich hinein spüre und wenn ich die Erde unter mir spüre. Spüren und Gewahrsein, Ganzheit und Einheit sind heilsam. In der Gegenwart der Pferde kann ich heil werden.

Meine Kopfschmerzen waren weg, die Angespanntheit war weg. Ich spürte, dass ich wieder bei mir war, im inneren Gleichgewicht, gänzlich in der Gegenwart, in einem gesunden Zustand. Wenn ich in der Gegenwart der Pferde geweilt hatte, fühlte ich mich danach ausgeglichen, zufrieden und gesund. Es brachte mich wieder ins Gleichgewicht. Wie durch ein Wunder verschwanden die Kopfschmerzen und mein nervöser Magen beruhigte sich. Bei Pferden zu sein war wie ein Reset-Knopf für mein Nervensystem. Danach war es wieder auf Normalbetrieb.

Als ich am Abend ins Bett fiel, schlief ich gleich ein. Ich schlief tief und fest zwölf Stunden durch. So lange und so gut hatte ich seit Monaten nicht geschlafen. Als ich aufwachte, fühlte ich mich wie neugeboren. Ich war geheilt, ich konnte endlich wieder schlafen. Für mich war eines sicher: Gewahrsein in der Gegenwart der Pferde ist heilsam für Menschen.

Ontologie und das Sein der Pferde

~

„Ontologie ist wichtig", hatte der Professor mit
Nachdruck gesagt und mich dabei eindringlich
angesehen. Das tat er sonst nie. Darum wusste ich, dass
es ihm wirklich wichtig war. Deshalb hatte ich mich
intensiv mit Ontologie befasst – der Philosophie des
Seins. Ich hatte in der vergangenen Zeit sehr viel gelesen
über Ontologie und über sämtliche Theorieschulen, die
sich damit befassten. Aber ich war mir nicht sicher, ob
ich wirklich alles verstanden hatte. Irgendwie hatte sich
mir auch die Frage aufgedrängt: Warum? Warum ist
Ontologie wichtig? Ich hatte es nicht verstanden.

Ich hatte in erster Linie das Gefühl, dass mich die
Ontologie in den Wahnsinn treiben würde. Ich war schon
völlig verwirrt vor lauter Denken. Was war meine
Ontologie und welcher Schule wollte ich angehören? Es
war mir mittels logisch-rationalen Denkens noch immer
nicht gelungen, meine Theorieschule zu finden. Es
mangelte mir – beziehungsweise meiner Doktorarbeit –
immer noch an theoretischer Verortung. Solange ich
mich nicht bekannte, würde ich auch mein
Theoriekapitel nicht schreiben können. Meine
ontologische Verwirrung war der Grund meiner
Schreibblockade und die Ursache meiner Schlaflosigkeit.

Aber durch meinen Besuch bei den Pferden wusste ich
jetzt plötzlich, warum die Philosophie des Seins wichtig
war. Ich hatte auf der Wiese bei den Pferden erfasst, was

ich zuvor durch viele Stunden des Denkens nicht wirklich verstanden hatte. Aber als ich erlebte, wie das Sein der Pferde mich heilte, als ich empfand, wie das Sein im Moment mir guttat, als ich spürte, dass ein Zustand, in dem die Gedanken aufhörten zu rotieren, meine Kopfschmerzen wegblies, da verstand ich körperlich, warum das Sein – und das Verständnis des Seins – wichtig war. Ich verstand es richtig – voll – ganz – durch und durch. Das Verständnis war tief, ich spürte es in meinem ganzen Sein. Ich wusste mit einem Mal, dass Spüren wichtig war. Ich wusste es nicht, weil ich es logisch, rational, hermeneutisch hergeleitet, herbeiphilosophiert, berechnet oder ausgedacht hatte, sondern ich wusste es, weil ich es gespürt hatte. Es war eine körperliche Erkenntnis gewesen.

Nachdem nun mein Nervensystem neu gestartet worden war und ich wieder schlafen konnte, die Migräne weggeblasen und meine permanente Anspannung einer Gelassenheit gewichen war, wusste ich plötzlich, dass die Lehre vom Sein wirklich eine der wichtigsten philosophischen Fragen war. Und ich wusste auch: Das Sein der Pferde ist heilsam. Präsentsein, gegenwärtig sein, spüren, Gespür, Gewahrsein, Ganzsein, Einssein mit der Gegenwart, mit sich selbst und allem, was lebt, das war in meinem Empfinden das Sein der Pferde. Ihr Sein tat mir gut. Ihr Sein war heilsam für mich.

Ich beschloss, in Zukunft öfter in der Gegenwart der Pferde zu verweilen und ihr Sein zu lernen. Einerseits war es wohltuend gewesen, andererseits war ich dadurch gänzlich unvermutet zu der wegweisenden Erkenntnis gelangt, die der Schlüssel zu meiner theoretischen

Verortung sein konnte. In der Gegenwart der Pferde waren meine Beschwerden geheilt worden und ich war einen Schritt weiter gekommen im Labyrinth der Philosophie.

Ich machte mich erneut auf die Suche nach einer passenden Theorieschule. Ich unternahm eine neue Expedition in die Maughan Library. Ich suchte nach dem Standort eines Buchs. Ich erklomm Treppenstufen, ging lange Gänge entlang, durchquerte mehrere Räume, stieg auf eine Galerie hinauf, wanderte an langen Bücherregalen entlang. Schließlich fand ich das gesuchte Buch an diesem abgelegenen Ort. Ich nahm es aus dem Regal. Es war ein Buch von Spinoza. Es war schwierig, zu lesen. Aber ich fand dadurch andere Bücher, die im selben Regal standen und da die Bücher nach Theorieschulen sortiert waren, führte mich dieses Buch zu einem theoretischen Zweig. Ich verbrachte einige Stunden damit, in verschiedene Werke hinein zu lesen. Ich suchte nach Büchern, Artikeln und Quellen, die diesen Theoriestrang aufgriffen und weiterentwickelten. Ich las mich immer weiter entlang an diesem konkreten Theoriestrang, las mich durch Bücher französischer Philosophen und schließlich stieß ich auf ein relativ aktuelles Buch aus England. Das Buch sprach mich an. Es war ein Gefühl, das mich dazu brachte, das Buch mitzunehmen, obwohl der Titel rein rational gesehen, nicht das Passende für mein Theoriekapitel zu sein schien. Ich nahm das Buch, packte meine Sachen und verließ die Bibliothek.

Es regnete. Ich ging Richtung Tube. Es war inzwischen dunkel geworden, und die vielen Lichter der Stadt wurden auf der nassen Straße gespiegelt. Ich stellte den Kragen meines Mantels hoch, setzte meinen Hut auf und ging zügig in Richtung der Station. Da fiel mein Blick auf einen Schriftzug. ‚Know thyself,' stand da an die Wand geschmiert – erkenne dich selbst! Plötzlich verstand ich, dass es in Wirklichkeit nur darum ging, wer ich selbst war, was meine Weltsicht war und wer ich sein wollte. Darum war ich hier. Ich war hier um mich mit der Lehre vom Sein zu befassen und herauszufinden, welches meine philosophische Gesinnung war. Ich war hier um meinen Beitrag zum Wissen zu leisten. Ich war hier, weil ich mich selbst verloren hatte und ich auf der Suche war – nach mir selbst und Antworten auf die Fragen des Seins.

Am nächsten Morgen wollte ich einen Spaziergang machen, bevor ich mich der Theorielektüre widmete. Ich brauchte Bewegung. Es war Samstag früh und der Wind peitschte den Regen durch die Stadt. Ich beschloss daher, meinen Spaziergang ins Trockene zu verlegen. Ich nahm den Bus zum Trafalgar Square und ging die Treppen hinauf zur National Gallery. Das Gebäude war weitläufig, man konnte hier lange spazieren gehen und der Eintritt war frei. Ich ging durch die Eingangshalle und wandte mich bei der ersten hohen Türe nach rechts und erblickte am Ende im entferntesten Raum durch die Glasscheiben der Türe das Gemälde eines fuchsfarbenen Pferdes. Ich ging durch die Türe und geradewegs durch mehrere Räume voller Gemälde hindurch, auf das Bild zu. Ich blieb vor dem Bild stehen und betrachtete es. Dann las ich die Beschreibung. Das Pferd hieß Whistlejacket und war das Lieblingspferd eines Adeligen gewesen – des Marquess von Rockingham. Es war ein Vollbluthengst, der dem Ideal dieses Pferdetyps entsprach. Sein Besitzer hatte ein lebensgroßes Gemälde von seinem Pferd malen lassen. Es war detailreich und lebendig gemalt, man konnte jedes Schweifhaar erkennen. Für mich war es ein weiterer Beweis dafür, dass Pferde einen hohen Stellenwert in der Geschichte der Menschen einnahmen – auch in der Kunst- und Kulturgeschichte. Für viele Menschen waren ihre Pferde Familienmitglieder. Ich stellte mir vor, dass in dem Anwesen des Marquess im großen Saal Gemälde seiner Vorfahren hingen und Gemälde seiner Lieblingspferde. Sie gehörten schließlich zum Familienclan.

Ich stand eine Weile vor dem Gemälde und betrachtete es. Dann setzte ich mich auf die Bank und begann in dem Buch zu blättern, das ich am Vortag in der Bibliothek gefunden hatte.

Es war ein Buch, in dem Beiträge verschiedener Akademiker gesammelt waren, die alle einer Schule angehörten, beziehungsweise verwandte Ansätze verwendeten und sich nahestehende Theorien verwendeten. Schon mit den ersten Worten zog mich das Geschriebene in seinen Bann. Ich las mit Staunen. Es war mir, als wäre ich nach einer langen Reise durch Wüsten und karges Land ohne irgendein Seelenfutter, ohne je einer verwandten Seele zu begegnen, plötzlich in ein fruchtbares Tal gelangt, in dem Seelennahrung an jedem Baum wuchs und ich Seelenverwandte traf. Es war, als wäre ich auf meiner Suche, auf meiner Reise durch unbekanntes Land, plötzlich in einer Stadt der Gleichgesinnten angekommen. Es gab sie, die Gleichgesinnten!

Sie lebten in dieser Welt. Aber sie waren im

Verborgenen. Im Fernsehen und den Tageszeitungen kamen sie eher nicht vor. Aber sie schrieben Bücher und Artikel. Wenn man einen Artikel gefunden hatte, der diese Weltsicht vertrat, dann fand man dadurch viele andere, denn jeder Artikel enthielt Quellen von anderen. Es war ein Netz gesponnen aus Zitaten und Verweisen, wie es das wissenschaftliche Schreiben verlangte. So kam man von einem Buch zum nächsten. Ich wurde aufgeregt und fuhr ins College, druckte Artikel aus, recherchierte im Internet. Ich machte eine Liste von Büchern, die ich ausleihen wollte, gleich am Montag, wenn die Bibliothek wieder aufmachte.

Montag früh fuhr ich in die Bibliothek. Ich nahm so viele Bücher mit, wie ich tragen konnte. Bepackt mit einem schweren Rucksack und zwei schweren Tragetaschen ging ich zum College und setzte mich im PhD-study-room vor meinen Computer. Ich verschaffte mir einen Überblick über die Bücher und Artikel. Dann las ich. Ich war vollkommen versunken in die Lektüre der gleichgesinnten Bücher.

Sie alle schrieben vom Sinn, von körperlicher Wahrnehmung, von unzertrennlicher Einheit geistiger und körperlicher Prozesse. Sie alle schrieben gegen den cartesianischen Dualismus an. Sie alle versuchten neue Wege zu beschreiten, Worte zu finden für eine Ontologie, die sich nicht nur auf die menschliche Vernunft beschränkte. Es ging ihnen darum, die Welt anders zu erfassen – eine Welt in der es Geist und Gespür gab, die eine Einheit waren – eine Welt in der Menschen ein Teil der Erde und der Natur waren, eine Welt, in der auch Tiere lebten, lernten, spürten, Sinne hatten. Es wurden neue Ontologien formuliert, es war die Rede von „natureculture", „multinatures", „more-than-human" und „posthuman geografies", „new materialism", „sensed practice", „embodied practice", „gespürter Erfahrung", „viszeraler Wahrnehmung", „somatic sensibilities".[1] Es wurde die Überlegenheit des Menschen hinterfragt, sowie das herrschende Weltbild und die Annahmen, auf denen es aufbaute. Es wurde der Mensch als Teil der Natur gedacht, er stand nicht über ihr, er stand in einer Reihe mit allen anderen Lebewesen des Ökosystems.

Mein Professor hatte recht: Ontologie ist wichtig. Die Lehre vom Sein wirkte sich auf das Sein aus. Deshalb war es mir wichtig, die Annahmen über das Sein zu verstehen, zu hinterfragen und gegebenenfalls neue Ontologien zu formulieren. Das hatte ich jetzt verstanden, nach der Lektüre der Bücher, die genau das taten. Es hielten sich hartnäckig Unwahrheiten, Ungereimtheiten und Ungerechtigkeiten in der herrschenden Weltsicht, die wissenschaftlich unhaltbar, philosophisch nicht schlüssig und ethisch nicht vertretbar waren. Das war nur deshalb möglich, weil sich der Großteil der Menschheit nie im Leben mit Fragen des Seins befasste. Die meisten Menschen waren ihr Leben lang zu beschäftigt, um sich der Philosophie des Seins zu widmen. Schon sonderbar, dachte ich, dass die Menschen sich weigerten, sich mit ihrer eigenen Existenz auseinanderzusetzen. Zu groß war die Angst vor der eigenen Endlichkeit. Die Sterblichkeit war die größte Angst der Menschen, aber auch die Frage nach dem Sinn und die Angst vor Sinnlosigkeit waren gefürchtet. Es schien einfacher, alle existenziellen Fragen auszublenden.

So lief man nicht Gefahr, auf Wahrheiten zu stoßen, die man nicht wahrhaben wollte. „Don't ask questions you don't want to know the answer to," sagte man hierzulande.

Die Lehre vom Sein ist wichtig. Das hatte ich an der Universität gelernt. Aber noch wichtiger als die Philosophie des Seins ist das Sein selbst. Das hatte ich auf einer Wiese bei den Pferden verstanden.

Demeters Fohlen

~

Ich war froh, endlich theoretisches Material gefunden zu haben, das meiner Gesinnung entsprach. Es gab genug davon – auch von renommierten Universitätsprofessoren – sodass es möglich sein würde, damit das theoretische Gerüst meiner PhD-These zu erstellen. Trotzdem war es eine Sache, passende Lektüre zur Verfügung zu haben, aber etwas anderes, die eigene theoretische Verankerung zu formulieren. Ich hatte sehr viel gelesen, viele Notizen gemacht, Zitate herausgeschrieben, die ich verwenden wollte, Ideen notiert, aber ein Theoriekapitel war es noch nicht. Dazu fehlte mir noch die zündende Idee, wie ich das alles verwenden konnte, wie ich meine eigene Forschung damit verknüpfen konnte.

Ich wusste aber auch, dass ich vielleicht ein wenig Zeit brauchte, um all das Gelesene zu verdauen. Ich hoffte, dass im Zuge des Verdauungsprozesses viszeral die Idee entstehen, und ich erfassen würde, wie mein Projekt in das Ganze hinein passte. Bekanntlich war es das Beste für die Verdauung spazieren zu gehen. Nachdem ich tagelang von früh bis spät gelesen hatte, wollte ich heute einen Spaziergang machen.

Ich schlenderte von Covent Garden zum Leicester Square und weiter zu Piccadilly Circus. Mitten im Einkaufsgetümmel stand ich reglos am Piccadilly Circus vor dem großen Brunnen und betrachtete die Pferdestatuen. Es waren vier Pferde – lebensgroße galoppierende Pferde, die aus dem Wasser heraus zu springen schienen und sich auf den Hinterbeinen aufbäumten. Lebensgroße, in Bronze gegossene Statuen von vier Pferden galoppierten durch das Wasser des Brunnens. Es waren die Pferde des Helios. Vier Pferde zogen jeden Morgen den Sonnenwagen über den Himmel, damit die Sonne aufging. Sogar die antiken, griechischen Götter hatten sich bei der Verrichtung ihrer Arbeit auf die Pferde verlassen.

Ich spazierte weiter und setzte mich im St. James's Park auf eine Parkbank. Ich wollte mehr über die Pferde des Helios wissen, begann im Internet zu recherchieren und fand einiges Interessantes über die griechischen Götter heraus. Besonders bezeichnend schien mir, dass die Hauptakteure der Mythologie der griechischen Antike Menschen, Götter und Pferde waren. Zu jener Zeit war offenbar noch ein mehr-als-menschliches Weltbild vorherrschend gewesen. Die Menschen hatten den Pferden sogar Götterstatus zugestanden. Und dann? Was war dann passiert? Dann wendete sich das Weltbild. Plötzlich behauptete einer, Tiere hätten kein Bewusstsein, keine Gefühle, keine Intelligenz, keine Seele. Plötzlich waren die Pferde gefallene Götter. Sie wurden von den Menschen nur mehr als geringere Kreaturen angesehen. Trotz ihrer offensichtlichen göttlichen Anmut, ihres edelmütigen Charakters, ihrer außergewöhnlichen emotionalen Intelligenz, ihres phänomenalen Gespürs und ihrer beispiellosen Opferbereitschaft, obwohl sie tausende Jahre die treusten Gefährten der Menschen gewesen waren, an ihrer Seite gearbeitet, gekämpft, gelebt hatten und für sie gestorben waren, war ihnen der Götterstatus aberkannt worden. Mehr noch, beinahe sprach man ihnen das Recht zu Leben ab. Es waren nur noch Nutztiere oder Haustiere, über die man verfügen konnte, nach Belieben, und deren Leben nur den Sinn hatte, die Menschen zu nähren und zu unterstützen. Die Menschheit legitimierte mit dieser Ideologie der menschlichen Überlegenheit die Ausbeutung der Tiere und der Erde.

Für mich war die Ideologie der Überlegenheit des Menschen – des weißen Mannes, um genau zu sein – eine Form der toxischen Männlichkeit oder in weiter gefasstem Sinn eine Form toxischer Menschlichkeit. Es wurde der Mensch – der weiße Mann – als überlegen und herrschend stilisiert. Alle anderen Lebewesen, Frauen, andere Völker und Pferde, mussten sich unterordnen. Gewalt und Krieg dienten als Mittel, um Herrschaft zu erreichen. Die Kultur stand über der Natur und es galt als legitim, dass die Erde nach Belieben ausgebeutet und ausgeschlachtet wurde. Aber nicht bloß die Erde durfte ausgeschlachtet werden, sondern auch die Pferde durfte man schlachten. Pferde waren Nutztiere, keine Gefährten, keine Götter.

Aus meiner Sicht zeigte das vor allem eines, die Ehrlosigkeit der Menschen, ein jahrtausendelang bestehendes Bündnis einfach so zu brechen und ihre treusten Gefährten, deren Hufe die Entwicklung der Menschheit getragen hatten, zu degradieren. Was waren das für Menschen, die ihre Gefährten im Stich ließen? Was für ein Mensch war das, der behauptete, Tiere könnten nicht denken und nicht fühlen? Das wusste doch jedes Kind, dass Tiere denken und fühlen können. Ich fragte mich ob Descartes psychisch krank gewesen war, oder aber ein eiskalt berechnender ideologischer Propagandist? Vielleicht hatte er eine narzisstische Persönlichkeitsstörung gehabt? Narzissten entbehrten jeglicher Empathie, ihre Überheblichkeit war grenzenlos. Wie sonst konnte man jedes Gefühl leugnen und den Geist über den Körper erheben? Damals wurde eine Ideologie des grandiosen Narzissmus der Menschen formuliert. Aber unerklärlich war, wie sich so eine Ansicht durchsetzen konnte, obwohl jedes Kind wusste, dass es nicht so war, obwohl jeder Mensch, der ein bisschen Gespür hatte, spürte, dass es nicht stimmte?

Die Antwort lag auf der Hand. Das Gespür war verbannt worden. Alles, was natürlich war, was gefühlt wurde, was instinktiv war, Körper, Tiere, Frauen, indigene Völker, all das wurde als wild, instinktiv, emotional und nicht vernunftgeleitet angesehen. Das weise Wissen des Gespürs wurde geleugnet. Der Verstand herrschte. Es war die absolute Alleinherrschaft des Verstandes, die so viel Leid auf der Welt angerichtet hatte. Verstand ohne Gespür war gefährlich und machte krank. Davon war ich überzeugt. Ich wusste, dass es heilsam war vom Denken ins Spüren zu kommen. Ich wusste, dass ein paar Stunden auf der Wiese, auf der Erde, bei den Pferden, Insomnie, chronische Kopfschmerzen und Erschöpfungszustände heilen konnten. Die Arroganz und Ignoranz des Verstandes war unerträglich.

Umso wichtiger war es, dass es Menschen gab, die sich dieser Denkweise widersetzten und neue Ontologien entwarfen. Auf einmal hatte meine wissenschaftliche Arbeit für mich einen tiefen Sinn und große Bedeutung bekommen. Es war keine sinnlose Qual mehr, das

Theoriekapitel zu schreiben, es war mit einem Mal spannend und aufregend. Es war, als ob ich Teil einer Rebellion war, gegen das totalitäre Regime des brutalen Verstandes, der jedes Gespür unterdrückte. Es war, als würde ich auf einem Streitwagen, der von feurigen Pferden gezogen wurde, in die Schlacht fahren – wie die keltische Königin, die einen Aufstand gegen die römische Besatzungsmacht anführte. Das gab mir neue Energie, um mich an mein Theoriekapitel heranzuwagen.

Gleichzeitig war ich fasziniert von der Welt der antiken Griechen. Ich musste feststellen, dass der Lateinlehrer höchst interessante Geschichten ausgelassen hatte, als wir die griechische Antike durchgenommen hatten. Es war wirklich ein Paradebeispiel für eine mehr-als-menschliche Weltsicht. Es war eine Welt in der es Götter, Helden und Menschen gab, und genauso göttliche Pferde, heldenhafte Rösser und gemeine Gäule. Dass Pferde Götterstatus hatten, war bemerkenswert. Aber noch interessanter fand ich, dass es Götter gab, die selbst die Gestalt wechselten zwischen menschlicher Gestalt und der Gestalt eines Pferdes. Und mehr noch, es gab Menschengötter, die Pferdekinder hatten. Ich saß auf der Parkbank und las mit Staunen Geschichten der griechischen Mythologie.

Poseidon war einer der mächtigsten Götter der griechischen Antike. Ihm war das Pferd heilig. Wohlgemerkt war dem mächtigsten Gott eines heilig: das Pferd. Das allein war eine äußerst bemerkenswerte Aussage, die zeigte, wie hoch der Status der Pferde einst gewesen war. Poseidon verwandelte sich oft selbst in eine Pferdegestalt und hatte auch Kinder, die Pferde waren –

Areion und Pegasus. Pegasus, das geflügelte Pferd, war ein Kind des Poseidon und somit ein göttliches Pferd. Pegasus war eine der bekanntesten Gestalten der griechischen Mythologie überhaupt. Noch heute wusste jedes Kind, wer Pegasus war. Er war wahrscheinlich bekannter als sein Vater Poseidon. Das geflügelte Pferd Pegasus war in der heutigen Zeit immer noch ein beliebtes Symbol. Das einzige Tier, das besser war als ein Pferd, war ein Pferd mit Flügeln.

Mythen sind generell nicht wörtlich zu nehmen, sondern müssen im übertragenen Sinn verstanden werden. Es ist allgemein bekannt, dass Pferde ohne Flügel fliegen können. Pegasus – das geflügelte Pferd – war ein Symbol, das die Superkraft der Pferde darstellte, so schnell laufen zu können, dass es dem Fliegen gleichkam. Das geflügelte Pferd der Antike symbolisierte die Fähigkeit, sich im Himmel und auf der Erde bewegen zu können. Das geflügelte Pferd stand für das Göttliche des Pferdes. Pegasus konnte mühelos zum Olymp fliegen und auch seinen Reiter von der Erde in den Himmel tragen. Das geflügelte Pferd konnte sich in der Welt der Menschen bewegen und in der Welt der Götter.

Pegasus und Areion waren Kinder des Gottes Poseidon. Beide waren Pferde. Areions Mutter war Demeter, die Göttin der Fruchtbarkeit der Erde. Sie wollte den Avancen des Poseidon entgehen, verwandelte sich in eine Stute und versteckte sich in einer Herde von Pferden. Poseidon verwandelte sich in einen Hengst und besprang sie. Mir war jetzt klar, warum der Lateinlehrer diese Geschichte nicht in allen Details ausgeführt hatte. Jedenfalls war das Kind, das aus dieser Paarung hervorging, Areion, ein Wunderpferd. Der Kopf einer Stute war ein Symbol für Demeter und man nannte die Priesterinnen der Göttin auch ‚Fohlen der Demeter'.[1] Sie ehrten die Erde und hielten Zeremonien ab, die der Fruchtbarkeit der Erde gewidmet waren.

Ich fand, dass manche Menschen heutzutage vergaßen, dankbar zu sein für das, was die Erde ihnen zu essen gab und dafür, dass sie ihnen eine Heimat bot. Wann hatten die Menschen aufgehört, ihre Mutter Erde zu verehren? Wann hatten sie den Respekt vor dem Leben und allem, was lebt, verloren? Früher hatten die Religionen die Erde als Mutter, als Land des Lebens verehrt, und auch die Tiere wurden als spirituelle Wesen geehrt. Es gab heutzutage zwar keinen Tempel der Demeter mehr, auch keine Priesterinnen, aber vielleicht waren diejenigen, die heute kämpften für eine andere Weltsicht, die eine andere Ontologie formulierten, die neuen Fohlen Demeters?

War auch ich ein Fohlen der Demeter? War ich berufen für eine Weltsicht zu kämpfen, die die Erde, Frauen und Pferde mit Respekt behandelte?

Zwei Seelen

~

Ich war auf dem Weg vom Somerset House zur Maughan Library. Ich ging die Straße namens Strand entlang, auf der gegenüberliegenden Seite von Ye Old Bank of England. Uralte Gebäude standen hier zwischen neueren eingezwängt. Im Vorübergehen zog ein altes Holztor meine Aufmerksamkeit auf sich. Ich wusste nicht warum. Vielleicht weil es wirklich alt aussah? Es war ein sehr altes Tor, bei dessen Anblick ich mich fragte, wer wohl alles schon durch genau dieses Tor hindurch geschritten war – vor mir selbst, zu einer anderen Zeit, aber eben doch durch das gleiche Tor. Wie alt mochte es wohl sein? Wohin würde es führen? War es ein Tor zur Vergangenheit?

Ich konnte der Versuchung nicht widerstehen, durch dieses uralte Tor zu schreiten und mich dabei geschichtsträchtig zu fühlen. Kurzentschlossen gab ich diesem Impuls nach. Ich hatte ein merkwürdiges Gefühl, als ich durch dieses Tor schritt. Ich konnte das Gefühl nicht deuten, ich hielt inne. Ich blieb stehen, drehte mich um, sah mich genauer um. Da entdeckte ich ein Emblem über dem Tor. Es war ein weiß-silberner Pegasus auf hellblauem Hintergrund.

Das Symbol machte mich neugierig und ich ging weiter, die schmale Gasse entlang. Es war, als hätte ich durch das Tor eine andere Epoche betreten. Die Gasse war schmal, die Gebäude standen eng beieinander und wirkten sehr alt. Ich ging die Gasse hinunter und kam zu einem Platz auf dem ein rundes Gebäude stand. Dieses Gebäude sah wirklich alt aus. Es war aus hellbraunem Sandstein gebaut. Von der Seite sah es aus wie ein Tempel oder eine alte Kirche. Ich setzte mich auf dem Platz vor dem Gebäude auf eine Bank. Eine Weile betrachtete ich das Gebäude. Schließlich dämmerte es mir, was das war: The Temple Church. Eine kurze Internetsuche bestätigte meine Vermutung.

‚Aha,‘ dachte ich, ‚hab ich sie gefunden. Und wie könnte es anders sein, die Pferde haben mich hergeführt.‘

Schon die ganze Zeit über, seit ich in London war, stand die Temple Church auf meiner Liste der Sehenswürdigkeiten, die ich besichtigen wollte. Bislang hatte ich es noch nicht geschafft, mich auf die Suche danach zu machen. Wenn ich eine Auszeit nahm, dann streunte ich gerne planlos durch die Stadt. Früher war ich in meiner freien Zeit mit meinem Pferd über die Lande gestreift. Jetzt war ich alleine und weit weg in einer fremden Großstadt. Aber das Prinzip der Erkundung blieb das Gleiche. Mein Drahtesel und ich, wir streunten durch die Gassen Londons. Es war mir lieber so als die Stadt mit Reiseführern oder mit Hilfe des Internets zu erkunden. So blieb ich achtsam, achtete auf die kleinen Zeichen – ein Pegasus Emblem hier, eine Pferdestatue dort. Ich folgte der Neugier und ließ mich von Lust und Laune treiben.

Ich entdeckte eine Pferd-Reiter Statue, oben auf einer hohen Säule. Zwei Ritter ritten auf einem Pferd. Was mochte die Statue darstellen? Warum ritten die Ritter zu zweit auf einem Pferd? Symbole bezogen sich oft auf innere Prozesse. Es ging vermutlich nicht darum, dass zwei Personen, gemeinsam auf einem Pferd ritten, sondern es waren vielleicht zwei Aspekte einer Person gemeint, vermutete ich. „Zwei Seelen wohnen ach in meiner Brust," zitierte ich. Ich erinnerte mich an die Geschichte von Goethes Faust. Doktor Faust fühlte sich hin und her gerissen zwischen seiner Liebes-, Leibes- und Lebenslust und dem Streben des Geistes nach Wahrheit, Wissen und Weisheit. Er hatte mit Eifer studiert, Medizin, Rechtswissenschaft und Theologie – und war zu dem Schluss gekommen, dass er nichts wissen konnte. Da hatte er sich von allen guten Geistern verlassen gefühlt und war einen Pakt mit dem Teufel eingegangen. ‚Armer Dr. Faust,' dachte ich. Ich konnte ihm nachfühlen, wie es ihm ergangen sein musste. Ich selbst fühlte mich verloren in all dem Wissen. Faust hatte es nicht geschafft, sich selbst zu einen, ganz zu werden, sich selbst als eins, als Ganzes zu begreifen. Er war an den Punkt gekommen, an dem der Verstand endete und er nicht weiter wusste. Dort hatte der Teufel ihm aufgelauert und ihn verführt, einen Pakt mit ihm zu schließen und seine Seele zu verkaufen.

Dabei hatten die alten Tempelritter schon die Antwort gekannt: Das Pferd konnte die Seele des gespaltenen Menschen vor dem Teufel retten. Das Pferd konnte dem Menschen einen Weg zeigen, wie man eins wurde – mit Geist, Leib und Seele. Dann war man sicher vor dem Teufel. Ich hatte Glück. Ich hatte ein Pferd als Gefährten gehabt. Lange Zeit hatte es mich im Leben begleitet, durch alle Höhen und Tiefen. Wie oft hatte mich mein Pferd gerettet? Wäre ich überhaupt noch am Leben, wenn mich mein Pferd nicht all die Jahre begleitet hätte?

Wäre ich einen Pakt mit dem Teufel eingegangen? Hätte ich meine Seele verkauft? Zum Glück war ich den Pakt der Pferde eingegangen. Der Pakt der Pferde hielt mich lebenslänglich im Bann. Meine Seele war bereits vergeben.

Plötzlich dämmerte es mir: War das das Geheimnis der Pferde? Wahrscheinlich, dachte ich, war es genau so, wie die Statue es darstellte. Pferde machten die Menschen wieder ganz, sie vereinten ihre zankenden Seelen. Pferde einten uns Menschen mit Geist, Leib und Seele.

Ich wusste das eigentlich schon lange. Aber umso interessanter fand ich es, dass die Tempelritter dieses Symbol gewählt hatten. Symbolisierte es die Kraft des Pferdes, die Einheit des gespaltenen Menschen wieder herzustellen? War das Pferd die Rettung der Seele vor dem Teufel? Ich war offenbar nicht der einzige Mensch, der das erkannt hatte. Die Pferde hatten schon vor Jahrhunderten Menschen getragen und ihre Seelen gerettet.

Ich stand mitten auf dem Platz vor der Temple Church, einem Monument eines der einst mächtigsten Ritterorden der Welt. Ich fragte mich, was mit ihnen geschehen war, warum sie sich aufgelöst hatten. Ob es irgendwo noch Nachfahren der Ritter gab, die wussten, dass Pferde die Seele des Menschen retten konnten?

Pegasus' Quelle

~

Auf den schwarzen metallenen Toren der Temple Gardens erspähte ich wieder das Emblem – ein silberner Pegasus auf himmelblauem Hintergrund. Während ich das Emblem genau betrachtete, kam mir in den Sinn, dass das geflügelte Pferd Pegasus die Muse der Dichter war. Die antike griechische Mythologie erzählte, dass Pegasus mit den Hufen auf die Erde stampfte und dass an dieser Stelle eine Quelle entsprang – die Quelle der Inspiration. Dichter pilgerten von weit her in die Berge Griechenlands zu der Quelle, die unter den Hufen des geflügelten Pferdes entstanden war, um aus ihr zu trinken, um inspiriert zu werden. Gerade jetzt, wünschte ich mir sehnlichst eine Quelle, die meine Schreibkunst beflügelte.

Ich ging entlang von Embankment zum Fluss und schaute tief in Gedanken aufs Wasser. Ich stand eine Weile dort und schaute in den blauen Himmel. Tausend kleine weiße Schäfchenwolken waren am Himmel zerstreut. Tausend Gedanken gingen mir durch den Kopf. „Ontologie ist wichtig," hörte ich den Professor in Gedanken sagen. „Trennung von Körper und Geist – Gespür und Verstand – Natur und Kultur – Erde und Zivilisation – alles ist eins. Wir sind eins mit Körper und Geist, wir sind eins mit der Erde, wir sind eins mit allem. Es ist das Sein der Pferde. Das ist meine Ontologie."

Es war, als ob sich an meinem gedanklichen Himmel all

die zerstreuten kleinen Schäfchenwolken plötzlich zu einer einzigen Herde formierten. Mit einem Mal machte alles Sinn. Plötzlich wusste ich, warum ich hier war.

Ich machte auf dem Absatz kehrt und ging hinauf zum Strand Campus des King's College London. Ich setzte mich an meinen Computer und begann zu schreiben. Ich tippe ohne Unterbrechung. Ich wusste, was ich sagen wollte. Es war, als ob all das Wissen, das ich mir in den vergangenen Monaten und Jahren angeeignet hatte, sich auf einmal zusammenfügte und einen Sinn ergab. Bisher war ich unfähig gewesen, mein Theoriekapitel zu Papier zu bringen – wahrscheinlich deshalb, weil ich eigentlich nicht wusste, was ich sagen wollte. Jetzt wusste ich es.

Die Worte flossen nur so aus mir heraus. Zeilen füllten sich. Seite für Seite schrieb ich, ohne ins Stocken zu geraten. Der Schreibfluss hielt einige Zeit lang an. Als ich zum ersten Mal wieder aufblickte von meinem Bildschirm, war es draußen finster geworden und die vielen Lichter Londons waren angegangen. Ich drehte den Computer ab, fuhr mit dem Bus nach Hause, schlief, stand auf, fuhr zum College, und schrieb weiter. Ich schrieb viele Zeilen, bis gegen Mittag der Strom versiegte. Ich holte mir etwas zu essen, dann schrieb ich weiter. Ich schrieb und schrieb und innerhalb von Tagen war das Theoriekapitel fertig gestellt. Ich schickte es sofort an meine Betreuer.

Der Schreibfluss hielt an, ich schrieb auch die Einleitung neu, dann das Methodenkapitel, dann die empirischen Kapitel und den Schluss. Eines Tages stellte ich verwundert fest, dass meine PhD-These komplett neu geschrieben war. Ich war selber überrascht, als ich die letzten Zeilen meiner PhD-These las und feststellte, dass sie fertig war. Unglaublich! Ich hatte es geschafft. Wenn ich zurückdachte, dass ich noch vor kurzer Zeit jeden Morgen mit dem Gefühl aufgewacht war, dass ich es nicht konnte, dass ich es nicht schaffen würde – die Erleichterung war groß. Gleichzeitig wusste ich, dass mein Werk noch der Prüfung standhalten musste, aber ich hatte den Vorteil, mir die Prüfer aussuchen zu können.

Auf einmal ging alles sehr schnell. Nachdem ich alle Änderungsvorschläge der Professoren eingearbeitet hatte, war ich bereit einzureichen. Die Arbeit wurde gedruckt und gebunden, ich bekam einen Prüfungstermin zwei Monate später. Ich packte meine Sachen, nahm Abschied von London und den liebgewonnen Menschen hier und machte mich bereit für meine Rückkehr nach Österreich. Ich würde nach Hause zurückkehren. Nur zur Prüfung würde ich noch einmal nach London kommen.

Eine Zeit lang, hatte ich es geliebt hier zu leben. Alles war so aufregend in dieser großen Stadt. Aber ich war ein Pferdemensch und ich wollte irgendwo leben, wo ich den Pferden näher sein konnte als hier. In London erinnerten unzählige Pferdestatuen aus Bronze an die Pferde, die einst hier gelebt hatten. Ich brauchte lebendige Pferde.

ANIMA

Schlaflos

~

Plötzlich schreckte ich hoch. Ich atmete in heftigen Stößen. Ich schnappte nach Luft. Ich sah mich um. Es war dunkel. Es war still. Ich saß in meinem Bett. Ich war schweißgebadet. Es war ein Albtraum. Ich hatte nur geträumt. Jetzt war ich aufgewacht. Ich konnte mich wieder bewegen. Die schrecklichen Bilder waren weg. Ich versuchte, mich zu beruhigen. Ich atmete tief ein und aus. Ich sagte mir, es war nur ein Albtraum gewesen. Aber gleichzeitig war mir klar, es war nicht nur ein Traum gewesen. Es war eine Erinnerung. Es war wirklich geschehen.

Seit ich zurück in Österreich war, holte mich die Vergangenheit ein. Die Erinnerungen waren unerbittlich. Die Albträume waren gnadenlos. Ich hatte mich getäuscht, wenn ich gedacht hatte, ich könne einfach davonlaufen. Untertags gelang es mir gut, mich abzulenken. Ich war immer beschäftigt, arbeitete viel und lang, ging danach schwimmen, zum Yoga, traf Freunde, ging tanzen. Aber in der Nacht fielen die Albträume über mich her. Nightmares – wie man im Englischen sagte – Nachtmahre, Dämonen, die einen im Schlaf heimsuchten und mit den schlimmsten Ängsten konfrontierten und allem, was man verdrängte.

Es dämmerte mir, dass der PhD-Stress wohl nicht die alleinige Schuld an meinen Schlafstörungen, Magenproblemen und Migräneanfällen trug, die mich in

London geplagt hatten. Darunter, unter dem Arbeitsstress, verbarg sich unverarbeiteter posttraumatischer Stress, den ich unterdrückt hatte, den ich versucht hatte zu ignorieren und der jetzt wieder in mir hochkam. In London waren alle Eindrücke neu gewesen. Das war eine gute Ablenkung. In Wien erinnerte mich so vieles an mein früheres Leben. Offenbar wurde das unverarbeitete Unbewusste nun wieder vermehrt stimuliert und kam dann in meinen Träumen hervor. Erinnerungen vom Tod meines Pferdes vermischten sich mit Erinnerungen an den Tod meines Vaters – obwohl Jahre dazwischen langen – und vermengten sich in fürchterlichen Albträumen, die oft von Schlafparalyse begleitet wurden.

Mein Vater war in meiner Jugendzeit gestorben. Wahrscheinlich hatte ich das nie wirklich verkraftet. Vielleicht ging das auch gar nicht? Wahrscheinlich musste man einfach lernen, damit zu leben? Das hatte ich jedenfalls versucht. Mein Pferd war in meinen 20ern gestorben, unter äußerst traumatisierenden Umständen. Ich hatte bis jetzt tunlichst vermieden, mich mit dem Trauma des Todes meines Pferdes auseinanderzusetzen. Ich hatte einen großen Bogen um alle Pferde gemacht und alles gemieden, was meine Wunden wieder aufreißen könnte. Ich hatte gehofft, dass die Zeit alle Wunden heilen würde. Aber so einfach war das wohl nicht. Ich musste mir eingestehen, dass es unausweichlich war, mich mit meinem Trauma auseinanderzusetzen. Die Albträume, die mich quälten, machten mir deutlich, was da noch in meinem Unbewussten war.

Mit jeder schlaflosen Nacht wurde die Dringlichkeit die

Albträume loszuwerden erdrückender. Ich wollte nicht mehr länger von Albträumen aus dem Schlaf gerissen werden. Mittlerweile war es so weit, dass ich erst gar nicht mehr einschlafen konnte, weil ich Angst davor hatte zu schlafen. Genau in dem Moment, wenn ich in den Schlaf fiel, schreckte ich hoch. Es war ein körperlicher Reflex, als ob ich das Gleichgewicht verlieren und fallen würde. Blitzschnell spannte sich mein Körper an, fing sich auf, meine Beine und Arme zuckten, ich schreckte hoch und war wieder hellwach. Das wiederholte sich oft mehrmals hintereinander. Immer wenn ich losließ, um in den Schlaf zu fallen, schreckte der Körper reflexartig hoch, als hätte ich das Gleichgewicht verloren und würde von einer Mauer fallen. Danach war an Einschlafen meist nicht mehr zu denken. Ich lag nächtelang halbwach und im Halbschlaf. Die schlaflosen Nächte raubten mir meine Kraft und bald hatte ich wieder tiefe Ringe unter den Augen, war blass und völlig erschöpft, ein Schatten meiner selbst.

Ich musste etwas tun. Das musste aufhören. Die Albträume mussten aufhören. Früher hatte ich so gut geschlafen. Ich wollte wieder gut schlafen und ausgeschlafen aufwachen. Ich wollte erfrischt und erholt sein und mit vollen Kräften in den Tag starten. Ich hatte eigentlich gedacht, die Schlaflosigkeit würde von mir fallen, wenn ich erst das PhD-Programm beendet hatte. Aber es stellte sich heraus, dass es jetzt erst recht losging. Das Dauerdenken hatte geholfen, Unverarbeitetes zu unterdrücken. Jetzt kam alles hoch. Ich musste einen Weg finden, die Albträume loszuwerden und die Schlaflosigkeit zu heilen.

Ich stand auf, stellte mich unter die Dusche, machte mir eine Tasse Tee und begann dann Kisten auszuräumen, obwohl es mitten in der Nacht war. Ich musste mich erst beruhigen, bevor ich wieder versuchen konnte zu schlafen. Ich kramte in einer Schachtel und hielt auf einmal ein altes, gebundenes Büchlein in der Hand. Ich wusste sofort, was da aus den Tiefen der Umzugskartons zum Vorschein gekommen war. Es war mein altes Tagebuch.

Ich hielt mein Tagebuch von damals in den Händen und ich merkte, dass ich Angst hatte, es zu öffnen. Was da drinnen stand, war auch beängstigend. Es waren Berichte von den schrecklichsten Tagen meines Lebens. Es waren Reiseberichte von meiner Überquerung der Meere des Schmerzes, von meinen Wanderungen durch die Schluchten der Trauer, die Wüsten der Leere, die Höhlen der Verzweiflung und die Bewältigung der Gebirge der Wut. Ich erinnerte mich, wie elend es mir damals gegangen war. Es hatte eine Zeit in meinem Leben gegeben, als ich nicht gewusst hatte, wie ich weiterleben sollte. Ich war umhergeirrt in düsteren Schluchten, in einem Labyrinth aus dunklen Höhlen, in einem Irrgarten aus toten Dornbüschen, in einer Wüste, in der es keine Lebensfreude gab. Ich war im Sturm meines Zorns auf dem tosenden Meer gesegelt und hatte keine Ahnung gehabt, wohin die Reise ging und warum ich eigentlich auf der Welt war. Irgendwie war ich da herausgekommen. Aber ich hatte Angst davor, dorthin zurückzugehen. Was, wenn ich mich verirrte?

Ich legte das Tagebuch beiseite und packte weiter aus. Ich räumte die Umzugskartons aus und plötzlich hielt ich ein Bild in den Händen. Es war ein gerahmtes Foto. Es zeigte mein Pferd Sammy, die auf einer Wiese stand und graste. Ich lag bäuchlings auf ihrem Rücken und ließ mich tragen in vollem Vertrauen. Ich konnte die Erinnerung fühlen, fast so, als wäre ich wieder dort: Die große Wiese auf einer Lichtung im Wald, auf der Gräser und Kräuter wuchsen, die mein Pferd so mochte. Die untergehende Sonne, deren goldene Strahlen durch die Baumkronen der großen alten Bäume brachen. Das Gefühl der Vertrautheit und der Zusammengehörigkeit. Die Stille, die Ruhe, das Gefühl selbst still und ruhig zu sein und eins zu werden mit der Welt. Das Gefühl, ganz im gegenwärtigen Moment zu sein und alle Zeit der Welt zu haben. Das Empfinden tief entspannt und gleichzeitig hellwach zu sein. Das Wissen am richtigen Ort zu sein, den eigenen Platz gefunden zu haben, selbstverständlich teilzunehmen am Leben, mich selbst wahrzunehmen als Teil des Lebens, selbstbewusst meinen Lebensraum einzunehmen in dem Wissen, dass alles was lebt, verbunden ist und das eigene Leben ein Teil davon. Das Empfinden inneren Frieden gefunden zu haben und einfach die Seele baumeln zu lassen. All das empfand ich damals und mein Körper erinnerte sich an die Empfindungen und ließ sie mich spüren, als wäre es gerade eben erst geschehen.

Die Deutlichkeit der Empfindungen – dieser schönen Erinnerungen – überraschte mich. Wie klar sich mein Körper erinnerte! Mir wurde bewusst, dass sich mein Körper sowohl an die wohltuenden, als auch an die schmerzhaften Erlebnisse erinnerte. Das Schmerzgedächtnis war stark, aber auch die körperliche Erinnerung an das Wohlsein. Ich hatte die schönen

Erinnerungen verbannt, weil ich Angst vor den schmerzlichen Anteilen hatte. Vielleicht war es jetzt an der Zeit, die Erinnerungen wieder aufleben zu lassen? Vielleicht konnten die schönen Elemente darin, die Schrecken auflösen? Immerhin hatte ich viele schöne Jahre mit meinem Pferd erlebt. Das durfte nicht vom Schrecken eines Tages überschattet werden. Zumindest nicht für immer – es war jetzt schon zu lange so gewesen, es war jetzt an der Zeit, es war Zeit für eine Veränderung.

Ich nahm das Bild und hängte es an die Wand. Es sollte mich erinnern, dass ich auf einer Wiese im Wald inneren Frieden gefunden hatte. Es sollte mich erinnern, dass die schönen Erinnerungen stärker waren als die schrecklichen. Ich konnte es doch nicht zulassen, dass der Tod über die Liebe siegte. Ich konnte mir doch vom Tod nicht alle Pferde aus meinem Leben rauben lassen. Ich wollte mich wieder öffnen, ich wollte wieder den Mut haben mich einzulassen, ich wollte wieder Pferde in mein Leben lassen.

Die Pferde verlangten nach mir. Immer wieder erschienen sie mir in meinen Träumen. Oder war es umgekehrt? Meine Seele verlangte nach Pferden, darum träumte ich immer wieder von Pferden? So oder so, jedenfalls war mir klar, dass ich Pferde in meinem Leben brauchte. Damit ich das wieder zulassen konnte, musste ich mich meinem Trauma stellen.

Eine Weile saß ich da und starrte vor mich hin. Dann griff ich nach meinem alten Tagebuch und begann darin zu blättern.

Die somatische Seele

Die erste Seite, die ich aufschlug, war schwarz ausgemalt. In der Mitte stand nur ein einziger Satz:

Es fühlte sich an,

als würde mir

bei lebendigem Leibe

die Seele herausgerissen.

Es war mir gelungen, mein Empfinden während der Geschehnisse in einen einzigen Satz zu fassen. Als ich meine Seelengefährtin verlor, hatte ich das Gefühl, es werde mir die Seele aus dem Leib herausgerissen.

Ich erinnerte mich, wie es sich angefühlt hatte, als mein Pferd starb. Der Schmerz war in den Zellen. Jede Zelle schmerzte. Jede einzelne Zelle meines Körpers tat weh. Es war ein unerträglicher Schmerz. Es fühlte sich an, als wäre etwas aus mir herausgerissen worden – etwas, das in jeder Zelle meines Körpers war. Jede einzelne Zelle war verletzt worden. Wie viele Zellen hatte mein Körper? Das waren viele, sehr viele. Das erklärte vielleicht, warum der Schmerz so unerträglich war. Es war, als würde mein ganzer Körper vor Schmerz vibrieren. Es tat richtig weh. Der Schmerz war unerträglich. Der Schmerz erfüllte mich zur Gänze und dominierte mein ganzes Sein. Ich war nichts als Schmerz. Der Schmerz übernahm mein Leben. Meine Existenz war Schmerz, nur Schmerz, nichts als Schmerz.

Ich erinnerte mich noch genau an dieses Empfinden, dass jede Zelle in meinem Körper schmerzte. Jetzt begann ich mich zu fragen, was es war, das da aus den Zellen gerissen worden war? War es Liebe? War Liebe in jeder Zelle? Wenn jede einzelne Zelle schmerzte, wenn man seinen Seelengefährten verlor, hieß das dann, dass die Seelenverbindung in den Zellen war? War die Seele im somatischen Nervensystem? War die Seele somatisch?

Während ich noch über die somatische Seele nachdachte und darüber grübelte, mit welchem theoretischen Ansatz ich meine Hypothese am besten untermauern konnte, und ob Spinoza dafür anwendbar wäre oder neuere

Ansätze wie „new materialism", „vibrant matter" oder „visceral geographies", wurde mir bewusst, dass die Dringlichkeit der Lösung philosophischer Fragen mit der Fertigstellung und Verteidigung meiner Doktorarbeit aus meinem Leben verschwunden war. Ich philosophierte nur noch, weil ich es eben tat, ich war wohl philosophisch veranlagt. Aber eigentlich musste ich keine schlüssige Abhandlung mehr formulieren. Ich musste keinen theoretischen Beweis liefern. Mein empirisches Empfinden war jetzt wichtiger. Ich wollte mich vorerst auf das Empirische konzentrieren.

Die Seele war also somatisch. In meiner Empfindung war es jedenfalls so. Ich mutmaßte, dass wenn man mit jemanden so zusammenwuchs, dass man es in all seinen Zellen spürte, dann war es ein Seelengefährte. Man wuchs so zusammen, dass man sich eins fühlte. Alle Zellen wuchsen zusammen – das Nervensystem verband sich. Man konnte sich wortlos verständigen. Man spürte den anderen, man fühlte mit ihm. Beim Reiten war ich eins gewesen mit meinem Pferd, ich musste nur etwas im Sinn haben und das Pferd machte es von wie selbst. Es gab eine Kommunikation, die über unsere Körper lief, über spüren, über zusammenwachsen, über Einssein. Es war, als wären die Schritte, die mein Pferd machte, meine eigenen. Sobald ich auf dem Pferd saß, hatte ich vier Beine und eine unglaubliche Kraft.

So war es bei mir und meinem Pferd Sammy gewesen. Wir waren zusammengewachsen – über viele Jahre hinweg war das Pferd für mich eine der wichtigsten Bezugspersonen gewesen. In schwierigen Zeiten war sie für mich da gewesen. Wir waren Seite an Seite durch die

Höhen und Tiefen des Lebens gegangen. Das hatte uns zusammengeschweißt. Als das Pferd starb, wurde auseinandergerissen, was zusammengewachsen war. Es tat weh. Es schmerzte in jeder Zelle. Es fühlte sich an, als ob mir die Seele aus dem Leib gerissen würde. Die Seele wurde aus jeder Zelle meines Körpers gerissen.

Der Schmerz in den Zellen meines Körpers, den ich empfand, nach dem traumatisierenden Tod meines Pferdes, war mir schon bekannt. Schon als mein Vater gestorben war, hatte ich ihn gespürt. Plötzlich füllte mich der Schmerz ganz aus. Schmerz war alles, was ich wahrnahm. Er füllte meine Zellen, mich, mein Leben, die ganze Welt. Und die Menschheit kannte kein Mittel gegen den Schmerz. Schlagartig war das Leben, das ich kannte zerstört worden. Schmerz, Wut und Trauer waren mein Lebensinhalt. Ich war völlig verloren, verzweifelt, ohnmächtig, besinnungslos vor Wut, gelähmt vor Schmerz, völlig aufgelöst vor Trauer. Kein Mensch konnte mir helfen. Gott hatte ich mit meinem Vater gemeinsam beerdigt. Meine Familie litt dieselben Qualen wie ich. Niemand konnte uns helfen. Wir waren gefangen in der Trauer. Ich fühlte mich allein mit meinem Schmerz, gottverlassen, mutterseelenallein. Gegen Schicksalsschläge, Tod und Trauer kannten die Menschen keine Heilmittel.

Als ich völlig traumatisiert, betäubt und geistesabwesend zum Pferd kam, stellte ich fest, dass das einzige Wesen, das meinen Schmerz lindern konnte, mein Pferd war. Sie wusste sofort wie es um mich stand. Ich musste kein Wort sagen. Sie spürte es. Sie wich nicht von meiner Seite. Sie verbrachte einfach Zeit mit mir in diesen schweren Stunden. Zu einer Zeit, in der jede Minute des Lebens eine Qual war, zeigte sie mir, dass man zeitlos in der Gegenwart leben kann. In einer Zeit, in der mir das Leben unerträglich war, zeigte sie mir, dass der gegenwärtige Moment trotz allem erträglich war. In einer Zeit, in der mir die Worte fehlten, unterhielt sie sich mit mir in einer Sprache ohne Worte. In all der schweren Zeit hatte mein Pferd viel Zeit mit mir verbracht, die Stunden und Tage, die mir sonst qualvoll und nicht enden wollend vorkamen, waren verflogen. Mein Pferd hatte mich durchs Leben getragen, hatte mich in eine andere Dimension geführt, ins Sein der Pferde, wo der Schmerz nachließ. All die Jahre hatte ich mich an mein Pferd geklammert und hatte die heilsame Gegenwart des Pferdes genossen, ohne mir je die Frage zu stellen, was es denn eigentlich war, was mein Pferd mit mir machte, dass es mir immer besser ging, wenn ich im Stall gewesen war.

Damals hatte ich ein Mittel gegen den Schmerz in den Zellen entdeckt. Ich hatte es zu jener Zeit gemerkt, dass es wirkte. Aber wie potent das Mittel wirklich war, das wurde mir erst viele Jahre später bewusst, als mich der Schmerz in den Zellen erneut quälte, ich aber das Heilmittel nicht zur Verfügung hatte. Erst jetzt, sehr viele Jahre später, begann ich allmählich wirklich zu verstehen, welche gewaltige Heilkraft mein damaliges Allheilmittel hatte. Denn erst, als ich erneut einen plötzlichen, unerwarteten, schrecklichen Tod eines geliebten Wesens durchleben musste, wurde mir klar, warum ich relativ unbeschadet durch die schwere Zeit des Verlusts eines Elternteils gekommen war. Ich hatte damals ein Allheilmittel gehabt und eine persönliche

Therapeutin. Mein persönlicher Therapeut war mein Pferd gewesen und das Allheilmittel war beim-Pferd-sein und in der heilsamen Gegenwart der Pferde zu sein. Es hatte immer gewirkt. Beim Pferd zu sein wirkte gegen Zellenschmerz, gegen Depression, gegen Sinnentleertheit, gegen Verzweiflung, gegen Angst, gegen Einsamkeit, gegen ein gebrochenes Herz, gegen Trauma, gegen Migräne, gegen Schlaflosigkeit, gegen nervösen Magen, gegen Stress. Es war für mich das potenteste Mittel, das es gab.

Als mein Vater gestorben war, hatte mein Pferd mich durch diese schwere Zeit getragen. Sie hatte immer gewusst, wie es um mich stand, ohne dass ich mich erklären musste. Ich hatte nichts sagen müssen, was eine Erleichterung gewesen war, in einer Zeit, in der ich nicht sprechen konnte. Wie wohltuend war es für mich gewesen, dass ich mich von meinem Pferd wortlos verstanden fühlte! Wie heilsam war es für mich gewesen, dass ich mich verstanden fühlte, wenigstens von meinem Pferd! Ich hatte mich von der ganzen Welt unverstanden gefühlt. Nur mein Pferd verstand mich, weil sie spürte. Mein Pferd war mir beigestanden ohne mich zu bemitleiden, hatte Anteil genommen, ohne etwas zu sagen oder zu erwarten, war an meiner Seite gegangen, auch wenn ich nur dahin stolperte, hatte mich nicht zurückgelassen, hatte mir gezeigt, dass das Leben trotzdem lebenswert war, hatte mir vorgelebt, wie man leben musste. Mein Pferd war die beste Begleitung gewesen, die es gab für eine solch schwere Phase der Trauerbewältigung und der Traumabegleitung.

Aber als mein Pferd gestorben war, da war ich in ein

Loch gefallen. Familie und Freunde hatten mich nicht auffangen können. Niemand konnte mein Pferd ersetzen. Ich hatte meine Gefährtin verloren und gleichzeitig meine Therapeutin. Wahrscheinlich war das der Grund, warum ich das Trauma vom Tod meines Pferdes immer noch nicht bewältigt hatte, weil mir meine Therapeutin fehlte. Nur zu gut konnte ich mich daran erinnern, wie es meinem Pferd immer wieder gelungen war, mich aus den verdrießlichsten Gemütszuständen herauszuholen. Wie oft hatte ich mich gewundert, wie gut es mir jedes Mal ging, wenn ich beim Pferd gewesen war! Beim Pferd sein war für mich seit eh und je ein Allheilmittel gewesen.

Plötzlich war mein Allheilmittel nicht mehr verfügbar. Auf einmal war meine lebensbegleitende Therapie vorbei und ich fühlte mich alleine auf der Welt. Ich erinnerte mich an das Gefühl, dass ich nach dem Tod meines Pferdes das Tor in die geheime Welt der Pferde nicht mehr gefunden hatte. Es gab ein Tor in eine andere Welt – oder eine andere Dimension – in das Sein der Pferde – dorthin hatte mich mein Pferd mitgenommen, und dort heilte meine Seele. Wenn ich zurück war in der Menschenwelt, dann merkte ich stets, dass es mir besser ging. Aber alleine fand ich das Tor nicht mehr.

Die verschlossene Pforte

~

Ich blätterte in meinem alten Tagebuch und fand ein paar Zeilen, die ich vor vielen Jahren geschrieben hatte, die genau jenes Phänomen beschrieben.

Die verschlossene Pforte

Eines Tages unternahmen mein Pferd und ich einen Spazierritt in den Wald. Es war kalt und neblig. An jenem Tag war ich etwas abwesend, gedankenverloren sagt man. Ja, meine kleine Gedankenherde war ziemlich zerstreut, da und dort und drüben weidete ein Gedankenschäfchen, der Hütehund schlief. Ich hatte mein Pferd gesattelt und gezäumt, war auf ihren Rücken geklettert und ließ mich durch den Nebel tragen. Der gleichmäßig schaukelnde Schritt des Pferdes wiegte mich in einen Trancezustand. Ruhig und rhythmisch in großen gleichmäßigen Bewegungen bewegte sich das Pferd über enge Waldwege und durch dichten Nebel. Die Nebelschwaden dämpften alle Geräusche und benebelten meine Sinne. Ich glitt in einen Zustand vollkommener Entspannung, ließ mich voller Vertrauen tragen und vergaß die Welt um mich.

Erst langsam, nach und nach drangen die Bilder eines Märchenwaldes in meinen Kopf. Mit einem Mal war ich ganz wach und aufmerksam. „Wo sind wir?", fragte ich mein Pferd. Das Pferd schnaubte fröhlich. „Es ist wunderschön hier!" Es war, als wären wir durch ein geheimes Tor gegangen, mit einem Mal waren wir aus dem kalten schattigen Nebelwald herausgetreten und standen auf der Spitze einer Hügelkette in strahlendem Sonnenlicht. Vor uns breiteten sich Täler und Wälder, Flüsse und

Wiesen aus. Die Sonne brach durch die sich lichtenden Nebelschwaden. Die Bäume sprießten, der Fluss glitzerte, Vögel zwitscherten, Blumen gediehen. Warme Sonnenstrahlen streichelten unsere Körper.

Das Pferd schnaubte und trabte fröhlich los. Ich war völlig überrascht. So trist, so düster, so nebelig, so kalt hatte der Tag heute Morgen in der Stadt begonnen. Und nun! Ich hatte das Pferd vom Paddock geholt und es trug mich direkt ins Land des Frühlings! Das Pferd trabte munter drauflos, ich musste mich am Sattel festhalten, um nicht vor lauter Staunen und Schauen vom Pferd zu fallen. Geradewegs trabte sie bis zum Ende des Waldpfades, über den Wiesenweg bis zum gegenüberliegenden Waldrand. Dort floss ein kleines Bächlein. Das Pferd blieb stehen. Ich rutschte von ihrem Rücken. „Wie wunderbar! Danke, dass du mich hierher gebracht hast. Du weißt wie man dem Winter entkommt und wo schon Frühling ist." Das Pferd schnaubte wieder geduldig, warf mir nur einen wissenden Blick zu und wandte sodann dem ersten Wiesengras ihre ganze Aufmerksamkeit zu. Ich schnaubte auch, blickte unwissend und ließ mich in die Wiese fallen. Ich lag eingehüllt in meinen Reitmantel und blickte in den Himmel. Ich war im Paradies.

Das war nun alles Geschichte. Seit Wochen saß ich in meinem Zimmer und starrte die Wand an. Seit Wochen hatte ich mich nicht hinaus bewegt. Die Natur, die ich so geliebt hatte, die Wälder, die Wiesen, die Welt der stundenlangen Ritte war gestorben. Mit jedem Tag, an dem ich in meinem Zimmer saß und die Wand anschaute, verblasste das frische Grün der Wälder meiner Erinnerung. Mit jedem Tag wurden die Sonnenstrahlen meiner Erinnerung bleicher. Mit jedem Tag verklang das Plätschern des Baches in immer weiterer Ferne. Bald, so

dämmerte mir, würde ich ein Großstadtzombie sein. Aber ich
wehrte mich nicht.

Nur ich und die Wand. Wochen vergingen.

Diese Zeilen beschrieben für mich genau, warum der Verlust des Pferdes doppelt belastend gewesen war. Einerseits war der Tod des Pferdes traumatisierend für mich gewesen und ich kämpfte mit Trauer, Schmerz und Trauma. Anderseits hatte ich meine Gefährtin verloren, die mich stets begleitet hatte und mich in Welten entführte, in die ich ohne Pferd nie gelangt wäre.

Jetzt schlussfolgerte ich: Wenn beim-Pferd-sein ein bekanntes Allheilmittel ist, dessen Wirkung bei mir selbst zig-fach empirisch bewiesen ist, dann muss ich wieder so ein Allheilmittel anschaffen. Daraus ergab sich vor allem eines: Ein Sparplan für meine teure Therapie und mein kostspieliges Allheilmittel. Es war klar, dass ich es brauchte, denn ich wusste, dass es wirkte, obwohl ich immer noch nicht verstand, wie genau es wirkte. Ich notierte mir diese Frage: Wie wirkt das Allheilmittel ‚Aufenthalt im Sein der Pferde'? Wie hängt das alles zusammen? Ich spürte, dass es einen Zusammenhang gab, aber ich konnte ihn nicht verstehen. Was hatte der Schmerz in den Zellen mit dem verschlossenen Tor zu tun? Was hatte die somatische Seele mit dem Sein der Pferde zu tun?

Es gab noch einige Rätsel zu lösen auf meinem Weg zur Heilung. Ich versuchte, mich daran zu erinnern, was damals geschehen war, was ich empfunden hatte. Wie war es weiter gegangen? Was war dann passiert?

Irgendwann hatte der Schmerz sich in ein Taubheitsgefühl gewandelt. Wahrscheinlich waren die Zellen vom überwältigenden Schmerz so überstrapaziert worden, dass der Körper sich auf taub stellen musste, weil es nicht mehr auszuhalten war.

Und dann? Ich erinnerte mich. Als der Schmerz sich in ein Taubheitsgefühl gewandelt hatte, kam die Leere. In meinem Tagebuch fand sich eine treffende Beschreibung von der Leere.

Leere

∿

Lange stand ich am Abgrund und blickte hinunter. Ich sehnte mich so nach meiner Seelengefährtin. Ich hatte immer mit ihr gemeinsam ins Jenseits reiten wollen. Und eine Existenz im Diesseits war undenkbar ohne mein Einundalles. Aber ich wandte mich ab vom Abgrund und taumelte durch meine sinnentleerte Existenz. Irgendwann musste ich eingeschlafen sein.

Als ich aufwachte, fühlte ich mich leer. Es war, als hätte ich all meine Kraft aufgebraucht. Es war keine Kraft mehr in mir. Ich war nicht imstande mich zu bewegen. Ich konnte keine Gefühle identifizieren. Es war kein Gedanke in mir. Ich war einfach leer. Ich war einfach. Leer. Ohne zu sein. Das war mein letzter Gedanke.

Dann folgte Leere.

Die Leere blieb.

Lange.

Die Leere schien sich ins Endlose zu dehnen. Über Stunden, Tage, Wochen, Monate. Leere. Nichts als Leere.

Ich begann mich zu fragen, ob die Leere vielleicht mein neuer Lebensinhalt war. Denn sie war alles, was mein Leben erfüllte.

Irgendwann war ich so leer, oder so voller Leere, dass ich mich aufzulösen begann in der Leere. Ich löste mich in nichts auf. Ich wurde Leere.

Verlorene Seelen

~

Die Hitze war unerträglich. Es hatte achtunddreißig Grad im Schatten. Die Stadt war leer, wie verlassen. Kein Mensch war auf der Straße. Alle Fenster waren mit Rollläden verschlossen oder mit Vorhängen verhängt. Kein Windhauch regte sich. Der Asphalt glühte in der Sonne. Heiße Luft flimmerte über dem Boden und in der flimmernden Hitze sah ich sie:

Eine seelenlose Wanderin irrte durch die Stadt. Sie wanderte ziellos umher. Sie wusste nicht, was sie hinaus trieb in die gleißende Hitze der Betonschluchten. Sie musste sich bewegen, sie musste wandern, immerfort. Sie hatte Angst vor dem Erstarren, darum blieb sie in Bewegung. Nur nicht zur Ruhe kommen, nur nicht in der Stille alleine sein. In schlaflosen Nächten wanderte sie durch die Stadt, versuchte, ihren Zellenschmerz mit Alkohol zu betäuben und die Sehnsucht mit Zigaretten zu stillen. Dann wälzte sie sich in albtraumgeladenem Halbschlaf hin und her. Am nächsten Tag begann die seelenlose Wanderin erneut zu wandern. Sie wusste nicht, was sie hinaus trieb. Vielleicht, so ahnte ich, war sie auf der Suche nach ihrer verlorenen Seele?

Ich hatte für einen Moment ein klares Bild in der flimmernden Hitze gesehen. Oder war es nur vor meinem inneren Auge gewesen? Es war als ob ich durch ein Zeitfenster mein jüngeres Ich gesehen hätte. Ich wünschte, ich könnte meinem jüngeren Ich jetzt beistehen. Ich erinnerte mich daran, wie verloren ich gewesen war. Aber ich konnte nicht ändern, was damals geschehen war. Was ich ändern konnte, war jetzt. Und das würde ich tun. Ich würde mir jetzt helfen. Trotz der Hitze machte ich mich auf in die Buchhandlung und dann in die Stadtbücherei.

Ich fand ein Buch eines Therapeuten namens Peter A. Levine über Traumaheilung, in dem stand, dass Traumata sehr verbreitet waren.[1] Es waren nicht bloß große Ereignisse wie Krieg oder Katastrophen, die ein Trauma verursachen konnten, sondern es konnte bereits durch alltägliche Dinge wie Verlassenwerden oder eine Zahnoperation entstehen. Jedenfalls traumatisierend waren jegliche Gewalterfahrungen, jede Bedrohung von Leib und Leben sowie Vernachlässigung im Kindesalter. Da bereits alltäglichere Ereignisse Traumata zur Folge haben konnten, und das nicht gemeinhin bekannt war, waren sich viele Menschen gar nicht bewusst, dass sie an Traumafolgestörungen litten. Deshalb gab es viele Menschen, die ihre Traumafolgestörungen mit sich umher trugen und nicht einmal ahnten, dass sie traumatisiert waren. Andere wiederum verloren jede Erinnerung an das traumatische Ereignis. Wenn es schrecklich war, zu schlimm, um es wahrzuhaben, dann wurde es ins Unbewusste verdrängt. Jedenfalls war davon auszugehen, dass es viele Menschen mit unverarbeiteten Traumata gab.

Menschen, die unter Traumafolgestörungen litten, wurden im Volksmund auch ‚verlorene Seelen‘ genannt. Bereits in der Antike war das Phänomen bekannt gewesen. Homer schrieb in der Ilias, dass die Psyche –

die Seele im Griechischen – den Menschen bei Ohnmacht verließ. Schamanen nannten diesen Zustand Seelenverlust. Erst jetzt verstand ich, dass dieses Gefühl, eine seelenlose Wandererin zu sein, eine sehr treffende Beschreibung war. Die Erklärung dafür, was bei einem Trauma geschah, war, dass es durch einen großen Schock oder einen überwältigenden Schrecken zum nervlichen Zusammenbruch kam. Darauf folgte ein Erstarrungszustand. Man erstarrte innerlich. Es fühlte sich an, als hätte man den Kontakt zum eigenen Körper verloren. Man hatte keine Empfindung, die Haut war taub oder der Körper überhaupt. Man spürte nicht mehr. Man fühlte sich verloren, orientierungslos, die Existenz war sinnentleert, das Leben sinnlos, man verlor sich selbst und das Seelenvolle fehlte einem.

Der Volksmund kannte solche Geschichten von seelenlosen Wanderern und von verlorenen Seelen. Auch eine Geschichte aus dem Alten Testament, in der eine Frau zur Salzsäule erstarrte, als sie den Untergang der Städte Sodom und Gomorra mitansah, beschrieb den Schockzustand, der sich in einer Erstarrung manifestierte. Schon die griechische Mythologie erzählte solche Geschichten – etwa von Medusa, die einst eine schöne Frau gewesen war, dann vergewaltigt wurde, danach war ihr Anblick so entsetzlich, dass jeder, der ihr in die Augen sah, auf der Stelle zu Stein erstarrte.

Die Psychotherapie nannte das Phänomen Traumafolgestörung. Jemand, der ein Trauma erlitt, erstarrte vor Schreck, versteinerte vor Angst, war gelähmt vor Ohnmacht. Diese Redewendungen verdeutlichten, was bei einem Trauma passierte: Es war eine körperliche Reaktion auf ein überwältigendes Ereignis. Das Nervensystem reagierte auf extreme Bedrohung mit Erstarren. Es gab die drei Optionen Kampf, Flucht und Totstellen. Totstellen trat dann ein, wenn weder Kampf noch Flucht möglich war. Es war die letztmögliche Reaktion im Angesicht des Todes. Offenbar geschah im Zusammenhang mit Totstellen auch etwas im Nervensystem, sodass man keinen Schmerz empfand. Ein Mann, der von einem Tigerweibchen den Jungen zum Tötenlernen serviert worden war, berichtete, dass er weder Furcht noch Schmerz empfand, als die Tigerin ihn durch den Dschungel schleifte.[2] Er wurde gerettet, seine Leute erschossen den Tiger. Seine Erfahrung verdeutlichte, welche Funktion diese Reaktion des Nervensystems hatte. In einer ausweglosen Situation deaktivierte der Körper überlebenswichtige Impulse wie Schmerz und Angst, der Tod war gewiss. Die Erstarrung bewirkte, dass man sich dissoziiert fühlte. Oft verblieben Traumatisierte danach lange Zeit in einem Erstarrungszustand, in Depression und Gefühllosigkeit.

Ich kannte diesen Zustand. Ich hatte mich damals auch als erstarrt und gefühllos empfunden. Ich hatte mich selbst in meinem Tagebuch als seelenlose Wanderin, als verlorene Seele beschrieben. Hatte ich meine Seele verloren? Wie konnte ich meine Seele wiederfinden? War das überhaupt möglich? Es gab doch viele Geschichten von Soldaten, die traumatisiert aus dem Krieg zurückgekommen waren, die sich nie davon erholten und sich zu Tode soffen. So wie ich – ich hatte damals auch versucht, den Schmerz mit Alkohol zu betäuben, aber ich hatte auch getrunken, um zu vergessen und um schlafen zu können.

Ich hatte das Gefühl gehabt, ich wäre ein Vulkan. Einmal war ich zu Stein erstarrt, erkaltet, gefühllos, bewegungslos. Dann begann es zu brodeln in meinem Inneren, das versteinerte Herz wurde zu glühender Lava. Hin und wieder gab es Vulkanausbrüche. „Wie geht es dir?" Diese Frage meines damaligen Partners löste einen Vulkanausbruch aus. Die Lava ging über. Ich explodierte vor Wut. Lava und Asche brachen aus mir hervor und zerstörten alles, was mich umgab. Wie konnte er nur so dumm fragen? Sah er nicht, dass ich Höllenqualen litt? Wieso waren Menschen so unempathisch? Es machte mich wütend. Mit der Zeit hatten die Vulkanausbrüche meine paradiesische Insel verwüstet. Die Beziehung, die ich gehabt hatte, zerstörte ich mit meinem Zorn. Meine Freunde gingen auf Distanz. Die Familie beobachtete den Vulkan aus der Ferne. Nach mehreren Vulkanausbrüchen war nur noch erstarrtes Gestein, Nichts und Einöde um mich herum.

Aber ich wusste, dass Lavamassen auch ein fruchtbarer Boden waren, auf dem neues Leben entstehen konnte. Die Schamanen hatten es angeblich gekonnt, die Seele zurückzuholen. Traumatherapeuten waren auch der Ansicht, dass ein Trauma geheilt werden konnte. Das gab mir Hoffnung – ein Trauma war heilbar. Ich war also nicht auf alle Ewigkeit verdammt. Ich beschloss, mein Trauma zu heilen. Ich beschloss, mich auf die Suche nach meiner Seele zu machen und sie zurückzuholen. Ich begann meine Suche nach der Seele mit einer Literaturrecherche und der Lektüre relevanter Bücher.

In einem Buch eines Forschers las ich über die Rituale der Schamanen zur Seelenrückholung.[3] Schamanen vertraten die Ansicht, dass Seelenverlust eine häufige Ursache von Krankheit war. Demzufolge kam es vor, dass beim Tod eines Geliebten, eines Nahestehenden, die Seele naher Angehöriger mit auf die Seelenwanderung ging. Wenn etwa eine Mutter ihr Kind verlor, der Ehepartner, ein Elternteil oder ein geliebter Mensch starb, wenn ein enges Verhältnis bestanden hatte, dann konnte es sein, dass die Seele des Hinterbliebenen mit der Seele des Verstorbenen die Seelenwanderung ins Jenseits antrat. Dann blieb der Hinterbliebene seelenlos zurück und wurde krank. Die Seele konnte sich im Niemandsland zwischen Diesseits und Jenseits verirren, wenn sie nicht geführt wurde. Die verlorenen Seelen wanderten ziellos umher.

In manchen indigenen Kulturen waren Tiere Seelenführer. Wenn es passierte, dass ein Lebender seine Seele verlor, musste ein Schamane sich selbst in ein Tier verwandeln und die Seelenwanderung antreten. Es war ein aufwendiges Ritual, an dem die gesamte Gemeinschaft teilnehmen musste. Denn wenn ein Mitglied der Gemeinschaft seine Seele verloren hatte, ging das alle etwas an und alle sangen und trommelten gemeinsam, tagelang und nächtelang. Durch das Trommeln und den Gesang versetzte sich der Schamane in einen Trancezustand. Die Schamanen trugen Masken, die Tiere darstellten – oft einen Vogel – und dann wurden sie zum Vogel und traten die Seelenwanderung an. Dieses Ritual konnte mehrere Tage und Nächte dauern. Wenn der Schamane die Seele des Hinterbliebenen aufgespürt hatte, fing er sie ein und brachte sie zurück. Ein Pferd zeigte die Rückkehr der Seele an. Pferde bemerkten die Rückkehr der Seele als erstes und wurden daher zum

Melden der Seelenrückkehr eingesetzt. Der Schamane hauchte die Seele dem Seelenlosen wieder ein. Durch heftiges Schütteln und Zucken schüttelte der Seelenlose sein Trauma ab. Seine Seele war zurückgekehrt und er war genesen.

Dass bei dem Ritual tagelang getrommelt, getanzt und gesungen wurde – solange bis der Traumatisierte sich heftig zu schütteln begann, klang auf den ersten Blick etwas ungewöhnlich, aber auch Peter A. Levine erläuterte, dass er selbst die Beobachtung bei einer Patientin gemacht hatte, dass sie heftig zu zittern begann, und berichtete, dass es ihr danach besser ging. Auch im Tierreich konnte dieses Phänomen beobachtet werden. Ich suchte im Internet nach entsprechenden Videos und wurde fündig: Eine Gazelle lief um ihr Leben. In riesigen Sprüngen jagte sie über die Steppe, dicht gefolgt von einem Gepard. Im letzten Moment, bevor der Gepard die Gazelle erreichte, brach die Gazelle plötzlich zusammen, fiel hin und blieb regungslos liegen. Der Gepard kam erst viele Meter weiter zum Stillstand. Er blickte sich um, im hohen Gras war die Gazelle nicht zu sehen. Er nahm die Verfolgung einer anderen Gazelle auf. Die Gazelle lag wie leblos da und rührte sich nicht. Es sah aus, als wäre sie tot. Kurze Zeit später begann die Gazelle heftig zu zittern. Der ganze Körper zuckte und zitterte. Das Tier stand auf, schüttelte sich und ging dann davon, als wäre nichts geschehen.

Hier gab es Parallelen zwischen den Berichten der Schamanen, der Erfahrung des Traumatherapeuten und der Dokumentation der Tierfilmer. Wenn es stimmte, konnte man ein Trauma heilen.

Ich wollte es auf jeden Fall glauben und ich würde alles tun, um mein Trauma aufzulösen. Ich wollte meine Seelenrückführung angehen, aber ich kannte weder einen Schamanen, noch konnte ich mir derzeit eine Traumatherapie leisten, denn ich musste den Studienkredit zurückzahlen und ich sparte für ein Pferd. Ich wusste, dass ein Pferd das Beste für meine psychische und physische Gesundheit war, daher stand es auf der Prioritätenliste ganz oben. Also war ich zunächst einmal auf mich selbst gestellt. Konnte ich mich selbst heilen? Wie würde ich meine Seele wiederfinden und zurückholen?

Pegasus' Geburt

~

„Man muss sterben um zu leben." Dieser Satz war das Einzige, was hängen blieb von einem Philosophie-Gespräch im Fernsehen. Der Satz machte mich nachdenklich. Ich stellte den Fernseher ab, um nachzudenken – oder nachzuspüren – oder beides. Mir kam das Buch des Forschers über die Schamanen in den Sinn, das ich gelesen hatte. Teil der Initiation eines Schamanen waren großes Leid und todesnahe Erfahrung durch Krankheit, Schicksal oder Initiationsriten. Das Durchleben des Leids und die anschließende Auferstehung, die Wiedergeburt, waren maßgeblich für das Werden des Heilers. Wer seine Selbstheilungskraft entdeckt hatte, wurde als fähiger Heiler angesehen.

Die griechische Mythologie erzählte die Geburt des geflügelten Pferdes Pegasus folgendermaßen: Als Medusa – die den Schrecken verkörperte und jeden zu Stein erstarren ließ, der ihr in die Augen sah – das Haupt abgetrennt worden war, entsprangen aus ihrem Blut Pegasus und Chrysaor – ein Krieger, der manchmal auch in Pferdegestalt dargestellt wurde. Das geflügelte Pferd Pegasus wurde geboren, als die schreckliche Gestalt starb, die alle zu Stein erstarren ließ, die ihr in die Augen sahen. Wenn man davon ausging, dass Mythen einen wahren, weisen Kern enthielten, eine verschlüsselte Botschaft, so konnte das bedeuten, dass derjenige, der es schaffte, die innere Erstarrung zu überwinden, seinen inneren Pegasus erschuf. Pegasus hatte bekanntlich die

Quelle der Inspiration geschaffen, als er mit den Hufen auf die Erde stampfte. Es bedeutete, dass die versteinerte Energie, die im Trauma gebunden war, transformiert werden konnte und sich sodann in schöpferische Kraft verwandelte.

Es war die Verheißung eines anderen Lebens. Wem es gelang, das Trauma hinter sich zu lassen, wer es schaffte, die lähmende Opferrolle zu verlassen, der kam in die eigene Schöpferkraft und konnte fortan sein Leben aktiv gestalten, anstatt nur dem Schicksal ausgeliefert zu sein. Ich wusste, dass das Leben danach nie mehr so sein konnte, wie es vorher gewesen war. Man selbst war ja ein anderer Mensch geworden. Aber wenn man wiedergeboren wurde, konnte man ein anderes Leben leben – man war weiser geworden, leidgeprüft, schicksalsgebeutelt, gebrochen aber zusammengewachsen. Wer sich von einem Trauma erholte, verfügte über Resilienz und Selbstheilungskraft. Wer gelernt hatte Schicksal und Trauma zu überleben, zu durchleben, wer auferstand, wer wuchs statt zu zerbrechen, konnte dem Leben danach mit anderen Augen entgegentreten und ein neues Leben leben.

Das war es, was ich wollte. Ich wollte wieder bei Tagesanbruch aufwachen, ausgeschlafen, mit dem Gefühl des geflügelten Herzens in vollen Zügen das Leben leben. Den Prozess des Leidens, des beinahe Sterbens und der Wiedergeburt hatte ich durchlaufen. Es gab darüber Berichte in meinem alten Tagebuch.

Es war, als ob ein Teil von mir gestorben war.

. . .

Das stand auf der Seite nach der schwarzen Seite, auf der stand, dass es sich angefühlt hatte, als ob mir bei lebendigem Leibe die Seele herausgerissen worden war.

Vom beinahe Sterben und wieder auferstehen, gab es ebenfalls einen Eintrag mit der Überschrift: „Die Sterbende".

Sie lag auf der Erde. Sie wollte sterben. Sie war bereit. Sie wartete auf den Tod. Ihr Körper war schwach und wehrte sich nicht. Die Seele wollte sterben.

Sie schlief ein.

Sie schlief tief. Sie schlief ungewöhnlich tief. Ihr Atem wurde flach. Und mit jedem Atemzug schwächer. Die Kraft, die Lebensenergie, hielt nichts mehr in diesem Körper. Langsam begann sie aus dem Körper zu weichen. Noch zaghaft aber dennoch schicksalsergeben wich die Lebenskraft aus dem Körper. Der Körper wurde kraftlos. Leblos.

Ein leises Vogelzwitschern drang in die Finsternis. Es hallte lebensfroh durch die Dunkelheit. Von allen Höhlenwänden wurde es zurückgeworfen, es sprang hin und her wie ein Ball in einem endlosen Labyrinth. Immer weiter, immer tiefer drang es in die Finsternis. Es flatterte mutig in die abgründigen Tiefen der Höhlen der Finsternis. Ein kleines Vogelgezwitscher in der dunklen Welt der Fledermäuse. Es war Tag. Die Fledermäuse schliefen. Sie hingen überall an den Höhlenwänden und blieben unberührt von dem Vogelgezwitscher. Natürlich, sie sind Geschöpfe der Finsternis, Dämonen der Nacht, niemals würden sie für die Sonne singen. Das Vogelgezwitscher flatterte todesmutig weiter in das Reich der Fledermäuse. Kein Laut. Nur das Flattern des Vogelgezwitschers.

Als ein Wassertropfen von der Decke fiel und in einer Pfütze landete, hallte das Plupp weithin in allen Höhlengängen. Die Welt der Finsternis schlief fest am Tag, sie war auch die Welt der Stille, des Sterbens und des Erlösens. Hier, weit unten in den Höhlen der Finsternis lag ein lebloser Körper auf dem kalten Steinboden. Kein Fledermauskörper. Ein Menschenkörper. Er rührte sich nicht. Das Vogelgezwitscher flatterte aus den schmalen Höhlengängen herein in die sich zu einer riesigen Halle erweiternde Tropfsteinhöhle. Sie hatte riesige Säulen, die die hohe Decke trugen. Das Fallen der Wassertropfen erfüllte die Halle mit einer gespenstischen Musik. Das Vogelgezwitscher flatterte durch die Halle. Als wäre es gesandt worden, als hätte es nach etwas gesucht und es gefunden, flatterte es zielgerichtet auf den leblosen Körper zu. Über ihm flatterte es einige große Kreise. Dann kleinere Kreise. Kreise, die spiralförmig immer kleiner wurden und sich immer weiter herabsenkten, bis das Vogelgezwitscher schließlich nur noch um das Ohr des Körpers flatterte. Nur für einen Sekundenbruchteil ließ es sich ganz herab und setzte sich kurz auf das Ohr des Körpers, um noch im selben Moment wieder aufzuflattern und sich in großen Spiralen in der Dunkelheit zu verlieren. Leiser und leiser, blasser und blasser wurde das Vogelgezwitscher, es verlor an Kontur, gewann an Schwärze und wurde Eins mit der Finsternis.

Aber der Kuss des Vogelgezwitschers war in das leblose Ohr gedrungen. Es erfüllte den leeren Kopf mit der sprühenden Lebensfreude des frühlingshaften Singvogelgezwitschers. Die Augen blinzelten. Das Herz zuckte. Die ausgetrocknete Kehle rang nach Luft. Der schwarze Körper gewann an Kontur und begann mit der Finsternis zu ringen. Sie war schon dabei gewesen, sich über ihn zu legen. Sie wollte ihn in sich aufnehmen. Der schwarze Körper wurde ein Schatten und begann sich zu winden und zu wehren. Aber die Finsternis nahm ihm den Atem und schließlich sackte der Schatten wieder zu Boden.

Das Flattern des Vogelgezwitschers erfüllte allmählich auch den Körper mit Lebensschwingungen. Es breitete sich aus, vom Ohr über den ganzen Kopf, hinab durch alle Adern floss plötzlich Lebensenergie. Es begann mit einem Kribbeln in den Fingern, es floss durch die Arme, das Gesicht, hinab durch den Körper bis zu den Zehen. Lebenskraft war erweckt. Und sie begann zu fließen. Sie floss durch alle Kanäle des Körpers. Das Herz begann mit aller Kraft zu pumpen, es pumpte und pumpte und plötzlich bekam der Steinpanzer einen Riss. Es pumpte mit aller allerletzter Kraft und sprengte den Steinpanzer in zwei Hälften. Der Schmerz wurde mit dem Stein aufgerissen. Die Augen öffneten sich und Tränen schossen hervor. Es waren so viele, dass sie einen Strom bildeten, der unaufhörlich über die Wangen lief und vom Kinn tropfte. Er spielte mit der Musik der fallenden Tropfen in der Höhle der Finsternis. Die leeren Lungen rangen nach Luft und der Körper richtete sich auf.

Schmerz kann töten, aber er kann auch wiederbeleben. Er erfüllte den ganzen Körper, floss durch alle Adern, führte zu einem Gefühlsausbruch. Der Körper kniete in einem See aus Tränen, hob den Kopf zum Himmel der Finsternis und schrie. Schrie. S c h r i e. S c h r i e. S C H R I E. Schrie den Schrei des Schmerzes.

Schrie. S c h r i e. S c h r i e. S C H R I E. Schrie den Schrei des Schmerzes.

· · ·

Schrie. S c h r i e. S c h r i e. S C H R I E. Schrie den Schrei des
Schmerzes.

Schrie. S c h r i e. S c h r i e. S C H R I E. Schrie den Schrei des
Schmerzes.

Der Schrei des Schmerzes zerriss die Dunkelheit. Es war ein
Schrei des Schmerzes, des Leids und des Empfindens. Ein Schrei
des Lebens. Ein Ruf nach dem Tod, aber ein Schrei des Lebens.
Die Finsternis wich. Ein Lichtstrahl zerschnitt die Dunkelheit
in tausend kleine Stücke. Gleißendes Licht scheuchte die
Fledermäuse auf. Der Schrei hallte von allen Seiten.
Fledermäuse erfüllten die Luft wie ein schwarzer Schneesturm.
Gleißendes Licht drang Laserstrahlen gleich mühelos durch die
Welt der Finsternis. Die Schwärze wich von dem Körper, er
bekam Farben im Licht, er hörte auf zu schreien. Der Schrei
verhallte, verlor sich in großen Spiralen in der Dunkelheit.
Leiser und leiser, blasser und blasser wurde der Schrei, er verlor
an Kontur, gewann an Schwärze und wurde Eins mit der
Finsternis. Die Fledermäuse ließen sich an der Decke nieder.
Stille kehrte ein. Der Körper erhob sich und schritt in das
gleißende Licht.

Eine Gestalt trat vor die Höhle. Sie war umhüllt von hellem
Licht. Sie war eine Wiedergeborene. Sie war ein neues Leben.

Ich legte mein Tagebuch zur Seite. Ich war beinahe –
oder teilweise – gestorben, ich war wiedergeboren, und
trotzdem war ich immer noch schlaflos und seelenlos.
Ich beschloss, dass es nun an der Zeit war, dass mein
innerer Pegasus geboren wurde. Ich musste mich

innerlich transformieren, heilen, ich musste ein neues Leben werden.

Die kommenden Wochen verbrachte ich jede freie Minute mit Recherchen über Heilung, Trauma, Selbstfindung. Ich las im Internet, durchstöberte Büchereien, Bibliotheken, Buchläden, Antiquariate, Flohmärkte. Ich las alles, was mit Heilung zu tun hatte. Ich las alles, was ich finden konnte, über Heilung, Traumaheilung, über schamanische Rituale, über Psychotherapie, über Selbstfindung, über die Psyche und die Seele.

Ratlos saß ich in der Bücherei vor einem Stapel Bücher. Ich hatte keine Ahnung, wie ich jetzt tatsächlich heilen konnte. Ich wusste nicht, wie ich meine Seele wiederfinden konnte. Ich hatte das Gefühl, dass ich mich wieder im Labyrinth des Wissens verrannt hatte. Ich hatte so viel gelesen, mir so viel Wissen angeeignet und war genauso ratlos und planlos wie zuvor. Wo sollte ich anfangen? Wie sollte ich anfangen? Was sollte ich tun, wenn ich motiviert war zu heilen, aber nicht wusste wie? In all den Büchern stand so viel interessantes Wissen, aber der entscheidende Hinweis, die zündende Idee, dieses eine Aha-Erlebnis, dank dessen ich plötzlich wusste, welcher mein Weg sein würde, ließ noch immer auf sich warten. Ich war müde, frustriert, deprimiert und wusste nicht weiter.

Knochen Sammeln

~

„Darf ich dir etwas vorlesen," fragte eine fremde Frau, die sich unbemerkt auf einen nahegelegenen Sessel gesetzt hatte.

„Nur zu, ich bin ganz Ohr." Ich ließ mich spontan darauf ein.

„Hör zu!" Sie freute sich offenbar über meine Einwilligung. Sie schlug das Buch auf, das sie in der Hand hielt und begann daraus vorzulesen. Die Geschichte handelte von einer alten Frau, die durch die Wüste wanderte und Knochen aufsammelte. Sie sammelte jeden noch so winzigen Knochen, den sie fand, von allen möglichen Tieren, die dort in der Wüste gestorben waren. Schließlich legte sie alle Knochen vor sich fein säuberlich in den Sand, so dass sie das Skelett eines Tieres bildeten. Dann begann sie zu singen und zu tanzen und beschwor mit ihrem Gesang Lebenskräfte herauf. Plötzlich sprang ein Wolf auf und rannte davon.[1]

„Weißt du, was das bedeutet?" Sie blickte mich mit weit aufgerissenen Augen der Erkenntnis an.

Ich schüttelte den Kopf.

„Wir müssen in der Wüste unserer Psyche die Reste, von allem was gestorben ist, aufsammeln und ihnen neue Lebenskraft einhauchen."

„Beeindruckend," gestand ich. Nach einer längeren

Schweigepause, in der ich darüber nachgedacht hatte, fügte ich hinzu: „Ich wandere schon seit langer Zeit durch die Wüste. Ich sammle schon lange Knochen. Ich habe einen großen, schweren Sack voller Knochen, den ich durch die Wüste schleppe. Ich habe viele Knochen gesammelt, es müsste für einen Wal reichen. Aber ich sitze da, in der Wüste, vor dem Haufen Knochen und nichts entsteht daraus. Ich sitze einfach da und starre auf die toten Knochen meiner Psyche."

Sie nickte. „Verstehe. Du hast viele Knochen gefunden in deiner Wüste, aber du schaffst es nicht, Neues auferstehen zu lassen. Das ist das Schwierigste. Aber es geht! Das ist die Botschaft der Geschichte. Sie transportiert ein Geheimnis. Irgendwie geht es. Die alte Frau kann es. Es gibt einen Weg. Man muss ihn finden. Wir müssen es versuchen, immer wieder, solange bis es klappt."

Ich runzelte skeptisch die Stirn.

„Wir probieren das jetzt aus."

„Was? Wie? Wo?"

„Wir hauchen deinem Knochenhaufen Leben ein. Wie – das werden wir sehen, wir probieren es einfach. Wo – gleich hier."

„Was hast du vor?"

„Schließe die Augen."

Ich zögerte. Ich sah mich um. Wir waren alleine. Schließlich ließ ich mich darauf ein. Ich seufzte tief und sank in den Sessel. Dann schloss ich die Augen.

„Geh in dich. Mit jedem Atemzug gehst du tiefer in dich. Du gehst in deinen Körper hinein."

Ich war sofort im Bann der tiefen, bestimmten, aber vertrauenserweckenden Stimme und folgte ihren Anweisungen. Ich atmete tief ein und aus. Ich richtete mein Bewusstsein nach innen. Ich versuchte, meinen Körper zu spüren und ganz mein Körper zu sein.

„In dir gibt es diese Pforte. Sie ist das Tor in dein unbewusstes Sein. Suche und finde die Pforte."

Ich stellte mir ein altes Tor aus knorrigem Holz vor. Es war ganz verwachsen und überwuchert von Rosensträuchern und Brombeerbüschen. Es war versteckt, man konnte es kaum sehen.

„Öffne die Türe, geh durch die Pforte, mach dich auf den Weg in dein unbewusstes Reich."

Ich musste mich mit aller Kraft gegen das Tor stemmen, damit die knarrende alte Holztüre aufging. Vor mir lag eine düstere Öffnung. Langsam gewöhnten sich meine Augen an die Dunkelheit und ich erkannte vor mir Stufen, die hinab in eine riesige, düstere Höhle führte.

„Du steigst hinab in die Tiefen deiner Unterwelt. Du wanderst durch deine Schattenwelt."

Ich begann die endlose Stiege mit hunderten, in den Stein gehauenen Stufen hinab in die Unterwelt meiner Psyche zu steigen. Es war wie eine riesige Tropfsteinhöhle – düster, feucht, es hallte, Fledermäuse hingen an der Decke. Die Vernunft sagte, ich müsse sofort umkehren und zurück ins Bewusstsein kehren. Es sei gefährlich hier. Hier lauere nur Wahnsinn, Tod und

Verderben. Aber etwas in mir wusste, dass es der einzige Weg zur Wahrheit war, der einzige Weg zu meinem wahren Selbst. Der Weg der Heilung führte durch dieses Reich des Unbewussten. Heilung war, was ich wollte. Das war es, was ich brauchte. Es war die einzige Rettung. Ich musste da jetzt durch. Ich ging weiter.

„Du wanderst durch dein unbewusstes Reich, immer tiefer dringst du vor, in die entferntesten Regionen deines Unbewussten."

Ich wanderte durch düstere Schluchten. Ich kannte die Schluchten. Ich war früher lange Zeit hier gewandert. Ich hatte lange Zeit das Gefühl gehabt, hier gefangen zu sein. Eigentlich hätte ich auch einfach gehen können, aber irgendwie hatte ich mich nicht aufraffen können, den langen Weg zurück anzutreten. Um weiter zu gehen, hatte mir der Mut gefehlt. Ich hatte Angst gehabt, mich hier zu verirren. So war ich weder vor, noch zurück gegangen, war in der Schlucht geblieben und hatte mich wie gelähmt gefühlt. Irgendwann hatte ich umgekehrt und mühsam die vielen Stufen erklommen. Es war ein langer Aufstieg gewesen, der mir viel Kraft und Disziplin abverlangt hatte. Als ich wieder oben war, hatte ich trotzdem das Gefühl gehabt, dass mir etwas fehlte, dass ich mir selbst im Weg stand, dass etwas in mir selbst mich daran hinderte zu heilen, zu wachsen und zu werden.

„Du gehst immer weiter durch dein unbewusstes Reich. Irgendwann stehst du an. Du glaubst, es gibt hier keinen Weg heraus, man kommt nirgends weiter. Aber irgendwo gibt es einen versteckten Durchgang. Suche ihn und finde ihn!"

Am Ende der Schlucht stand ich vor einer senkrechten Wand, die ins Unendliche hinauf ragte. Es war eine Sackgasse. Kein Weg führte weiter. Doch dann spürte ich einen Luftzug. Ich folgte ihm entlang der Felswand und fand einen Spalt im Felsen, der versteckt war und nahezu unsichtbar. Ich zwängte mich durch den schmalen Felsspalt. Einige Duzend Meter musste ich mich durch eine enge Kluft zwängen und mich durch mehrere Schichten Spinnweben hindurch kämpfen.

„Du trittst aus dem Durchgang heraus und siehst die Wüste."

Ich trat aus dem Felsspalt und vor mir lag eine weite Wüstenlandschaft. Die Wüste verlor sich in der Weite der Unendlichkeit am Horizont. Im Wüstensand standen vereinzelt Dornbüsche und – was war das?

„Was siehst du?"

„Es sieht aus wie ein Elefantenfriedhof," hauchte ich atemlos. Mir stockte beinahe der Atem. Ich sah große Skelette, die aus dem Sand ragten. Der Wind wehte immerfort Sandkörner über den Wüstenboden. Sandkörner rieselten immerzu, wie durch eine riesige horizontale Sanduhr.

„Geh und sieh dir die Knochen an."

Ich stolperte mit zittrigen Knien in die Wüste. Beim ersten Skelett im Sand blieb ich stehen und starrte auf die großen Knochen, die aus dem Sand ragten. Hier lagen sie, die Skelette von allem, was in meiner Psyche gestorben war.

„Jetzt nimm dir einen Knochen von dem Skelett, steck

ihn in deinen Beutel und geh zum nächsten Skelett. Sieh es dir an. Nimm einen Knochen. Geh weiter."

Ich begann zu schluchzen. Kurze Zeit später weinte ich schmerzlich. Dann wurde ich von heftigen Weinkrämpfen geschüttelt. Ich beugte mich vornüber, hielt beide Hände vor mein Gesicht, keuchte, japste nach Luft, wurde wieder von Weinkrämpfen gebeutelt, weinte und rang nach Luft und weinte wieder, bis sich die Weinkrämpfe schließlich entladen hatten und ich mich völlig erschöpft fühlte vom Weinen, aber gleichzeitig auch irgendwie erleichtert.

„Bleib da. Lass die Augen zu. Bleib in der Wüste auf dem Elefantenfriedhof."

Ich schnäuzte mich laut und holte tief Luft. Aber ich ließ die Augen geschlossen und versuchte, da zu bleiben, bei den Skeletten. Ich musste mich ihnen stellen.

„Hast du Knochen von allen Skeletten? Such dir einen Ort an dem du die Knochen ausbreitest. Sortiere sie und ordne sie. Forme ein neues Skelett."

Ich fand eine geschützte Stelle bei einer Düne. Dort wuchsen Dornbüsche, die den Wind und den Sandsturm abhielten. Ich legte die Knochen vor mir auf den Boden und versuchte, sie so anzuordnen, dass sie ein neues Skelett ergaben.

„Bist du soweit?"

„Nein. Es passt nicht. Irgendwie passen die Knochen nicht. Es gibt kein neues Skelett."

„Schon gut. Vertraue einfach darauf. Beginne jetzt zu singen und tanzen!"

Ich sang und tanzte.

„Und? Was geschieht?"

„Nichts. Ich singe und tanze und nichts passiert."

„Du musst die Knochen sterben lassen − loslassen und ihnen damit erlauben wieder neu zu entstehen."

Ich bemühte mich, zu akzeptieren, dass tot war, was gestorben war. Das war mir schon immer schwergefallen. Aber ich wusste, ich musste Totes tot sein lassen. Ich ließ los.

„Jetzt beschwöre mit all deiner Lebensenergie neues Leben herauf!"

Ich versuchte mit aller Lebenskraft, die ich hatte, dem Knochenhaufen Leben einzuhauchen. Ich tanzte um das Skelett im Sand. Ich summte und sang, ich trommelte mit den den Füßen auf den Boden und klatschte mit den Händen.

„Und? Was siehst du?"

„Die Knochen vibrieren."

„Gut. Mach weiter!"

Ich tanzte und sang. Ich fand einen Rhythmus. Ich tanzte zum Rhythmus meines Herzschlags. Ich hatte das Gefühl, dass sich die Knochen vor meinen Augen im Sand bewegten. Oder war es eine optische Täuschung, weil der Sand in Bewegung war, da er vom Wind unaufhörlich übers Land geweht wurde?

„Was passiert?"

„Die Knochen beginnen sich selbst zu formieren!"

„Nehmen sie Gestalt an? Was ist es für eine Gestalt? Was siehst du?"

„Nein, ich kann keine Gestalt erkennen."

„Mach weiter. Bleib dran. Höre nicht auf."

Ich bemühte mich nach Leibeskräften, innerlich Lebensenergie zu kreieren und den Knochen in meiner Psyche Leben einzuhauchen. Ich summte, ich vibrierte innerlich. Ich bewegte mich zu einem Rhythmus, der aus meinem Inneren zu kommen schien.

„Was siehst du? Formieren sich die Knochen? Kannst du eine Gestalt erkennen?"

„Nein, noch immer nicht."

„Mach weiter. Hauche den Knochen Leben ein! Nur du kannst die Knochen zum Leben erwecken!"

Ich tanzte zum Rhythmus meines Herzschlags und plötzlich war es ein Galopprhythmus. Der Galopprhythmus ergriff von mir Besitz und ging mir durch und durch – durch Mark und Bein. Schließlich wurde ich der Galopprhythmus.

Ein weißes Pferd sprang auf und stob durch die Wüste davon.

Folge dem weissen Pferd

~

„Folge dem weißen Pferd," hatte die Frau gesagt. Sie hatte gelächelt und war gegangen. Ich war völlig benommen und perplex sitzen geblieben. Ich wusste gar nicht, was mit mir gerade geschehen war.

Nach einer Weile stand ich auf und begann die Bücherei nach Büchern über weiße Pferde zu durchsuchen. Da gab es die Lipizzaner, sie stammten von iberischen Pferden ab.[1] Ich las über die Geschichte der iberischen Pferde, der Andalusier und Lusitanos. Beide Rassen gingen auf Cartujanos zurück, die Karthäuser Pferde. Dem Karthäuser Pferd wurde ein besonders edler Charakter nachgesagt. Legenden zufolge hatte der König von Spanien die Pferdezucht den Karthäuser Mönchen übertragen, die sich offenbar vorzüglich darauf verstanden Pferde zu züchten, denn bis heute galten die Cartujanos und deren Verwandte als die edelsten Pferderassen überhaupt. Jedenfalls aber waren sie die bevorzugten Pferde der europäischen Monarchen gewesen – weiß und edelmütig.[2] Manche behaupteten, die spanischen Pferde würden von Berber Pferden abstammen, andere waren sich sicher, dass das Sorraia Wildpferd der Urahne der iberischen Pferderassen war. In der Antike war das Nisaeanische Pferd das begehrteste aller Pferde gewesen. Pferde aus der Ebene bei Nisaea wurden von Herodot erwähnt. Dieses Pferd war von so vorzüglichem Charakter, dass es „himmlisches Pferd" genannt wurde.[3] Das Nisaeanische Pferd galt als ausgestorben und hatte laut Überlieferungen häufig einen Knorpel auf der Stirn. „Aha – das waren die Einhörner. Daher kommt der Mythos des Einhorns," murmelte ich vor mich hin. „Es gab sie also wirklich, die Einhörner. Prächtige weiße Pferde mit einem Horn auf der Stirn, die so großartig waren, dass die Menschen ihnen magische Kräfte zusprachen," sagte ich zu mir selbst. Diese antiken Geschichten offenbarten deutlich, wie sehr edelmütige Pferde verehrt worden waren – himmlisches Pferd, Einhorn – das Pferd war der Ursprung vieler Fabelwesen und Mythen.

In der Antike wurde ohne Steigbügel geritten, da diese erst später erfunden worden waren. Wer ohne Steigbügel in den Krieg reitet, die Wüste durchquert oder auf Löwenjagd geht, legt besonderen Wert auf Charakter, Loyalität und Handhabbarkeit des Pferdes. Daher war der Charakter ein wesentliches Auswahlkriterium in der Pferdezucht. Die antiken Griechen hatten zahlreiche Exemplare dieser Pferderasse aus Nisaea auf die iberische Halbinsel importiert. Die iberischen Rassen wurden wahrscheinlich von den himmlischen Pferden der Antike geprägt.

An einer Stelle las ich, dass es möglich sei, dass alle Schimmel von einem einzigen Pferd abstammten. Die weiße Fellfarbe werde durch eine Genmutation hervorgerufen. Alle weißen Pferde hatten dieses Grey-Gen, das sich dominant-rezessiv vererbte. Die Menschen fanden besonderen Gefallen an weißen Pferden und so wurden diese Pferde bevorzugt gezüchtet. Es gab Rassen, die ausschließlich oder vorwiegend als Schimmel gezüchtet wurden. Lipizzaner, Lusitanos, Andalusier,

Berber und Araber waren allesamt Pferde der Könige. Kaiser und Könige hatten stets weiße Pferde bevorzugt. Sie verstanden es die Symbolkraft des weißen Pferdes für sich zu nutzen. Jeder Kaiser ritt ein weißes Pferd. Weiße Pferde galten als die edelsten aller Pferde und genossen großes Ansehen. Bis heute waren die weißen Pferde Symbol des Nationalstolzes der Spanier wie der Österreicher.

Das weiße Pferd war mehr als ein Pferd, es war ein Symbol. Das war mir klar. Aber warum das weiße Pferd eigentlich ein so kraftvolles Symbol war, das wollte ich genauer eruieren. Ich begann in diese Richtung zu recherchieren und entdeckte ein Buch einer Historikerin namens Elaine Walker, das sich mit dem Mythos Pferd befasste.[4] Darin fand ich interessante Hinweise, die ein wenig Licht in das Rätsel der Symbolkraft weißer Pferde brachten.

In der keltischen Mythologie war das weiße Pferd das Symbol für den Tod. Das weiße Pferd war ein Mittler zwischen den Welten, ein Bote aus dem Jenseits. Ein weißes Pferd an einem nebligen Fluss war ein Symbol für den Übergang in die Geister- und Unterwelt. Das weiße Pferd war ein mystisches Wesen, ein Symbol für Reinheit und Transzendenz. Das weiße Pferd war das Symbol der Göttin Epona – der Pferdegöttin, Fruchtbarkeitsgöttin, Erdmutter und Göttin der Spiritualität. Sie wurde im keltisch-europäischen Raum von der Antike bis zur Spätantike verehrt. Auch die Römer feierten ihr zu Ehren jedes Jahr ein Fest.

Eine Recherche förderte weitere interessante Geschichten zu Tage: Tacitus berichtete, dass die

Germanen weiße Pferde hielten, die sie zur Weissagung befragten. Weiße Rosse wurden von Gemeindewegen in den Hainen gehalten, sie wurden nie durch einen irdischen Dienst entweiht, sie waren keine Arbeitspferde, die weißen Pferde waren ausschließlich für das Orakel bestimmt. Die Priester befragten sie bei bedeutenden Belangen und schlossen aus ihrem Schnauben und Scharren auf Hinweise.[5] Auf Wikipedia las ich, dass aus dem slawischen Raum ebenfalls Pferdeorakel überliefert waren, bei denen das Verhalten eines weißen Pferdes Aufschluss über wichtige Fragen gab.[6] In Japan gab es ein Fest der weißen Pferde, sie galten als Glücksbringer und es gab Legenden, dass sie Frauen verzauberten.[7]

Ich fand es faszinierend, dass Pferde in so vielen Kulturen als heilige Wesen verehrt worden waren. In manchen indigenen Kulturen wurden Tiere als Geistführer in die Welt der Toten verehrt, die in Form von allen möglichen Tierwesen in Erscheinung traten. Die Anbetung von Tieren zählte zu den ältesten Formen der Volksreligion und fand sich in verschiedenen Teilen der Welt wieder. Die Menschen verehrten einst Tiere – animals – als Geistführer, Seelengefährten, spirituelle Begleiter, Führer der Anima, der Seele. Das Wort Schimmel stammte wahrscheinlich von Schemen, Schimmern und Scheinen ab. Schemen waren Geister und Dämonen. Dämonen waren ursprünglich – in der Antike – Wesen, die mit dem Göttlichen in Verbindung standen und nicht negativ besetzt waren. Schimmel – weiße Pferde – waren also Wesen, die mit dem Göttlichen in Verbindung standen. Weiße Pferde waren Wesen, die

Druiden den Weg wiesen, Führer der Seele, Mittler zwischen den Welten.

Diese Lektüre und die Gedanken, die sich daraus entspannen waren tiefgründig und bewegten etwas tief in mir, das nur selten in Bewegung geriet. Es war von großer Bedeutung, was ich gelesen hatte. Es barg eine bedeutsame Erkenntnis. Rational konnte ich es noch nicht erfassen, aber ich spürte, dass es von großer Bedeutung war. Diese Empfindung, dass ich tief bewegt war, war ein klarer Hinweis darauf, dass ich auf etwas Wichtiges gestoßen war – etwas Bedeutsames. Das Gespür hatte es längst erfasst, aber der Verstand konnte es sich noch nicht erklären. Ich hoffte, dass die Erkenntnis nach und nach in mein Bewusstsein vordringen würde. Ich packte die Bücher zusammen und wandelte tief in Gedanken versunken aus der Bücherei hinaus.

Den Abend verbrachte ich damit, mit geschlossenen Augen in mich hinein zu spüren. Ich versuchte, die Bedeutung des weißen Pferdes für mein Leben zu erfassen. Ich versuchte dieses Gefühl, dass etwas ganz Altes in mir bewegt worden war, zu begreifen, in Gedanken zu fassen, damit ich verstehen konnte, was ich spürte. Eine Weile saß ich bewegungslos da. Zwischendurch wurde ich aufgeregt und begann wieder in einem Buch zu lesen oder im Internet zu recherchieren. Dann setzte ich mich wieder hin und lauschte in der Stille nach Hinweisen. Irgendwann schlief ich auf dem Sofa ein.

Aus dem dichten Nebel, der am Boden entlang kroch, ragten lange, graue Stämme. Die Baumkronen verschwanden in einer Nebelschwade. Eine Gestalt stolperte durch den Nebelwald. Sie hatte im dichten Nebel die Orientierung verloren. Als die Gestalt die Kapuze zurückschob, wusste ich, dass ich es war. Ich beobachtete, wie ich durch den Nebel irrte. Ich tastete mich langsam Schritt für Schritt voran, von einem Baumstamm zum nächsten. Ich lauschte in den stillen Nebelwald. Dann tastete ich mich weiter. Ich folgte einem vagen Empfinden. Ich suchte nach etwas, aber ich wusste nicht, was es war. Nach einer Weile kam ich an eine Stelle, an der sich die dichtstehenden grauen Baumstämme öffneten und den Blick auf einen breiten, ruhigen Fluss freigaben. Ich stand am Fluss, regungslos und blickte in der Stille auf das Wasser, über dem dichte Nebelschwaden schwebten. Eine ganze Weile stand ich am Ufer und wartete. Ich wusste nicht, worauf ich wartete. Ich wusste noch immer nicht, was ich suchte und warum ich hier war. Ich war nur einem vagen Empfinden gefolgt und jetzt stand ich im Nebelwald am Fluss. Zweifel beschlichen mich. Angst kroch durch den Wald auf mich zu, wie die Nebelschwaden dicht über dem Waldboden. Ich holte tief Luft und hielt stur am Vertrauen auf ein vages Empfinden fest. Ich blickte auf das Wasser, das ruhig und gleichmäßig dahin floss. Als sich der Nebel lichtete, sah ich am anderen Ufer eine Silhouette. Am Ufer des ruhigen Flusses stand ein weißes Pferd. Es sah mich an. Nach einer Weile wandte es sich ab und ging davon. Ich sah ihm nach. Staunend, mit offenem Mund, unfähig mich zu rühren, stand ich am Fluss und sah dem weißen Pferd nach. Die Erscheinung hatte mich tief beeindruckt. Ich wusste, das weiße Pferd hatte eine Bedeutung, aber ich wusste nicht, was es bedeutete. Ich wurde aufgeregt, aber ich wusste nicht, was ich tun sollte. Nach einer Weile erschien das Pferd wieder aus einer Nebelschwade – nur für einen Augenblick. Es sah mich an und verschwand gleich wieder im Nebel.

Ich watete in den Fluss. Das Wasser war kalt und reichte mir bis zur Hüfte. Es war unangenehm kalt und das Wasser, das auf den ersten Blick so ruhig dahin floss, hatte eine sehr starke Strömung. Ich wusste, dass es gefährlich war. Ich durfte nicht stolpern, ich durfte mich nicht vom Wasser mitreißen lassen. Aber ich ging weiter, setzte einen Fuß vor den anderen, machte kleine Schritte, testete ob die Steine am Grund fest lagen, bevor ich den Fuß aufsetzte, machte wieder einen Schritt, hielt die Balance mit den Händen, atmete ruhig und tief trotz der Kälte. Mit maximaler Körperbeherrschung, Konzentration und Anstrengung schaffte ich es bis ans andere Ufer. Dort blieb ich stehen.

Dichter Nebel umgab mich und ich konnte kaum etwas erkennen. Dann hörte ich den Atem des Pferdes. Ich machte ein paar kleine, vorsichtige Schritte, in die Richtung, aus der das Atemgeräusch kam. Eine Nebelschwade lichtete sich und das weiße Pferd stand direkt vor mir. Es hatte einen schönen Kopf, das Fell war weiß und glänzte wie eine Perle, es war weiß und schimmerte gleichzeitig silbern und golden. Da und dort waren rotbraune Punkte im Fell. Es hatte große runde Augen, die braun und tiefgründig waren. Die samtene Haut war grau. An den Lippen und um die Augen hatte es kleine rosa Flecken. Ich bestaunte das schöne Pferd mit Ehrfurcht. Ich wagte es nicht, mich zu rühren. So standen wir eine Weile bewegungslos. Schließlich streckte das Pferd seinen Hals und hielt mir seine Nüster entgegen. Ich tat es ihm gleich. Wir waren Nüster an Nasenloch. Das Pferd hauchte mich an. Es hauchte mir seinen Atem ein. In diesem Moment spürte ich, dass meine Seele zurückgekehrt war.

Als ich aufwachte, wusste ich plötzlich, was ich zu tun hatte. Das Bildnis eines weißen Pferdes an einem nebeligen Fluss konnte beides bedeuten: Leben und Tod. Für mich war das Pferd das Symbol des Lebens. Dem Pferd wurde in keltischen Kulturen die Fähigkeit zugeschrieben, zwischen den Welten des Diesseits und des Jenseits wandeln zu können. Das Erscheinen des weißen Pferdes konnte in keltischen und indigenen Kulturen das Jenseits symbolisieren. Das weiße Pferd stand für eine Verbindung von Himmel und Erde, der äußeren und der inneren Welt, der irdischen und der Geisterwelt. Dem Pferd wurde seit jeher die Fähigkeit zugeschrieben, Pforten zu anderen Welten durchschreiten zu können.

Jetzt war es mir klar. Der Traum hatte mir offenbart, welcher mein Weg der Heilung war. Jetzt wusste ich, ein Pferd würde mir meine Seele zurückbringen. Wenn das weiße Pferd ein Seelenführer war, wenn es ein Mittler zwischen den Welten war, wenn es vom Diesseits ins Jenseits gelangen konnte, wenn es die äußere mit der inneren Welt verbinden konnte, dann brauchte ich ein solches Pferd – einen Seelenführer, einen Gefährten bei der Seelensuche. Wenn das weiße Pferd zwischen den Welten wandeln konnte, dann konnte es vielleicht meine verlorene Seele finden und zurückbringen?

Ich war mir sicher, dass meine Seele einer Erscheinung eines weißen Pferdes große Bedeutung beimessen würde. Wenn sich meine Seele im Niemandsland zwischen Diesseits und Jenseits verirrt hatte und ein weißes Pferd ihr erschien, dann würde sie ihm folgen.

Seelenrückholung mit Pferd

~

Mein Vorhaben ein Pferd zu finden, das meine verlorene Seele zurückholte, mochte auf den ersten Blick etwas mystisch und spirituell anmuten. Aber je mehr ich mich mit dem Thema Seelenrückholung befasste, umso klarer und deutlicher traten die Anzeichen dafür zu Tage, dass die Mythen wahre Kerne enthielten, die sich nur demjenigen offenbarten, der sich darauf einließ, ihren Zeichen folgte und ihren Weg beschritt. Intuitiv wusste ich, wenn ich dem weißen Pferd folgte, würden sich die geheimnisvollen Kräfte entfalten und ihr Wirken beginnen. Ich war mir sicher, es würde meine versteinerte Seele befreien – oder meine verlorene Seele zurückbringen.

In der Traumatherapie fand ich weitere Belege für meine Hypothese. Es war offensichtlich. Alles passte zusammen. Das Pferd war wie geschaffen für die Traumatherapie. Nichts war wirkungsvoller für die Traumaheilung als ein Pferd, da war ich mir sicher. Es gab Studien, die das bestätigten. Eine Studie etwa, die im Journal of Clinical Psychiatry veröffentlicht worden war, kam zu dem Ergebnis, dass mehr als fünfzig Prozent der an pferdegestützter Therapie teilnehmenden Veteranen, einen signifikanten Rückgang der Symptome von posttraumatischem Stress und Depression berichteten.[1] In Amerika gab es ein Projekt, das Pferde für die Traumaheilung von Veteranen einsetzte. Jeden Tag verübten zweiundzwanzig Veteranen Selbstmord – im statistischen Durchschnitt. Um den Veteranen zu helfen, die an posttraumatischem Stress und Depression litten, war das ‚Man O' War Project' ins Leben gerufen worden. Die Tatsache, dass Pferde heilsam wirkten, war anerkannt, obwohl die genaue Ursache, die genaue Wirkweise noch kaum erforscht oder erfasst worden war.

Das deckte sich mit meinen eigenen Erfahrungen. Auch ich erlebte das Zusammensein mit Pferden als wohltuend und heilsam, aber auch ich hatte noch immer nicht erfasst, wie und warum Pferde heilsam wirkten. Je mehr ich über Traumatherapie las, umso klarer wurde mir, welches die Zutaten waren, die Pferde zu einem Heilmittel machten – besonders für Traumatisierte. Laut dem Pionier der körperorientierten Traumatherapie Peter A. Levine war der Schlüssel zur Traumaheilung „felt sense" oder „somatic experiencing".[2] Mir fielen sofort die Parallelen zur theoretischen Literatur auf, die ich für meine PhD-These verwendet hatte – die Begrifflichkeiten die dort verwendet wurden, waren ähnlich, wie etwa „sensed practice" oder „embodied practice".[3] Es war alles gleichbedeutend.

In meinem Verständnis waren es andere Begriffe für Gewahrsein – Gewahrsein in einem gesamten, ganzheitlichen Sinn: Einheit von Körper und Geist, Präsenz und Gegenwärtigkeit. Und wer sind die wahren Meister des Gegenwärtigseins? Pferde sind die wahren Meister des Gegenwärtigseins. Pferde konnten das, was wir Menschen lernen mussten. War dies das Geheimnis der Pferde? War der Grund dafür, dass die Gegenwart der Pferde heilsam war, dass Pferde im gegenwärtigen Moment lebten, gegenwärtig waren, dass sie spürten und

Gewahrsein lebten? War das Sein der Pferde deshalb heilsam?

In meinen pferdelosen Jahren hatte ich andere Wege des Gewahrseins ausprobiert und geübt. Ich hatte meditiert, Yogakurse gemacht, Taijiquan und Qigong praktiziert, ich hatte sogar ein Meditationskloster in Asien besucht und war auf einem Pilgerweg gewandert. Es war nicht so, dass ich nichts versucht hatte. Aber nichts hatte gewirkt. Bei mir wirkte offenbar nur die Gegenwart der Pferde.

Wenn ich zu meinem Pferd ging, passierte es von selbst. Wenn ich durch das Tor ging, betrat ich eine andere Welt - die Welt der Pferde, das Sein der Pferde. Sobald ich bei meinem Pferd war, war ich gegenwärtig, ich war präsent. Aber wenn ich allein versuchte, in diesen Zustand zu gelangen, fand ich das Tor in die Gegenwart oft nicht.

Gegenwärtigsein war ein Element – eine Zutat des Allheilmittels. Aber Gewahrsein hatte noch andere Attribute. Es ging auch darum, zu spüren, sich selbst wahrzunehmen, zu empfinden. Pferde waren Meister des Gespürs. Gespür war die Sprache der Pferde. Gespür war eine Sprache ohne Worte, die universal war. Jeder, der Spüren konnte, konnte diese Sprache lernen. Je mehr man diese Sprache übte, umso besser verstand man sie. So verhielt es sich mit allen Sprachen. Jedes Lebewesen, das spüren konnte, das ein Nervensystem hatte, konnte die Sprache ohne Worte lernen. Die Sprache war universal und ermöglichte eine Verständigung auch von einer Spezies zu einer anderen. Das erklärte auch, warum ein Pferd wusste, ob ein Hund eine Gefahr war oder nicht. Ein Pferd wusste, ob ein Hund auf der Pirsch war, auf der Jagd, im Angriff, oder ob der Hund freundlich gesinnt war. Genauso spürte ich, ob ein Pferd mir wohlgesonnen war oder nicht. Gespür war eine universale Sprache. Diese Sprache wurde von Menschen untereinander kaum gesprochen, obwohl Menschen prinzipiell ihrer mächtig waren.

Spüren ist wichtig. Wieder spüren lernen, ist heilsam. Auch das belegte die Traumatherapie. Früher hatte man geglaubt, ein Trauma sei eine Geisteskrankheit oder Störung des Gehirns. Man hatte es auch Kriegsneurose, Soldatenherz oder Bombenschock genannt.[4] Später wurde es Post-traumatische Belastungsstörung genannt oder Posttraumatisches Stresssyndrom. Mittlerweile hatte die körperorientierte Traumatherapie die Ansicht entwickelt, dass ein Trauma eine körperliche Reaktion war. Demzufolge reagierte das Nervensystem bei überwältigender Bedrohung mit Erstarrung – wenn weder Flucht noch Kampf möglich waren. Wenn die Furcht überwältigend war, der Anblick entsetzlich, die Ohnmacht lähmend, wenn man starr vor Schreck, paralysiert vor Hilflosigkeit war, dann konnte das ein Trauma sein. Es war ein Zustand nach völliger Überlastung des Nervensystems, das bis zum Zusammenbruch überstrapaziert worden war. Das Trauma saß in den Knochen, es setzte sich im Körper fest. Die körperorientierte Traumatherapie ging davon aus, wenn das Trauma eine körperliche Reaktion war, dann musste man es auch im Körper auflösen. Das Nervensystem war der Schlüssel zur Heilung.

Das somatische Nervensystem – vom altgriechischen „soma" was „Körper" bedeutete, wurde auch animalisches Nervensystem genannt – vom lateinischen Wort „anima" was soviel wie „das Beseelte" oder „Lufthauch" bedeutete. Der Name bestätigte meine Hypothese von der somatischen Seele, weil es sowohl somatisches als auch animalisches Nervensystem genannt wurde – körperliches und beseeltes Nervensystem. Außerdem deutete die Benennung darauf hin, dass auch Tiere – animals – ein animalisches – beseeltes – Nervensystem hatten. Jedenfalls bildete es zusammen mit dem vegetativen Teil das Nervensystem.

Das Nervensystem war also zentral in der Traumatisierung, aber auch in der Traumaheilung. Mir war klar, dass die Seelenrückholung über den Körper gelang. Die somatische Seele musste aus der Erstarrung befreit werden. Das gelang mittels Gespür, Gewahrsein und Gegenwärtigkeit. Gewahrsein konnte man am besten in der Gegenwart der Pferde. Pferde waren die besten Therapeuten.

Wenn man Kontakt zu einem Pferd aufnehmen will, dann muss man spüren, gegenwärtig sein, Geist und Körper verbinden, um seine Sprache zu entschlüsseln. Pferde zwingen Menschen zum Gewahrsein, sie verlangen es. Wenn wir mit Pferden sprechen wollen, müssen wir spüren. Dadurch zwingen uns die Pferde, Spüren wieder zu lernen und unser verkümmertes Gespür wieder zu beleben.

Gespür ist eine universale Sprache, die alle Lebewesen sprechen, die spüren können. Mein Pferd wusste, wenn ich Angst hatte, und es verstand, wenn ich ihm mein Wohlwollen mitteilte. Gespür ist die Sprache der Pferde. Gespür ist die Sprache der Seele. Darum sind Pferde Gefährten, die der Seele guttun. Menschen können mit

Pferden Seelensprache sprechen und das tut gut. Deshalb sind Menschen so beseelt von Pferden. Deswegen sprechen Menschen von ihren Pferden als Seelengefährten, als Seelenpferde. Es ist keine Übertreibung, kein Kitsch, kein überzogenes Klischee. Es ist echt. Pferde sprechen die verkümmerten Seelen der Menschen an. Pferde lehren Menschen Gespür. Menschen verlernen, im Laufe ihres Lebens zu spüren, weil sie sich nur auf das Denken konzentrieren und die Bedeutung des Spürens leugnen.

Mit Pferden können Menschen wieder Spüren lernen und kommen so wieder in Kontakt mit ihrer eigenen somatischen Seele. Pferde heilen Menschen. Pferde sind Seelengefährten für Menschen. Pferde wachsen mit Menschen zusammen, verbinden sich in einem unausgesprochenen Pakt – dem Pakt der Seelen. Das Gespür ist die Sprache der Seele und Pferde sind Meister der Seelensprache.

Pakt der Seelengefährten

~

Unsere Blicke trafen sich. In diesem Moment wusste ich mit Gewissheit: Das ist mein Pferd. Es traf mich mit unerwarteter Kraft. Ich war hin und weg. Ich war benommen vor Glück. Gleichzeitig fühlte ich mich erstarrt und merkte, dass ich auch Angst hatte.

Das Pferd schaute mir in die Augen. Ich hatte das Gefühl, dass es mir direkt in die Seele sah. Sein Blick war gelassen, neugierig und aufmerksam. Seine Augen waren klar und aufrichtig.

„Eine reine Seele," pries der Mann das junge Pferd an. „Ein ehrliches Pferd. Loyal und arbeitswillig, stark und gesund. Ein gutes Pferd!"

Ich versuchte, mir nicht anmerken zu lassen, dass ich schon beim ersten Blick dem jungen Pferd verfallen war. Ich versuchte, gelassen zu wirken, und war bemüht eine ungerührte Miene zu behalten. Galante hieß der junge Lusitano-Araber. ‚Galante,' dachte ich mir. ‚Ob du wohl mein Seelengefährte bist?'

Das Pferd sah immer noch mich an. Obwohl neben mir andere Menschen standen, meine Schwester, der Trainer, der Züchter, der Bereiter und der Tierarzt, sah es mich an. Das Pferd spürte es auch. Da war eine Verbindung zwischen uns. Vom ersten Augenblick an spürte ich es. Das war mein Pferd.

Innerlich wurde ich fast ohnmächtig vor Freude.

Gleichzeitig hatte ich Angst. Was da alles auf mich zukommen würde? Ob ich es schaffte, finanziell die Kosten für ein Pferd zu stemmen? Ob ich es vereinbaren konnte, Beruf und Pferd? Ob ich dem gewachsen war, ein junges Pferd selbst auszubilden? Ob ich das noch einmal durchstehen konnte, ein Seelenpferd zu verlieren, wenn es dann so weit war und das Pferd starb? Hatte ich den Mut, mich wieder einzulassen? Ich fühlte mich völlig überfordert in der Situation und war überwältigt von dem Gefühlschaos, das in mir ausbrach.

Das Pferd sah mir immer noch in die Augen. Ich spürte, dass es auf mich wartete. Ich verharrte regungslos. Eine Angst in mir hinderte mich daran, einen Schritt zu tun. Die Angst stand mir im Weg. Ich stand mir selbst im Weg.

Das Pferd streckte seinen Hals und deutete mit seiner Nase in meine Richtung. Ich sprang über meine Angst, überwand alle Zweifel und spürte, wie mein Herz begann seine steif gewordenen Flügel auszustrecken. Die Lavakruste der Versteinerung brach auf und rieselte zu Boden. Mein Herz begann wie wild zu flattern und mit seinen Flügeln zu schlagen. Es schüttelte die Versteinerung ab, schlug mit den Flügeln, bis das Gestein zerbröselte und erhob sich aus der Staubwolke in die Lüfte.

Ich machte einen Schritt. Und noch einen. Ich streckte meine Hand aus und hielt sie dem jungen Pferd hin. Er schnupperte an meiner Hand und blies mir sachte auf den Handrücken. Das Pferd berührte meine Seele, ohne mich zu berühren. Der Pakt war besiegelt. Ich wusste, wir waren uns einig. Es war wie ein Handschlag. Das

Pferd und ich, wir waren ein Bündnis eingegangen. Wortlos hatten wir uns geeinigt. Ich wusste es, weil ich es spürte.

In dem Moment, als ich den Pakt mit dem Pferd einging, atmete jener Teil von mir, der ein pferdeloses Leben kaum ertrug, erleichtert auf. Endlich! War es meine Seele, die aufatmete? War es meine Seele, die Pferde brauchte? War sie schon zurückgekehrt? Hatte der Seelenpakt die Seele dazu bewegt zurückzukommen?

Ich spürte, wie mir ein großer Stein vom Herzen fiel. Obwohl ich wusste, dass es auch ein Kraftakt war, alleine ein Pferd zu unterhalten, fühlte ich mich trotzdem unendlich erleichtert.

Anschließend wurde das Pferd in der Reitbahn frei bewegt. Er gehorchte auf jedes Schnalzen. Auf einen Pfiff hin blieb er stehen. Es folgte ein Proberitt auf dem fast rohen Pferd. Galante ging mit mir ein paar Runden im Schritt und im Trab in der Reitbahn. Er war brav, gehorsam und relativ gelassen. Ich war überrascht, dass ein junges, fast rohes Pferd so verlässlich und unaufgeregt sein konnte. Es zeigte, dass das junge Pferd einen guten Charakter hatte. Ich war mir zwar vorher schon sicher gewesen, dass ich das Pferd kaufen wollte, aber der kurze Ritt bestätigte die Entscheidung. Besser konnte ein junges Pferd gar nicht sein. Daraufhin fand eine förmliche Besprechung über die Konditionen des Kaufs statt. Es wurde eine Ankaufsuntersuchung für den kommenden Tag vereinbart, obwohl ich wusste, dass ich das Pferd auf jeden Fall kaufen würde. Aber das behielt ich noch für mich. Ich setzte mein kühles, geschäftliches

Gesicht auf bis zum Abschluss des Kaufs. Dann machte sich ein Lächeln in meinem Gesicht breit. Ich war selig.

Nichts hatte sich meine Seele sehnlicher gewünscht als einen Pakt mit einem Seelenpferd. Endlich! Endlich hatte ich wieder einen Seelengefährten.

Ich ging in gleichmäßigen Schritten neben dem Pferd her. Mein Herz schwebte. So leicht hatte es sich seit Jahren nicht mehr angefühlt. Ich hatte gar nicht gewusst, dass es noch fliegen konnte. Aber da war es wieder, dieses unbeschreibliche Gefühl der Leichtigkeit und Lebensfreude, das Pferde in meinem Herzen auslösten.

Ich war der Spur des weißen Pferdes gefolgt. Die Hufspuren im Sand waren sogleich verweht worden. Trotzdem hatte ich die Fährte des weißen Pferdes nicht verloren. Sie hatte mich nach Piber geführt, zu den Lipizzanern, weiter in die Schweiz zu Berberpferden und schließlich war ich in Andalusien, dem Land der weißen Pferde und schwarzen Stiere gelandet. Hier begegnete ich dem jungen, grauen Pferd, das mein neuer Gefährte wurde. Und schon am ersten Tag, den wir gemeinsam verbrachten, fragte ich mich: Wen wird dieses Pferd aus mir machen?

SEIN DER PFERDE

Die Entdeckung der Ewigkeit in der Gegenwärtigkeit

Auf einmal wird mir bewusst, dass ich schon lange so da sitze. Ich habe jegliches Zeitgefühl verloren. Ich bin lange Zeit regungslos, achtsam, präsent, tiefentspannt und hellwach dagesessen. Ich habe an nichts gedacht. Ich bin nur im gegenwärtigen Moment gewesen. Ich bin einfach jetzt. Das rhythmische Geräusch des Grasrupfens weidender Pferde hat mich in einen Zustand geleitet, in dem ich völlig gedankenlos präsent bin. Ich kann mich nicht erinnern, irgendeinen Gedanken gehabt zu haben. Ich bin wirklich und wahrhaftig ganz im gegenwärtigen Moment gewesen.

Die Pferde weideten friedlich auf der Wiese, die von hohen alten Bäumen gesäumt war. Ich hatte mich in den Schatten eines Baumes gesetzt und den Pferden beim Grasen zugesehen. Ich konnte meine Augen kaum von meinem Pferd abwenden. Galante graste zufrieden auf der Weide. Sein Fell glänzte silbern in der Sonne. Er war so schön. Wie schön Pferde doch waren! Wie schön mein Pferd doch war! Ich konnte mein Glück kaum fassen. Seidiges Fell schimmerte im Sonnenlicht, wie poliertes Silber. Schwarze Beine und dunkelgraue Haut mit rosa Tüpfchen um die Augen und die Lippen bildeten einen schönen Kontrast. Es deutete noch nichts darauf hin, dass er eines Tages ein seidiges, weißes Fell haben würde. Nur der Schweif war jetzt schon weiß, mit einem leichten Hauch von Perlmutt und Gold. Er war für mich das schönste Pferd überhaupt. Ich konnte mich gar nicht sattsehen an ihm.

Einige Pferde weideten Kopf an Kopf. Andere standen mit etwas Abstand voneinander und doch in Bezug zueinander. Zwei Pferde standen gegengleich nebeneinander, dösten und ließen sich vom Schweif des jeweils anderen die Fliegen vom Gesicht fegen. Ein Pferd lag in der Wiese und schlief. Ein anderes Pferd wachte. Alles wirkte friedlich und harmonisch. Diese wunderschönen Pferde auf der Wiese – es war ein Bild perfekter Idylle.

Das rhythmische Rupfen des Grases, das gleichmäßige Kauen, das erleichternde Schnauben, das gleichmäßige Pendeln des Schweifs, Achtsamkeit, Wachsamkeit, Präsenz, bei gleichzeitiger Ruhe und Entspannung, die Aufmerksamkeit mit der Kräuter und Gräser ausgewählt wurden, die Genüsslichkeit mit der das Gras verspeist wurde, das Genießen des friedlichen, sonnigen Tages, das Beisammensein in der Herde, das es erst ermöglichte gleichzeitig ganz bei sich zu sein – all das beobachtete und spürte ich. Nach und nach brachte mich die Gegenwart der Pferde in einen Zustand der Entspannung. Der Alltagsstress fiel von mir ab. Ich vergaß meine Sorgen. Ich verlor meine Angst. Ich spürte, dass im Moment nichts wichtiger war, als ein- und auszuatmen und im gegenwärtigen Moment präsent zu sein.

Ich glitt unbemerkt in einen Zustand der Gegenwärtigkeit. Eine zeitlose Ewigkeit verbrachte ich ganz im gegenwärtigen Moment. Ich saß einfach da und atmete ein und aus. Ich sah die Wiese, die Gräser, die

Tautropfen, die Blumen, die Pferde, die Vögel, die Bienen, die Bäume, den Himmel. Ich spürte die Erde unter mir, die mich schon mein ganzes Leben lang trug. Ich spürte den Baum, der mich stützte. Ich spürte das Gras unter meinen bloßen Füßen. Die Zeit stand still.

Ich saß schon seit einer zeitlosen Ewigkeit hier im Jetzt. Ich war ein Teil dieser Gegenwart, ein Teil dieser Welt, dieses Seins, dieses Lebens. Ich war wach, achtsam, ich nahm bewusst teil am Leben. Ich spürte, dass meine Präsenz hier in der Gegenwart selbstverständlich war. Mit aller Selbstverständlichkeit lebte ich, hier und jetzt. Ich war ganz im gegenwärtigen Moment. Ich war einfach. Ich war ganz.

Einfach sein, im Jetzt, das war doch das erklärte Ziel von Meditation. Ich wusste genau, wie schwer es mir immer gefallen war, diesen Zustand zu erreichen, wenn ich ihn aktiv herbeiführen wollte. Ich hatte eine Zeit lang täglich meditiert. Es war mir nie wirklich gelungen, diesen Zustand des Seins im Moment herbeizuführen und die Gedanken in meinem Kopf loszulassen. Wenn es mir gelang, mich zu entspannen, dann schlief ich meistens auf der Stelle ein. Entspannt und gleichzeitig hellwach zu sein, das fiel mir zu Hause gar nicht so leicht. Ich hatte es nie geschafft, so wach und ganz im Jetzt zu sein, wie gerade eben auf der Weide bei den Pferden.

So gesehen waren Pferde die echten Meister der Gegenwärtigkeit. Sie konnten das, was Menschen durch jahrelanges Meditieren versuchten zu erlernen. Sie waren präsent im gegenwärtigen Moment. Die Gegenwärtigkeit der Pferde übertrug sich in ihrer Gegenwart auf mich. Für mich war es die wirksamste Meditation der Welt. Es passierte von selbst, wenn ich bei Pferden war. Dagegen fand ich es schwierig, wenn ich versuchte, zu Hause zu meditieren. Je mehr ich mich zwang, ruhig zu sein, umso unruhiger wurde ich innerlich. Jahrelang hatte ich Meditationen geübt und niemals auch nur annähernd einen solchen Erfolg gehabt, wie wenn ich einfach eine Weile auf einer Weide bei Pferden saß. Nichts und niemand hatte es je geschafft, mich so vollends in diesen Zustand des Gegenwärtigseins zu bringen, wie die Pferde. Pferde, die wahren Meister des Gegenwärtigseins, lehrten mich durch vorleben.

Im Sein der Pferde gibt es nur den gegenwärtigen Moment und der dauert eine Ewigkeit. Wenn ich dort bin, bin ich zeitlos. Unbemerkt gleite ich hinüber in die Welt der Pferde, wo die Zeit still steht.

Als ich aus diesem Zustand der immerwährenden Gegenwärtigkeit erwachte, stellte ich überrascht fest, dass sehr viel Zeit vergangen war, obwohl es sich angefühlt hatte, wie ein Augenblick. Es waren auch nur Augenblicke. Es sind Momente der Gegenwart vergangen. Wenn ich wieder in der Zeitdimension der Menschen und der tickenden Uhren aufschreckte, stellte ich fest, dass ich die Zeit vergessen hatte, aber auch, dass das irgendwie erholsam ist – ja, sogar heilsam.

Pferde kennen das Geheimnis. Pferde kennen das Tor zur Gegenwart. Sie sind großzügig und großmütig, wenn man ihnen mit Achtung und Respekt begegnet. Die Pferde zeigen jedem Menschen das geheime Tor. Aber um es zu erleben, muss sich der Mensch darauf einlassen und versuchen, ins Gewahrsein, ins Spüren zu kommen und es zulassen in die Gegenwart der Pferde zu gleiten.

Es war jetzt an der Zeit für mich wieder regelmäßig in die Welt der Pferde zurückzukehren. Jetzt hatte ich endlich wieder ein Pferd, das mich mitnahm in die immerwährende Gegenwart. Ich hatte die Ewigkeit in der Gegenwärtigkeit entdeckt.

Schon in den ersten gemeinsamen Tagen mit meinem Pferd erlebte ich es wieder. Ich wusste, dass ich die Entdeckung der Ewigkeit in der Gegenwärtigkeit meinem Pferd verdankte.

Die Zeitreisende

~

Ich erinnerte mich. Schon seit meiner Kindheit war ich
immer wieder in die Zeitdimension der
immerwährenden Gegenwärtigkeit gereist. Die
Entdeckung der Ewigkeit in der Gegenwärtigkeit hatte
ich schon als Kind gemacht, als mich mein Pferd auf
seinem Rücken durch das Tor der Gegenwart getragen
hatte und ich eine zeitlose Ewigkeit von Augenblicken
dort gelebt hatte. Ich hatte es immer schon getan. Ich
war eine Zeitreisende. Aber irgendwie hatte ich es
vergessen. Mitten in all dem menschgemachten Stress, in
der Welt der tickenden Uhren, mitten in der Großstadt,
alleine, ganz ohne Pferd, hatte mich niemand heraus
geholt und mich auf eine Zeitreise mitgenommen. Ich
selbst hatte es vergessen. Ich war so in meinem Stress
festgesteckt, hatte mich endlos im Gedankenrad gedreht,
war nie zur Ruhe gekommen. Ich war eine Zeitreisende
gewesen, die das Tor in die Gegenwärtigkeit nicht mehr
fand.

Seit mein Pferd gestorben war, hatte ich nicht mehr
regelmäßig Zeitreisen gemacht. Das Pferd war das beste
Transportmittel für Zeitreisen. Man setzte sich auf den
Rücken des Pferdes und der Rhythmus, das Schaukeln,
die Schwingung, die dreidimensionale Bewegung des
Schwebens, das Gefühl des Getragenwerdens und
Zusammenwachsens ließ einen augenblicklich in die
Gegenwart reisen. Das rhythmische Trommeln der Hufe
auf der Erde und die schwingende Bewegung schaukelten

mich in einen Zustand der Präsenz. Das Getragenwerden und die Hingabe gaben mir das Gefühl mich aufzulösen und zu verschmelzen mit dieser Kreatur und der Gegenwart. Dann wird man eins. Mit einem Mal ist man eins mit sich selbst, eins mit dem Pferd, eins mit dem Moment, eins mit der Welt.

Ich erinnerte mich. Wie konnte ich das nur vergessen? Wie konnte ich das nur aufgeben? Wie konnte ich solange keine Zeitreise mehr machen? Ich hatte das Tor zur Gegenwart nicht mehr gefunden. Es war jetzt an der Zeit für mich, wieder regelmäßig Zeitreisen zu machen.

Ich hatte früher immer gedacht, ich wäre ein ganz normales Kind, wie jedes andere, nichts Besonderes, niemand Außergewöhnliches. Aber ich hatte allmählich erstaunt festgestellt, dass andere Menschen keine Zeitreisenden waren, dass sie nichts wussten von der geheimen Welt der Pferde und auch die Sprache der Pferde nicht verstanden. Es dämmerte mir, dass nicht alle Menschen in die geheime Welt der Pferde reisen konnten. Sie kannten den Weg nicht, sie wussten nichts von der Welt der Pferde, sie waren keine Zeitreisenden. Vielleicht war es eine Gabe, die ich hatte, vielleicht hatte ich auch einfach das Glück gehabt, ein Pferd zu haben, das mich schon als Kind auf Zeitreisen mitgenommen hatte.

Ich erinnerte mich, als mein Vater gestorben war, war mir das Leben in der Menschenwelt unerträglich geworden. Ich hatte es gehasst, in die Schule zu gehen und tagtäglich mit verständnislosen Menschen ohne Feingefühl konfrontiert zu werden. Sie hatten keine Ahnung, sie erahnten nicht den Schmerz, den ich in mir trug. Nach der Schule hatte ich den Zug genommen und war direkt zum Pferd in den Stall gefahren. Mein Pferd hatte Gespür und Taktgefühl. Sie wusste, ohne dass ich es ihr erklären musste. Sie spürte. Sie trug mich ruhig und sicher durch die Welt bis ich wieder auf eigenen Füßen stehen konnte. Sie nahm mich immer wieder mit in die heilsame Dimension des Gegenwärtigseins, in der die Zeit still stand und der Schmerz verflog. Wenn ich den Halt verlor, stützte sie mich. Wenn ich den Weg verlor, führte sie mich zurück. Wenn ich mich verlor, spiegelte sie mich, bis ich mich besann. Wenn ich in Schmerz und Leid versank, zeigte sie mir, dass ich stark war und dass das Leben trotz allem lebenswert ist. So überlebte ich diese schwere Zeit.

Dreizehn Jahre lang hatte ich dieses Pferd fast täglich besucht, bis es gestorben war. Dann hatte ich mich in der düsteren Klamm von Trauer, Schmerz und Verlust verloren. Ohne Pferd alleine hatte ich den Weg hinaus nicht gefunden. Ich war es gewohnt, dass mein Pferd mich rettete. Sie war immer da gewesen, hatte mich aus jedem noch so verdrießlichen Zustand herausgeholt und mich wieder zur Besinnung gebracht. Aber dann war das Pferd gestorben. Ich war allein. Mühselig musste ich mich durch die düstere Schlucht schleppen. Das Ganze dauerte viel länger als auf dem Pferderücken. Ich musste lernen, auf eigenen Beinen durch schmerzhafte Zeiten zu gehen. Aber meine Beine waren schwach, meine Knie zitterten noch immer und ich fühlte mich kraftlos und erschöpft. Ich sehnte mich nach dem Getragenwerden, nach dem Schaukeln, nach dem Trommeln der Hufe auf der Erde, ich vermisste das Schnauben, die großmütigen Augen, die Ohren, die sich unentwegt in alle Richtungen drehten und lauschten, aber am meisten fehlte mir die Verbundenheit mit diesem Wesen.

Ich war lange Zeit in der Düsternis umhergeirrt. Ich hatte seit langem nach dem Tor in die Gegenwärtigkeit gesucht. Ich hatte es nicht gefunden. Und wenn es mir gelungen war, hinüber zu gleiten in die Gegenwart, dann hatte es oft nur einige Augenblicke angehalten. Wie mühsam war das Zeitreisen ohne Pferd!

Jahrelang hatte ich ohne Pferd gelebt. Ich war zu der Einsicht gekommen: Das Leben ist zu lang, um es ohne Pferd zu leben. Ich wollte wieder Zeitreisen. Ich wollte mit meinem Pferd durch das Tor der Gegenwart reiten und in der zeitlosen Ewigkeit des immerwährenden gegenwärtigen Moments sein.

Die mit dem Pferd spricht

~

Als ich ein Kind war, führte mein Weg von der Schule nach Hause an einem Hof vorüber, auf dem ein paar Ponys und ein Pferd lebten. Das Pferd stand immer auf der Wiese direkt am Wegrand. Ich ging jeden Tag zum Zaun und betrachtete das Pferd. Es war ein großes, kastanienbraunes Pferd mit schwarzer Mähne, schwarzem Schweif, schwarzen und weißen Socken und Strümpfen, und einem weißen Stern auf der Stirn. Das Pferd graste gemächlich vor sich hin.

Ich kam jeden Tag an der Wiese vorüber und jeden Tag blieb ich dort stehen und sah dem Pferd zu. Sonst blieb ich nie irgendwo stehen, sondern ging direkt nach Hause, denn meine Mama machte sich Sorgen, wenn ich nicht gleich heimkam. Aber beim Pferd verweilte ich immer kurz. Das Pferd graste. Ich stand am Zaun und staunte. Ich bestaunte das Pferd. Etwas an dem Pferd faszinierte mich und zog mich in seinen Bann. Tag für Tag kam ich zum Weidezaun und sah dem Pferd zu.

Eines Tages pflückte ich einen schönen großen Strauß Wiesenblumen aus Gräsern, Löwenzahnblumen und Gänseblümchen. Ich achtete darauf, dass kein Hahnenfuß im Strauß war und sonst auch nichts Giftiges. Ich hatte extra nachgelesen. Ich hatte auch den Mann gefragt, dem das Pferd gehörte, ob ich dem Pferd Löwenzahn geben durfte. Er hatte mir ins Gewissen geredet und mir gezeigt, wo ich Gras und Wiesenblumen pflücken durfte, mir eingebläut, nichts anderes zu füttern und ja auf meine Finger aufzupassen. Jetzt pflückte ich einen Strauß Wiesenblumen. Die Blumen umgab ich mit langen Gräsern. Ich stand am Weidezaun und sah dem Pferd zu, die Blumen in der Hand. Ich streckte meinen Arm aus und hielt den Blumenstrauß dem Pferd entgegen. Das Pferd hob langsam den Kopf und sah zu mir her. Da stand ich – ein Kind – und streckte dem Pferd die Blumen entgegen. Das Pferd schaute eine Weile zu mir her, kaute nachdenklich und setzte sich schließlich gemächlich in Bewegung. Schritt für Schritt kam es langsam auf mich zu. Ich stand da, mit ausgestrecktem Arm und hielt den Blumenstrauß durch den Zaun. Das Pferd kam direkt auf mich zu, blieb vor mir stehen und beschnupperte den Blumenstrauß. Schließlich verschlang es den ganzen Blumenstrauß auf einmal.

Die Erfahrung, die ich gemacht hatte, hinterließ einen bleibenenden Eindruck. Es war ein großartiger Moment gewesen, als das große Pferd auf mich zukam und die Blumen, die ich ihm hinhielt, entgegennahm. Das Pferd war so groß, ich war so klein. Das Pferd hatte wahrgenommen, dass ich zu ihm gekommen war, es hatte gespürt, dass ich die Blumen für es gepflückt hatte. Es ließ mich nicht mit den Blumen stehen. Es hätte mich auch ignorieren können. Aber das tat es nicht. Es spürte meine Achtung und den Wunsch ihm Blumen als Ausdruck meiner Bewunderung zu schenken. Es kam zu mir und nahm das Geschenk an. Ich fühlte mich gesehen, wahrgenommen und respektvoll behandelt. Meine Achtung vor dem Pferd war erwidert worden. Durch diesen Akt hatte das Pferd mir zu verstehen gegeben, dass es mich akzeptierte.

Als Kind hat es mir viel bedeutet, von diesem großen Pferd wahrgenommen zu werden. Ich war als Kind leise und schüchtern gewesen. Es war für mich ein überwältigender Moment, als das Pferd zu mir kam, obwohl ich einfach nur da stand. Es hatte mich verstanden, ohne dass ich etwas gesagt hatte. Es hatte gespürt, dass ich Blumen für es gebracht hatte und hoffte, dass es mich wahrnehmen würde. Es war eine großartige Erfahrung, in meiner stillen Art wahrgenommen zu werden, so wie ich wirklich war – still und schüchtern. Es war ein schönes Erlebnis verstanden zu werden, ohne sich erklären zu müssen. Es war wohltuend, respektiert zu werden, einfach so. Obwohl ich klein und schwach war, brachte mir das große starke Pferd Respekt entgegen. Von jemandem, der so groß war, soviel größer als ich, so viel stärker als ich, gesehen und respektiert zu werden, erfüllte mich mit Zuversicht, Selbstbewusstsein und Vertrauen zum Leben. Auch ein kleines Lebewesen wie ich wurde von dem riesigen Pferd respektiert – weil ich respektvoll war, nicht weil ich respekteinflößend war.

Von da an verband mich mit dem Pferd eine respektvolle Freundschaft. Wir hatten ein stilles Einverständnis, eine stillschweigende Sprache, ein Einvernehmen basierend auf Gespür und gegenseitiger Achtung. Für ein kleines Mädchen, das still, leise und schüchtern ist, das oft übersehen wird, das sich nie Gehör verschafft, ist es ein besonderer, bestärkender Moment, wenn es verstanden wird, ohne sich zu äußern, wenn es gesehen wird, ohne sich bemerkbar zu machen, wenn ihm Achtung entgegengebracht wird, ohne dass es respekteinflößend ist.

Von da an, seit dieser Begegnung mit diesem Pferd, wusste ich, dass es Wesen gab, die mich sahen und die mich verstanden. Das Bündnis war besiegelt. Wer eine gemeinsame Sprache hat, fühlt sich verbunden. Das Pferd hatte eine Menschenseele für sich gewonnen. Von da an war ich im Bann der Pferde. Ich war ein Bündnis mit den Pferden eingegangen. Der Pakt der Pferde war geschlossen. Dieses Bündnis mit den Pferden würde ein Leben lang bestehen. Ein Moment auf dem Schulweg eines kleinen Mädchens hatte das Mädchen für immer verändert. Diese Begegnung stieß eine Entwicklung an, von der das Mädchen damals noch nichts ahnte.

Es entstand eine jahrelange Freundschaft zwischen mir und dem Pferd. Es war eine tägliche Begegnung über den Zaun hinweg. Der Mann, dem das Pferd gehörte, erlaubte mir eines Tages – nach Rücksprache mit meiner Mutter – mit ihm gemeinsam das Pferd zu putzen, zu versorgen und zu füttern.

Eine Begegnung mit einem Pferd kann einen Menschen für immer verändern.

Bei vollen Sinnen

~

Ich vergaß augenblicklich alle Sorgen, als ich einen Fuß auf die Wiese setzte und auf mein Pferd zuging. Meine ganze Aufmerksamkeit galt dem schönen Pferd, das Eleganz und Kraft ausstrahlte, obwohl es nur gemächlich über die Wiese schlenderte. Galante kam direkt auf mich zu. Ich blieb stehen und streckte ihm meine Hand entgegen, als er den Hals lang machte, um mich zu begrüßen. Er blies mir sachte auf den Handrücken. Dann berührte ich ihn vorsichtig an der Nase. Er ließ es geschehen. Er schien nichts dagegen zu haben. So wurde ich mutiger und strich ihm sanft über den Nasenrücken. Auch das ließ er mich machen. Dann streichelte ich sein Gesicht und schließlich hielt ich das Pferdemaul in beiden Händen und war fassungslos, wie weich die samtene Haut war. Ich konnte gar nicht genug greifen, an dieser weichen Haut. Schließlich hatte er genug und befreite sein Maul aus meinen streichelnden Händen.

Ich hielt eine Zeit lang inne und wartete ab. Als das Pferd mir wieder den Kopf zuwandte, machte ich einen Schritt zur Seite und strich ihm vorsichtig den Hals entlang. Das Fell war seidig glatt und glänzte silbern. Es fühlte sich herrlich an! Ich streichelte das Pferd und konnte gar nicht mehr aufhören. Galante ließ sich bereitwillig streicheln und bewegte sich keinen Millimeter weg. Ich ließ meine Hände über den Körper des Pferdes gleiten und spürte alles, jedes Detail. Ich nahm alles wahr, die Wärme des Pferdekörpers, die

Muskeln und Gelenke, das glatte Fell, die samtige Nase, die klaren Augen.

In dem Moment als ich dem Pferd über sein seidiges Fell strich, wurde mir bewusst, dass ich bei vollen Sinnen war. Ich nahm jede Kleinigkeit wahr, den Geruch des Pferdes und den des feuchten Bodens nach dem Sommerregen, Regentropfen die an Gräsern hingen und im Sonnenlicht glänzten, Blätter die im Wind wehten, jede noch so winzige Bewegung der Ohren des Pferdes, jedes Blinzeln, jedes Zucken der Lippen, jede Geste, jedes Verharren und Bewegen. Gleichzeitig spürte ich mich selbst. Ich spürte die Ruhe, die sich in meinem nervösen Magen ausbreitete, die Entspannung, die meine verspannten Schultern und meinen verkrampften Nacken löste. Ich nahm wahr, dass sich meine Augen öffneten und scharf stellten, dass der Druck sich aus der Stirn verzog, dass ich den Boden unter meinen Füßen spürte. Klarheit breitete sich in mir aus, der Dämmerzustand hatte sich aufgelöst und jedes Gefühl benebelter Sinne wich Scharfsinnigkeit und klarer, scharfer, ungetrübter Wahrnehmung.

Ich wusste, es war schon wieder passiert. Mein Pferd hatte mich in diese andere Welt geholt, in der ich bei vollen Sinnen war, in der ich alles spürte, in der ich ganz bei mir und gleichzeitig vollkommen verbunden war. War es ein Zustand des Hier und Jetzt? War es eine andere Dimension des Seins? Wie machten Pferde das, dass ich sofort in ihr Sein gelangte? Ich war erneut erstaunt darüber, aber ich wollte mir jetzt nicht den Kopf über das Wie und Warum zerbrechen. Ich wollte es einfach genießen, einfach erleben.

Nachdem ich eine Zeit lang staunend das Gesicht, den Hals und den Rücken meines Pferdes gestreichelt hatte, drehte Galante den Kopf zu seinem Bauch und kratzte sich grob mit seinen Zähnen an der Flanke. Ich verstand. Ich kratzte mit den Fingern an der gedeuteten Stelle. Das Pferd bestärkte mich, indem er den Hals lang machte, den Kopf in die Luft streckte, die Oberlippe langzog und hin und her bewegte. So verhielten sich Pferde bei der gegenseitigen Massage. Sie benutzten die Lippe und die Zähne und massierten sich gegenseitig am Rücken. Galante schob sich immer weiter auf mich zu und wollte hier und da auch noch gekratzt werden. So kratzte ich das Pferd bereitwillig an all den Stellen, die er mir deutete und herhielt. Schließlich taten mir die Finger weh vor lauter Kratzen und ich tätschelte ihn und gab ihm zu verstehen, dass die Massage für heute vorbei war. Galante schüttelte sich und schnaubte. Dann ging er drei Schritte, scharrte mit dem Huf am Boden und legte sich hin. Er ließ sich zur Seite fallen, wälzte sich mehrmals hin und her, stöhnte und grunzte dabei. Schließlich stand er wieder auf, schüttelte sich und begann dann zu grasen.

Die ersten Begegnungen mit meinem Pferd waren oft Besuche auf der Weide, Spaziergänge in der Umgebung des Stalls und kurze Sequenzen der Bodenarbeit. Er war ja noch jung und ich wollte ihm Zeit lassen anzukommen. Ich wollte auch mir Zeit lassen, ich genoss es, Zeit mit meinem Pferd zu verbringen, allmählich eine Bindung aufzubauen und spielerisch gemeinsam zu lernen und mit geschärften Sinnen und feinsinnigem Gespür die Pferdesprache zu lernen.

Als ich am Bahnhof saß und auf den Zug zurück nach

Wien wartete, erinnerte ich mich an dieses Gefühl der Klarheit, an die Klarsicht und meine geschärften Sinne, als ich mein Pferd berührt hatte. Was machen die Pferde mit uns Menschen? Und wie machen sie das? Ich wunderte mich wieder über die sofortige Veränderung meines Zustands in der Gegenwart der Pferde. Irgendwie schienen Pferde mein Nervensystem zu aktivieren, meine Sinne zu schärfen und für einen körperlichen Ausgleich zu sorgen. Dadurch ging die Kopflastigkeit weg und ich kam mehr ins Spüren. Durch das Spüren veränderte sich meine Wahrnehmung, ich nahm mich selbst anders wahr und ich nahm meine Umgebung anders wahr. Ich fühlte mich wohl im Moment. Die Gedanken, die mich oft beherrschten, verloren ihre Allmacht. Sie waren nur eine Stimme im gesamten Orchester der Wahrnehmung. Es brachte etwas in mir, das aus dem Gleichgewicht geraten war, wieder ins Lot. Diese Balance zu halten, war die Kunst.

Aber ich wusste auch, dass das Leben, das ich derzeit lebte, dazu beitrug, dass es schwer war, das Gleichgewicht zu halten. Ich lauschte in die Stille hier draußen am Land. Ich hörte das Zirpen der Grillen und sah Mücken im Licht einer Laterne tanzen. Dann vernahm ich eine fast lautlose Vibration, ein kaum hörbares Quietschen. Ich wusste, dass der Zug kam, lange bevor er donnernd in die Haltestelle raste. Es war ein alter Zug. Es war einer von den Zügen, die schepperten und quietschten, ohne Lüftung, in dem man es im Sommer nur bei offenen Fenstern aushielt. Ich merkte, wie sich meine geschärften Sinne wieder zurückzogen bei all dem unerträglichen Lärm. Innerlich stellte ich mich auf taub und versuchte, den Lärm zu ignorieren. Das grelle Licht der Beleuchtung blendete meine Augen, die sich an die Dunkelheit gewöhnt hatten. Sofort konnte ich außerhalb des Fensters nichts mehr erkennen. Vorbei war es mit den geschärften Sinnen und dem Scharfsinn. Ich schloss die Augen und versuchte, innerlich den Zustand der Balance zu bewahren. Als ein paar Jugendliche einstiegen und sich lauthals stritten, war es auch mit meiner inneren Ruhe vorbei.

Achtsamkeit statt Dominanz

~

Die Augen des Pferdes waren weit geöffnet. Galante spannte den Hals an und schaute über die Bande der Longierhalle hinaus. Ein Ohr war nach vorne gespitzt. Das andere Ohr bewegte sich im Halbkreis von vorne, zur Seite nach außen, nach hinten und wieder nach vorne. Die Ohren hörten so die gesamte Umgebung ab, scannten die Umwelt auf verdächtige Geräusche. Pferde konnten im Ultraschallbereich hören. Ein Ohr blieb nach vorne gerichtet, das andere drehte sich in meine Richtung. Meine Meinung war gefragt. Ich antwortete. Ich schnaubte erleichternd aus den Tiefen meiner Lunge, atmete ruhig und tief ein und aus, entspannte mich deutlich und nachdrücklich. Ich entspannte meine Schultern, meine Gesichtszüge und entlastete ein Bein, so wie es Pferde tun, wenn sie nicht fluchtbereit sind.

Das Pferd ließ sich überzeugen. Galante gab die Wachehaltung auf, drehte den Kopf zu mir, richtete beide Ohren auf mich und sah mich an.

Ich atmete ruhig und tief. Ich war tiefenentspannt, aber ich war gleichzeitig achtsam, wachsam. Mir war klar, dass dieses Pferd ein Wächter war. Ich ahnte auch bereits, dass ein Wächterpferd eine besondere Herausforderung bedeutete. In einer Herde nahmen die Pferde verschiedene Aufgaben und Funktionen wahr. Wächterpferde waren nicht nur besonders aufmerksam, sondern meist auch ranghoch. Ein solches Pferd stellte besondere Ansprüche an den Reiter. Ich fragte mich, wie ich mein Pferd dazu bringen konnte, sich zu entspannen und sich auf die Zusammenarbeit mit mir einzulassen, und wie – ob – wenn überhaupt – ich ihn davon abbringen konnte, ständig Ausschau zu halten, anstatt sich auf mich – auf uns – auf unsere Übungen zu konzentrieren. Mir war klar, dass davon das Gelingen unserer Zusammenarbeit abhing und damit auch die ganze Ausbildung des Pferdes, seine Zukunft, seine Entwicklung. Ich war mir der Verantwortung bewusst. Ich war für das Schicksal dieses Pferdes verantwortlich. Ich durfte es nicht vermasseln. Ich konnte ihm sein Leben ruinieren, wenn es mir nicht gelang, ihn so zu erziehen, dass er sicher im Umgang und beim Reiten war. Ich fragte mich, ob ich der Aufgabe gewachsen war. Gleichzeitig wusste ich, dass ich Vertrauen haben musste. Ich musste meinem Gespür vertrauen.

Ich stand ruhig da und atmete tief in meinen Bauch. Ich ließ die Schultern entspannt hängen, ließ die Arme baumeln. Gelassen und beiläufig scannte ich die Umgebung. Ich wollte meinem Pferd zeigen, dass ich hier die oberste Wächterin war, nicht er. Er konnte sich ruhig entspannen, denn ich – die oberste Wächterin – ich hielt immer Ausschau, ich hatte immer alles im Blick, ich nahm meine Aufgabe ernst und wenn er bei mir war, sollte er sich entspannen, weil ich Wache hielt.

Das Pferd hob den Kopf, spannte den Hals an und schaute wieder hinaus. Ich ging zwei feste Schritte vorwärts, stellte mich vor Galante, drängte ihn weg von der Bande und postierte mich in Wachehaltung direkt vor ihm. Ich hielt Ausschau. Ich beobachtete die

Umgebung. Da ich keine Gefahr ausfindig machte, entspannte ich mich wieder. Ich schnaubte laut aus und entspannte mich bewusst.

Galante hatte widerwillig seinen Posten geräumt und mich beobachtet, als ich die Wacheposition einnahm. Jetzt leckte er sich die Lippen und kaute. Das war ein gutes Zeichen. Das taten Pferde, wenn sie nachgedacht hatten, etwas gelernt hatten, etwas verstanden hatten. Ich hoffte, dass das bedeutete, dass er meine Botschaft verstanden hatte. Als ich meine stramme Haltung wieder lockerte, entspannte er sich auch. Er senkte den Kopf und entlastete ein Hinterbein. Aha! Jetzt hatte er verstanden, dass ich den Posten der obersten Wächterin beanspruchte. Ich war zufrieden. Es war mir gelungen, meinem Pferd in diesem Gespräch die Botschaft zu vermitteln, dass ich hier die Wächterin war. Ich hoffte, dass er sich entspannen würde, wenn er sich darauf verlassen konnte, dass ich wachte. Ich ließ ihm eine Weile Zeit, um das Gelernte sacken zu lassen.

Nach einer Weile sagte ich: „Komm!" Ich ging los. Galante beobachtete mich interessiert, blieb aber stehen. Ich drehte eine Runde ohne ihn und als ich wieder an ihm vorbei kam, forderte ich ihn wieder auf, mitzukommen – mit Stimme, Energie und Körpersprache. Er setzte sich in Bewegung und trottete hinter mir her. Ich lächelte zufrieden. Der erste Schritt war geschafft! Mein Pferd folgte mir – frei, ohne Halfter, ohne Seil. Das war schon ein erster Erfolg. Das gemeinsame Gehen war die Basis unserer Zusammenarbeit. Zunächst gab ich mich damit zufrieden, dass er hinter mir her trottete. Der nächste

Schritt würde es sein, ihn aufzufordern neben mir zu gehen und Gleichschritt zu halten. Aber das hatte noch Zeit. Es war wichtig, in kleinen Schritten vorzugehen und nicht zu viel auf einmal zu verlangen. Nachdem wir zwei Runden gedreht hatten, blieb ich stehen und gab ihm ein Leckerli als Belohnung.

Galante aß, kaute und leckte sich die Lippen. Er hielt den Kopf halb gesenkt. Er war entspannt. Sehr gut! Dann hob er abrupt den Kopf und hielt wieder Ausschau. Etwas hatte im Gebüsch geraschelt. Ein Hund war draußen. Ich stellte mich vor mein Pferd und prüfte die Umgebung. Nach deutlicher Prüfung der Lage entspannte ich mich, schnaubte, atmete ruhig. Schließlich ließ sich mein Pferd für einen Moment darauf ein und entspannte sich, bevor er wieder abrupt den Kopf hochriss. Ich wiederholte mein Gebaren. Sein Verhalten wiederholte sich ebenfalls. Ich erkannte, dass mein Pferd skeptisch gegenüber Hunden war. Ich nahm seine Besorgnis zur Kenntnis. Aber dennoch, ich bestand darauf, dass er meine Einschätzung akzeptierte. Ich war hier die Herdenchefin, ich war hier die oberste Wächterin und ich war für unsere Sicherheit zuständig. Wenn ich sagte, es drohe keine Gefahr, dann sollte er auf meine Einschätzung vertrauen.

Fünf Runden drehte sich unser Gespräch im Kreis. Er sagte: „Da ist ein Hund!" Ich sagte: „Ja, da ist ein Hund, ich habe den Hund gesehen, ich stufe den Hund als nicht gefährlich ein. Entspann dich!" Er entspannte sich für einen Moment und dann ging es wieder von vorne los.

Nach der fünften Gesprächsrunde beschloss ich, das Thema zu wechseln. Ich schlug vor, gemeinsam zu gehen.

Mein Pferd ging zwar mit, er ließ sich allerdings immer wieder vom Hund ablenken. Seine Aufmerksamkeit war nicht bei mir, nicht bei uns, sondern draußen, beim Hund. Schließlich nahm ich das Pferd an den Strick, öffnete das Tor und ging ganz ruhig und entspannt in Richtung des Hundes. Der Hund schnüffelte den Büschen entlang. Er wich uns großräumig aus, achtete darauf, dass mehrere Meter zwischen ihm und dem Pferd waren. Ich blieb stehen, atmete tief aus und entspannte mich. Mein Pferd beobachtete den Hund mit Skepsis, aber er schien sich auf meine Führung einzulassen und meiner Einschätzung zu vertrauen, denn er folgte mir und zeigte keine Nervosität. Nach einer Weile, in der ich völliges Desinteresse an dem Hund gezeigt hatte, ging ich mit meinem Pferd wieder zurück in die Longierhalle.

Nach diesem ausführlichen Gespräch über die Hierarchie der Wächter und die Ungefährlichkeit dieses Hundes versuchte ich wieder Gespräche darüber zu führen, dass gemeinsames Gehen die Grundlage der Ausbildung zu einem verlässlichen, sicheren Reitpferd war. Es gelang nun zumindest für eine kurze Zeit ganz gut. Ich beeilte mich, die Trainingseinheit zu beenden, bevor der nächste Störfaktor das harmonische Miteinander vereitelte. Ich wollte die erste Einheit unbedingt mit einem positiven Erleben abschließen. Das war wichtig für das junge Pferd. Galante sollte gute Erfahrungen machen. Er sollte sich entspannen und sicher fühlen. Ohne Entspannung gab es keine Losgelassenheit. Ohne Losgelassenheit konnte die Ausbildung nicht gelingen. Sie war die Basis der Ausbildung des Reitpferdes.

Ich blieb stehen und atmete ruhig. Ich versuchte, ein paar Atemzüge gemeinsam mit meinem Pferd zu atmen und in Gleichklang zu kommen. Dann beendete ich die Einheit. Ich führte mein Pferd hinaus. Ich spazierte mit ihm um die Weiden. Auf einem Wiesenweg ließ ich ihn grasen.

Ich dachte nach. Ich wusste, ich hatte ein besonders starkes Pferd erwischt. Galante war ranghoch, ein Wächterpferd, er hatte einen starken Willen und ein ausgeprägtes Pflichtbewusstsein. Ich wusste, ich würde meinen Führungsanspruch nur behaupten können, wenn ich ihn überzeugen konnte, mich als Führerin zu respektieren. Ich musste einen Weg finden, ihm klar zu machen, dass ich die Führerin und die oberste Wächterin war und dass er sich entspannen durfte und mir folgen konnte. In diesem Moment ertappte ich mich selbst dabei, dass meine Gedanken gerade umherschweiften – das ging gar nicht, wer führen wollte, musste präsent sein!

Sofort mahnte ich mich zur Achtsamkeit. Ich kehrte zur Gänze in den gegenwärtigen Moment zurück, machte mich groß und hielt wachsam Ausschau. Mein Pferd aß gierig das saftige Gras. Da hatte ich eine Eingebung: Grasengehen, das war der Schlüssel zur Festigung der Positionen. Grasengehen würde mir helfen, mein Pferd dazu zu bringen mich als oberste Wächterin zu akzeptieren. Wenn ich mit meinem Pferd grasen ging, dann gab Galante die Rolle des Wächters gerne an mich ab und widmete sich ganz dem saftigen Gras. Während es in anderen Situationen schwierig war, ihn davon zu überzeugen, dass ich die bessere Wächterin war und er ruhig mir die Wache überlassen konnte, passierte es beim Grasen gehen von selbst. In Anbetracht des frischen, grünen Grases überließ er gerne mir die Wache, während er büschelweise Grünzeug in sich stopfte. Somit stand das Trainingsprogramm fest: Grasengehen, das Pferd essen lassen, selber wachen mit höchster Aufmerksamkeit.

Ich praktizierte das Grasengehen als Teil der Trainingseinheit. Nach der Übungseinheit in der Longierhalle, ging ich immer ein Stück mit meinem Pferd spazieren, ließ ihn essen und postierte mich als Wache. Selbstverständlich verzichtete ich auf Telefonate und surfte auch nicht am Hosensacktelefon im Internet, sondern hielt Ausschau. Ich überprüfte die Umgebung, scannte den Horizont, beobachte alles, bemerkte jeden, ich lauschte, ich hielt die Augen offen, ich atmete ruhig, ich war entspannt, aber wachsam.

Das Wachehalten während des Grasens zeigte schon nach wenigen Einheiten seine Wirkung. Während mein Pferd zu Beginn stets hektisch ein Grasbüschel abgerissen und schnell wieder den Kopf hochgerissen hatte, um dann mit hoch erhobenem Kopf zu kauen, graste er schon nach ein paar Tagen relativ entspannt vor sich hin, ohne ständig den Kopf hochzureißen, um selber Ausschau zu halten. Er begann allmählich meiner Fähigkeit zu Wachen zu vertrauen und sich mir anzuvertrauen.

Als am Ende des Wiesenweges ein Hund aus den Büschen sprang, machte ich einen Schritt in diese Richtung. Ich trat vor mein Pferd, machte mich groß, positionierte mich. Ich war als oberste Wächterin natürlich auch für die Verteidigung zuständig. Der Wächter musste die Herde mit seinem Leben verteidigen. Ich würde mein Pferd vor dem Hund beschützen, mit meinem Leben, wenn es sein musste! Ich zeigte meine Entschlossenheit in meiner Körpersprache. Breitbeinig stand ich vor meinem Pferd und stellte mich dem Hund entgegen, der in unsere Richtung gelaufen kam. Es war ein großer Hund, ein Schäferhund. Ich atmete ruhig, aber behielt den Hund im Auge. Mein Pferd hatte sich neben mich gestellt und beobachtete den Hund ebenfalls. Als der Hund näher kam, trat ich ruhig aber bestimmt einen Schritt vor, sodass ich mich zwischen Hund und Pferd positionierte. Der Hund blieb stehen. Er bemerkte meine Entschlossenheit. Er sah uns prüfend an und wandte sich dann ab, er schnüffelte eifrig den Büschen entlang und lief zurück. Ich schnaubte, entspannte, atmete ruhig, aber ich blieb wachsam. Mein Pferd kehrte sogleich zum Grasen zurück und hielt es nicht für nötig den davonlaufenden Hund weiter im Auge zu behalten.

Es waren erste kleine Erfolge, die mir zeigten, dass ich auf einem guten Weg war. Mit viel Gespür und Achtsamkeit würde es mir gelingen mein Pferd davon zu überzeugen, dass ich eine gute Führerin und die beste Wächterin war. Dann würde er sich entspannen und mir vertrauen. Dann würde er sich einlassen können. Mit Achtsamkeit, nicht mit Dominanz, würde es mir gelingen, mein Pferd von mir zu überzeugen. Mit Achtsamkeit würde ich sein Vertrauen gewinnen. Dann würde er mir freiwillig folgen. Dann würde eine einvernehmliche Partnerschaft entstehen, die der Grundstein für die Ausbildung zum Reitpferd war.

Gespürgespräche

~

In der kommenden Zeit führte ich viele ausführliche Gespürgespräche mit meinem Pferd. Das Pferd zwang mich dazu. Immer wieder schreckte Galante sich, immer wieder scheute er. Anfangs hatte ich es als frustrierend empfunden, dass das Training nicht so lief, wie ich es mir gewünscht hätte. Mich hatte sogar schon der Gedanke beschlichen, dass mein Pferd mit Starren, Schrecken und Scheuen das Training sabotierte. Aber als ich begann mit meinem Pferd Gespürgespräche zu führen und das als den wichtigsten Teil des Trainings begriff, der die Grundlage schuf, unsere Beziehung klärte, gegenseitiges Verständnis und Vertrauen entstehen ließ, da lief es zunehmend besser. Das Scheuen hörte zwar nicht ganz auf – es war einfach ein Reflex, alle Pferde machten das – aber das übertriebene, ständige Starren und Ausschauhalten wurde nach und nach besser. Galante schreckte und scheute seltener und nicht mehr so dramatisch. Vor allem aber, konnte ich verhindern, dass er sich hinein steigerte. Meist war es mit einem kurzen Zucken auch schon wieder vorbei.

Unsere Verständigung gelang immer selbstverständlicher. Je mehr ich verstand, dass Gespürgespräche das Wichtigste waren für die Beziehung zu meinem Pferd, umso mehr vertraute mein Pferd sich mir an. Galante verstand rasch, dass er mir nicht hilflos ausgeliefert war, sondern dass er mit mir sprechen und verhandeln konnte. Je achtsamer ich war, je bewusster ich mich auf ganzheitliche Wahrnehmung konzentrierte, je mehr ich spürte und meinen Eingebungen folgte, umso besser kamen wir miteinander zurecht. Schon bald konnte ich sowohl unsere Trainingseinheiten in der Longierhalle, als auch unsere Spaziergänge genießen.

Das Interessante daran war, dass die erzwungene Wachsamkeit wirklich gut für mich war. Es war mein tägliches Achtsamkeitstraining mit meinem Pferd. Achtsamkeit war der Schlüssel zur Kommunikation mit dem Pferd. Gespür war die Sprache, die mir half zu entschlüsseln, was das Pferd spürte und was ich tun sollte. Oft, wenn ich mich ganz und gar einließ, ganz dem Gespür vertraute, dann hatte ich eine Eingebung und wusste plötzlich, was ich tun musste. Diese Trainingseinheiten in absoluter Präsenz und vollständiger Achtsamkeit waren sehr anstrengend für mich. Ich hatte das Gefühl, dass ich gefordert war jeden Tag aufs Neue über mich hinaus zu wachsen. Mein Pferd zwang mich zu Achtsamkeit, Präsenz und dazu auf mein Gespür zu hören. Er lehrte mich Pferdesprache, Gespürgespräche. Er zwang mich in das Sein der Pferde.

Es war anstrengend und herausfordernd für mich. Das tägliche Training mit meinem jungen Pferd war für mich eine Übung der Achtsamkeit, die all meinen Fokus erforderte und mich täglich über meine eigenen Grenzen hinaus wachsen ließ. Noch nie im Leben hatte ich so viel Achtsamkeit üben müssen. Ich wusste, es war der einzige Weg um das Vertrauen dieses starken, jungen Pferdes zu gewinnen. Das wollte ich unbedingt schaffen. Also war ich gezwungen mich in Achtsamkeit, Präsenz und Spüren zu üben. Ich musste lernen, im Sein der Pferde zu sein und ihre Sprache zu spüren.

Das Außergewöhnliche am Erlernen der Pferdesprache war, dass ich dadurch mich selber besser verstand. Es war die einzige Fremdsprache die mich zu einem tieferen Verständnis von mir selbst, meinen Urinstinkten, meinen Reflexen, meines Nervensystems, meines ganzheitlichen körperlichen Seins führte. Täglich übte ich diesen Zustand der vollkommenen Präsenz, der tiefen Entspanntheit bei gleichzeitiger absoluter Aufmerksamkeit. Ich merkte, dass es mir guttat, die Wächterin zu sein, auch wenn es mich immense Anstrengung kostete, besonders nach einem langen Tag in der Arbeit.

So hatte ich einen Grund, täglich mein Achtsamkeitstraining zu absolvieren. Es war noch nie jemandem gelungen, mich dazu zu bringen, täglich mehrere Stunden Achtsamkeitsübungen zu machen. Es war mein Pferd, das mich dazu zwang, achtsamer zu sein. Schon nach ein paar Wochen hatte ich das Gefühl, dass sich meine Sinne geschärft hatten, meine Wahrnehmung war viel feinsinniger und klarer. Ich wunderte mich darüber, dass ich die kleinsten Bewegungen am Horizont ausmachen konnte. Ich war erstaunt, was ich alles riechen konnte, seit ich bewusst meine Sinne trainierte. Ich war überrascht, wie fein mein Gehör war. In der Stille konnte ich die leisesten Geräusche ausmachen. Ich reagierte auf ein Rascheln in den Büschen, wandte mich aufmerksam aber ruhig dem Geräusch zu. So kam ich meinem Pferd zuvor.

Das Wachen führte auch nebenbei dazu, dass ich Rauch

am Horizont erspähte und die Feuerwehr alarmierte. Als ich dem Rascheln in den Büschen auf den Grund gehen wollte, entdeckte ich einen verletzen Milan und verständigte die Wildtieraufsicht. Ich bemerkte einen Jogger mit verstauchtem Knöchel und bot ihm Hilfe an. Ich fand ein teures Mobiltelefon im hohen Gras, das ich bei der Fundstelle abgab. Das Wachen für mein Pferd und der Versuch mich als Führerin und oberste Wächterin der Herde zu behaupten, machte mich so nebenbei auch zu einem Wächter für die Gesellschaft. Hier wachte ich über die Wiesen. Mir entging nichts. Ich überblickte das ganze Land bis zum Horizont. Ich wachte und handelte. Ich wurde allmählich zu einer echten, ernstzunehmenden Wächterin.

Durch die Schärfung der Wahrnehmung und das Achten auf das Empfinden wurde auch mein Körpergefühl besser. Ich spürte mich selbst. Ich spürte meinen Körper. Ich begann nach und nach zu verstehen, dass ich durch die Übung der Gespürgespräche mit dem Fremdkörper Pferd auch besser wurde in Gespürgesprächen mit meinem eigenen Körper. Mein Körper sprach die gleiche Sprache. Ich nahm meinen Körper besser wahr und konnte die Empfindungen immer klarer deuten. Dadurch verschwanden Probleme, die mich jahrelang geplagt hatten, wie durch ein Wunder, ganz von selbst. Seit ich das Pferd hatte, hatte ich nie wieder eine Zigarette geraucht, ich hatte nie mehr zu viel Alkohol getrunken, ich hatte ein besseres Hunger- und Sättigungsgefühl, mein Körper verlangte nach gesunder Nahrung, Salat und Gemüse, ich hatte keinen Appetit auf Süßes oder Frittiertes. Schon bald hatte ich ganz von selbst mein Idealgewicht erreicht, das ich zuvor über Jahre hinweg versucht hatte zu erlangen. Mein nervöser Magen beruhigte sich. Ich fühlte mich gesünder und stärker denn je. Wenn mir etwas weh tat, wusste ich oft intuitiv, ob ich jetzt warmes Wasser des Thermalbads brauchte oder kühles Wasser des Gebirgsbachs. Ich spürte, wenn mein Körper mir sagte, dass er Ruhe brauchte. Ich schlief tief und fest und erwachte erholt. Ich war, seit ich das Pferd hatte, nie mehr krank gewesen. Meine Kopfschmerzen waren verschwunden. Die entspannte Achtsamkeit hatte insgesamt die angespannte Gedankenverlorenheit abgelöst. Die gelassene Wachsamkeit hatte die erstarrte Geistesabwesenheit verdrängt. Ein Gefühl von Sicherheit hatte die permanente nervliche Anspannung gelöst. Ich war verwandelt. Das Sein war anders. Mein Sein hatte sich verändert. Das Sein der Pferde hatte mich gewandelt.

Durch Gespürgespräche und Achtsamkeitstraining war etwas in mir geheilt. Etwas, das aus dem Lot geraten war, war wieder ins Gleichgewicht gekommen. Etwas am Sein der Pferde war gut für mich als Mensch. Wieder wunderte ich mich darüber, wie Pferde das machten, dass es Menschen besser ging, wenn sie bei ihnen waren. Es waren so viele Dinge gleichzeitig, die Pferde mit Menschen machten. Gegenwärtigkeit, Gewahrsein, Ganzsein, Gespür – das waren Elemente des Seins der Pferde, die heilsam für das Sein der Menschen waren.

Gespür – was ist das eigentlich? Ist Gespür eine Sprache ohne Worte? Ist Gespür eine universelle Sprache, die alle Lebewesen sprechen, die spüren können? Ich begann nach und nach das Gespür bewusst einzusetzen und führte auch das eine oder andere Gespürgespräch mit

Menschen. Es war wirklich spannend, es funktionierte. Auch Menschen reagierten auf Gespürgespräche. Vielleicht war es ihnen nicht bewusst, aber sie reagierten darauf. Ich begann absichtlich zu üben, bei Gesprächen auch gleichzeitig Gespürgespräche mit Menschen zu führen. Es war interessant, ich konnte aufgebrachte oder nervöse Menschen beruhigen, wenn ich bewusst atmete und entspannte.

Eines Tages geriet mir beim Stöbern in einem Antiquariat ein Buch mit Zitaten von Rumi in die Hände. Ich blätterte darin und auf der Seite die aufschlug stand:

„Gott! Bring meine Seele an jenen Ort, an dem ich ohne Worte sprechen kann."

Rumi war wohl auch gern im Stall gewesen, dachte ich mir, als ich das Zitat las. Für mich war dieser Ort für die Seele, an dem ich ohne Worte sprechen konnte, die Gegenwart der Pferde. Meine Gebete als Kind hatten sich ganz ähnlich angehört. Ich erinnerte mich, das war so gesehen, sinngemäß eigentlich das Gleiche: „Lieber Gott! Bitte mach, dass ich morgen den ganzen Tag im Stall sein darf."

Ich blätterte weiter in dem Buch und auf der Seite die aufschlug stand:

„Es gibt eine Stimme, die keine Worte benutzt – höre ihr zu."

Diese Stimme ohne Worte war das Spüren. Um die Sprache ohne Worte zu verstehen, musste man Gespür entwickeln. Spüren musste man üben. In unserer Gesellschaft wurde das Gespür vernachlässigt, ja gar übergangen. In der Schule wurde über viele Jahre hinweg das Denken geschult. Aber Spüren war in den zwölf Jahren meiner Schulausbildung nie angesprochen worden. Nie hatte ein Lehrer gefragt: Spürst du das? Wie fühlt sich das an? So war ich einseitig zum Denken erzogen worden, hatte das Spüren nie geübt. Nur die Pferde lehrten mich die Spürsprache. Das Dauerdenken hatte in den Jahren meines Doktoratsstudiums gegipfelt, einer Zeit, in der ich noch dazu kein Pferd hatte. Ich war völlig aus dem Gleichgewicht geraten, konnte die Gedanken nicht mehr abstellen, hatte Kopfschmerzen, konnte nicht schlafen. Ich war verzweifelt gewesen, hatte alles Mögliche über Heilung, Meditation, Therapie gelesen. Aber nichts hatte gewirkt.

Ich wusste jetzt auch weshalb. Es war eine Sache, den Weg der Heilung zu verstehen, aber eine ganz andere Sache war es, es wirklich zu leben, zu üben, zu praktizieren. Ich hatte mich viel mit Philosophie, Weisheit, Meditation auseinandergesetzt. In meinen Bücherregalen stapelten sich Werke über Philosophie und Meditation, Achtsamkeit und Gegenwärtigkeit, Psychologie und Präsenz, Therapie und Heilung. Ich hatte sie alle gelesen. Aber erst jetzt verstand ich, was das wirkliche Problem gewesen war, warum es nie wirklich funktioniert hatte: Ich hatte es nicht geübt.

Über Meditation zu lesen und zu verstehen – rational im Kopf – wie es wirkte, war eines, aber Achtsamkeit wirklich zu üben, zu praktizieren, das war das Andere. Das veränderte alles. Mein Problem war immer gewesen, dass ich zwar gerne ein gutes Buch las, abends auf dem Sofa, bei einer Tasse Tee und klassischer Musik, aber das

Wissen nicht in die Tat umsetzte. Es genügte nicht, über Achtsamkeitsübung zu lesen, man musste es wirklich ausüben. Es genügte nicht, über Präsentsein zu lesen, man musste es praktizieren. Mir war es nie gelungen, diese Praktiken wirklich in meinem Alltag zu etablieren. Immer wieder hatte ich es mir vorgenommen. Dann war ich ein paar Wochen lang früher aufgestanden, um zu meditieren. Ich hatte stets mit mäßigem Erfolg meditiert. Dann hatte ich es wieder sein lassen, hatte nach einiger Zeit wieder damit aufgehört. Erst jetzt, als ich gezwungen war, wirklich achtsam und präsent zu sein, um meinem Pferd zu genügen, erst jetzt merkte ich, dass es wirklich wirkte. Es veränderte alles.

Man muss seine Seele also an den Ort bringen, wo sie ohne Worte sprechen kann – auf die Weide. Dann muss man der Stimme ohne Worte zuhören – spüren. Aber es genügt nicht, das zu wissen. Man muss es üben. Man muss es wirklich praktizieren – regelmäßig, am besten täglich.

Für mich war der Besuch bei meinem Pferd zu meiner täglichen Achtsamkeitsübung geworden. Hier lernte ich Gespür und begann das Sein zu verstehen. Hier lernte ich mehr über mich und das Leben, als ich je für möglich gehalten hatte. Ich hatte all diese Worte gekannt – Gegenwärtigkeit, Gegenwärtigsein, Gewahrsein, Gespür. Ich hatte mir jahrelang den Kopf über Ontologie zerbrochen. Ich hatte stapelweise Bücher über Philosophie, Theorie, Therapie gelesen. Aber wirklich verstanden hatte ich es erst durch das Sein bei meinem Pferd. Hier lernte ich zu spüren und durch Gespür verstand ich, warum das Sein wichtig war. Ich verstand nun, wie das Sein wirkte. Ich begann mich selbst zu spüren und mich selbst zu verstehen. All das theoretische Wissen, das ich mir über jahrelanges Studium angeeignet hatte, bekam hier im Jetzt, im Beisein meines Pferdes plötzlich einen Sinn.

„Ontologie ist wichtig", „es gibt eine Stimme, die keine Worte benutzt, höre ihr zu", „folge dem weißen Pferd" – mit einem Mal machte alles Sinn.

Ich hatte meine Seele gesucht und das Sein der Pferde entdeckt. Ich hatte ein junges Pferd in der Reitkunst ausbilden wollen und stattdessen Gespürgespräche gelernt. Ich hatte versucht, ein Pferd für mich zu gewinnen und mich versehentlich selbst erkannt.

Co-Regulation des Reitens

~

Ich atmete ruhig ein und aus. Ich stand an der Seite meines Pferdes und atmete. Ich wollte ganz ruhig und gelassen sein, wenn ich in den Sattel stieg. Ich würde nicht aufsteigen, wenn ich mir nicht absolut sicher war, dass ich selbst und das Pferd vollkommen ruhig und im inneren Gleichgewicht waren. Ich war überzeugt davon, dass im Sinne der Co-Regulation und der Resonanz unserer Nervensysteme die wichtigste Voraussetzung für das Reiten war, dass ich und mein Pferd uns wohl und sicher fühlten, dass wir entspannt waren und uns gegenseitig vertrauten. Nur dann konnte das Reiten in Losgelassenheit gelingen. Wenn einer von uns beiden sich nicht sicher fühlte, oder angespannt war, konnte das ausreichen, dass die Situation beim Reiten eskalierte. Ich musste also schon aus Sicherheitsgründen erwägen, das Reiten mit dem jungen Pferd ausschließlich dann zu praktizieren, wenn die körperlichen Voraussetzungen und die Bedingungen der Umgebung optimal waren. Ich wusste, ich musste die Sprache anwenden, die mein Pferd am besten verstehen konnte: Körpersprache. Mein Körper musste dem Körper meines Pferdes sagen, dass wir sicher waren, dass wir ruhig und entspannt sein können, dass kein Grund zur Beunruhigung bestand. Das war die Voraussetzung dafür, dass mein Pferd sich einlassen konnte auf dieses Unterfangen, das Reiten.

Nachdem ich eine Zeitlang ruhig geatmet hatte und

mich mental darauf vorbereitet hatte, dass ich in den Sattel meines jungen Pferdes steigen würde und dabei Vertrauen, Sicherheit und Gelassenheit vermitteln wollte, war der Moment gekommen. Heute wollte ich es versuchen. Es war windstill. Die Halle war leer. Alles war ruhig. Ich fühlte mich gut. Das Pferd schien ausgeglichen. Ich hatte sichergestellt, dass es ihm an nichts fehlte. Ich hatte mich selbst vergewissert, dass er ausreichend Heu gegessen und Wasser getrunken hatte. Sogar eine kleine Portion eingeweichte Heucobs mit geschroteten Leinsamen hatte ich ihm gefüttert, damit er mit einem angenehmen Sättigungsgefühl zur Reiteinheit ging. Ich hatte ihn gründlich gebürstet, gewissenhaft gesattelt und behutsam gezäumt. Genauestens beobachtet hatte ich mein Pferd während des gesamten Prozesses und es war mir nichts aufgefallen, das darauf hindeuten hätte können, dass er etwas gegen Sattel, Zaumzeug oder Reiten hatte. Die Körpersprache des Pferdes signalisierte mir, dass er bereit war fürs Reiten.

Ich betrachtete mein Pferd. Galante war ruhig und gelassen. Ich bewegte mich lautlos, leicht und fließend, als ich auf die Aufstiegshilfe stieg. Das Pferd wackelte nicht einmal mit dem Ohr, als ich ihm die Kruppe tätschelte und probehalber am Sattel klopfte. Da ich keine Abwehrreaktion wahrnahm, stellte ich vorsichtig einen Fuß in den Steigbügel. Das Pferd drehte ein Ohr in meine Richtung, aber es hielt still. Behutsam setzte ich mich in den Sattel. Das Pferd blieb stehen, während ich nach dem zweiten Steigbügel fischte. Auf einen leisen, beinahe gehauchten Pfiff drehte Galante den Kopf zur Seite. Ich lehnte mich vor und reichte ihm eine kleine

Scheibe Karotte. Ich sagte ihm mit freundlicher, wertschätzender Stimme, dass er das gut gemacht hatte, strich ihm über den Hals und tätschelte ihn anerkennend an der Schulter. Der erste Schritt war geschafft. Ich war ohne Stress und Zwischenfälle in den Sattel gestiegen.

Ich nahm die Zügel in die Hand, aber ließ sie so lang wie möglich. Ich brauchte mich nur etwas aufzurichten, körperlich meine Intention anzudeuten und einmal zu schnalzen, schon schritt mein Pferd voran. Ich selbst war überrascht, dass es einfach so funktionierte mit meinem jungen Pferd. Ich brauchte nur andeutungsweise meine Gewichts- und Sitzhilfen einzusetzen und mein Pferd verstand. Oft setzte Galante meine Vorhaben schon in die Tat um, wenn ich nur daran dachte. Ich nahm mir vor, in der Hälfte der Reitbahn eine Halteparade auszuführen, mein Pferd blieb stehen, bevor ich aktiv die Halteparade gegeben hatte. Offenbar wusste er schon, was ich wollte, sobald ich es wusste. Telepathie?

Ich glaubte nicht, dass es Gedankenübertragung war, sondern feinstes Gespür. Es war körperlich, es war spüren. Die Sinne der Pferde waren so geschärft, ihre Wahrnehmung so fein, ihr Körpergefühl so empfindsam, dass sie kleinste Veränderungen der Körpersprache spürten. Dieses feinste Gespür hatte mich schon bei der Bodenarbeit, beim Longieren und der Arbeit an der Hand beeindruckt. Aber es war noch deutlicher wahrnehmbar, wenn ich ritt. Es war wirklich beinahe so, als ob wir zusammenwuchsen und spürten, was im jeweils anderen vorging. Unfassbar wie intuitiv reiten war – jedenfalls wenn eine Vertrauensbasis und eine gemeinsame Gespürsprache geschaffen waren! Auf Andeutungen von Hilfen reagierte Galante und wendete auf einen Zirkel, hielt an, ging wieder los. Es war wunderbar. Ich ließ die Zügel möglichst lang und versuchte, phasenweise eine zarte Verbindung zum Pferdemaul aufzubauen.

Mein Pferd ging entspannt im Schritt, ich genoss es, im Sattel zu sitzen, die Bewegungen zu spüren und mit meinem Pferd eine Einheit zu werden. Ich liebte das Schaukeln auf dem Pferderücken, es wiegte mich in einen einzigartigen Zustand der Geborgenheit. Endlich saß ich wieder im Sattel! Es war wie nach Hause kommen nach vielen Jahren des Herumirrens in der Ferne. In dem Moment als ich wieder im Sattel saß, hatte ich das Gefühl, dass ich endlich angekommen war. Endlich zu Hause! Endlich am richtigen Ort! Endlich bin ich da, wo ich hingehöre! Das Gefühl von Heimkehr und Geborgenheit begleitete meine ersten Ritte mit meinem Pferd. Ich war sehr bewegt und tief berührt von der Großzügigkeit dieses jungen Pferdes, das mich großmütig auf seinem Rücken reiten ließ. Mich erstaunte die Offenheit des Pferdes für die Kooperation mit dem Menschen. Für Pferde waren Beziehungen wichtig, sie waren sozial, großzügig, kooperativ und stets bereit, alles zu geben. Es verblüffte mich, dass dieses junge Pferd mich reiten ließ, als wäre es selbstverständlich.

Galante hatte nie versucht, mich loszuwerden, er hatte nie gebuckelt, er trug mich mit Stolz und Hingabe und das berührte mich tief und trieb mir Tränen in die Augen. Ich hatte das Gefühl, dass Galante stolz darauf war, dass er jetzt ein Reitpferd war. Er war nicht bloß willig, sondern sogar übereifrig. Er reagierte schon auf Andeutungen von Hilfen. Oft versuchte er, zu erraten, was wir als Nächstes machen werden und führte es von selbst aus. Wenn ich etwa zweimal hintereinander an der gleichen Stelle halten ließ, blieb er bei der nächsten Runde von selber dort stehen. Er dachte mit! Ich war sehr zufrieden mit unserer Reiteinheit und beließ es bei einigen Minuten reiten im ruhigen Schritt. Überschwänglich lobte ich mein Pferd und bedankte mich bei ihm dafür, dass er mich reiten lassen hatte.

Nach den ersten Ritten mit meinem jungen Pferd hatte ich ein unbeschreibliches Gefühl. Dieses Pferd war wirklich himmlisch. Obwohl ich mein Leben lang geritten war und im Sattel einiger Pferde gesessen war, hatte ich so eine stolze Hingabe, gepaart mit zuvorkommender Übereifrigkeit, feinstem Gespür und einer Intuition, die mir wie eine visionäre Gabe erschien, noch nie erlebt. Für mich war klar, dass mein Pferd eines dieser himmlischen Pferde war. Vielleicht war es wahr, dass die Nachfahren der Karthäuser Pferde besonders waren? Vielleicht vereinten sich in meinem Pferd die Vorzüge der Lusitanos, die als arbeitswillig, loyal und pflichtbewusst galten, mit den Vorteilen der arabischen Pferde, denen man nachsagte, dass sie besonders menschenbezogen, schlau und sensibel seien.

Die Ritte mit meinem jungen Pferd hinterließen bei mir das Gefühl eines bewusstseinserweiternden Erlebnisses. Ich erkannte, dass es Dimensionen der Wahrnehmung gab, von denen ich bisher keine Ahnung gehabt hatte. Mir war klar, dass dieses Pferd mich in neue

Dimensionen mitnehmen würde. Jedes Mal wenn ich geritten war und danach aus dem Sattel glitt, hatte ich das Gefühl etwas Außergewöhnliches, etwas Überwältigendes, erlebt zu haben. Das war es auch. Die stolze Hingabe und die unvorstellbare Sensibilität dieses Pferdes konfrontierten mich mit unerkannten Dimensionen des Seins. Einmal mehr öffnete ein Pferd für mich ein Tor in eine neue Dimension des Seins.

Am ehesten passend für die Beschreibung, wie ich empfand, wäre wohl das englische Wort mind-blowing. Während ich stets versucht hatte, die Co-Regulation und Resonanz der Nervensysteme, die miteinander kommunizierten, dazu einzusetzen meinem Pferd Sicherheit, Vertrauen und Entspanntheit zu vermitteln, hatte ich jetzt erlebt, was mein Pferd umgekehrt mit mir machte. Es war ein überwältigendes Gefühl, auf diesem Pferd zu reiten. Das wunderschöne, silberne Pferd trug mich auf seinem Rücken! Ich fühlte mich auserwählt und königlich. Ich spürte die unfassbare Kraft des Pferdes, die gepaart mit voller Hingabe schlichtweg überwältigend war. Ich spürte die dreidimensionalen Bewegungen des Pferdes, als wir im Schritt ritten und mein Körper erfuhr Impulse und Bewegungsmuster, die er nicht gekannt oder längst vergessen hatte. Ich hatte das Gefühl, ich konnte förmlich spüren, wie sich neue Nervenbahnen bildeten. Das Reiten stimulierte meinen Körper, mein Gehirn, mich als Ganzes auf eine besondere Weise. Es war, als ob all die totgeglaubten Teile meines Körpers, all die ungenutzten Nervenbahnen, all das schlummernde Potenzial meines Körpers plötzlich stimuliert wurde und erwachte. Schlagartig fühlte ich mich körperlich stark wie seit vielen Jahren nicht. Abrupt fühlte sich mein Körper vital und energiegeladen an. Ich spürte eine Kraft – es war eine Lebenskraft – die mich plötzlich durchflutete. Mit einem Mal floss diese Kraft, die Pferde in mir weckten, wieder durch meinen Körper und erfüllte mich mit Vitalität, Lebensenergie und einer Stärke, die man nur hat, wenn sich mentale und körperliche Stärke vereinen. Es war nicht nur mind-blowing, es war auch body-flooding. Es fühlte sich an, als ob eine Welle der Lebenskraft durch meinen gesamten Körper floss. Wenn ich vom Pferd abstieg, war mir, als hätte ich eine wundersame vitalisierende Behandlung bekommen und wusste gar nicht so recht, wie mir geschah.

Ich war mir wohl bewusst, dass es eine Dimension des Seins gab, die sich meiner Steuerung entzog. Das autonome Nervensystem war jener Teil, der autonom agierte. Es waren körperliche Prozesse, die sich abspielten, die sich dem Gewahrsein weitgehend entzogen. Was mit mir beim Reiten geschah, was mein Pferd mit mir machte, musste sich auf einer Ebene des Seins abspielen, die sich meinem Bewusstsein entzog, denn so sehr ich mich auch bemühte zu erfassen, was mein Pferd mit mir machte, es gelang mir nicht wirklich, zu verstehen, was genau mit mir passierte, was alles mit mir geschah. Ich hatte das Gefühl, ich würde mit meinen Vermutungen nur an der Oberfläche kratzen. Es gab keine Worte, um diese Sprache ohne Worte zu erfassen. Aber spüren konnte ich, dass das Reiten etwas Wundersames mit mir machte.

Reiten war eine neue Dimension des Seins. Es war mir klarer denn je: Es gibt Dimensionen des Seins, in die ein

Mensch nur auf dem Rücken eines Pferdes gelangen kann. Die Mythologie hatte recht: Das Pferd ist der Mittler zwischen den Welten – den Dimensionen des Seins. Das Pferd kann die Pforten zu anderen Welten durchschreiten. Das Pferd kann seinen Reiter in andere Dimensionen tragen.

Nervensystemtraining mit Pferd

~

Ein paar Tage später unternahm ich wieder einen Reitversuch. Wieder hatte ich für optimale Bedingungen gesorgt. Schließlich wusste ich, dass ein Gefühl der Sicherheit die Voraussetzung für gelingendes Lernen war. Die Reitlehre wusste das schon lange, Losgelassenheit war der Grundstein der Reitausbildung, und die konnte nur erlangt werden, wenn das Pferd sich wohl und sicher fühlte. Mittlerweile wusste es auch die Wissenschaft. Ich erinnerte mich an die Bücher über Polyvagal Theorie[1], die ich gelesen hatte. Demnach musste das Nervensystem sich sicher fühlen, damit soziale Interaktion möglich war. Wenn das Nervensystem im Zustand von Flucht und Kampf, oder aber in Erstarrung war, konnte man sich nicht auf soziale Interaktionen einlassen. Das wichtigste für das Lernen war eine stressfreie Lernumgebung. Ich traf also alle möglichen Vorbereitungen, um sicherzustellen, dass sich mein Pferd sicher fühlte und sich auf die soziale Interaktion mit mir einlassen konnte.

Alles verlief entspannt und wir ritten harmonisch im Schritt in der Reithalle. Plötzlich raschelte es in den Büschen vor dem Hallenfenster und ein Hund kam aus dem Dickicht heraus gerannt. Augenblicklich verspannte sich das Pferd. Galante zuckte durch den ganzen Körper, sprang zur Seite, dann verharrte er und erstarrte angespannt. Mein Körper hatte sofort reagiert, sich fast zeitgleich angespannt. Reflexartig passte mein Körper sich den Bewegungen des Pferdes an, sodass ich nicht vom Pferd fiel, sondern seine Bewegungen mitmachte. Im nächsten Augenblick atmete ich sofort aus und zwang mich selbst, mich zu entspannen. Ich entspannte meine Hände, meine Schultern, ließ die Beine deutlich los und atmete ruhig und tief.

Mein Pferd und ich hatten das Anspannen-Wiederentspannen schon beim Spazierengehen geübt. Ich hoffte, dass es jetzt auch beim Reiten funktionieren würde. Man lief Gefahr, wenn man im Sattel saß und in Wirklichkeit dem Pferd ziemlich ausgeliefert war, in so einer Stresssituation in der Anspannung zu verharren, da es stressig war, auf einem erschreckten, fluchtbereiten Jungpferd zu sitzen. Aber das hätte den Stresszustand des Pferdes verstärkt, weil es gespürt hätte, dass die Reiterin angespannt war und daher sehr wohl Alarm- und Fluchtbereitschaft angebracht waren. Ich zwang mich, zu entspannen und am Zügel deutlich nachzugeben. Ich konnte jetzt nur darauf vertrauen, dass das Vertrauen, das wir aufgebaut hatten, stabil genug war, um diese Situation zu meistern. Ich musste meinem Jungpferd Vorschussvertrauen geben. Ich vertraute darauf, dass Galante nicht ausrasten würde. Ich entspannte und vertraute.

Der Hund stöberte aufgeregt durch das Laub und raschelte dabei laut. Ich atmete lang und tief aus, entspannte nachdrücklich und deutlich meinen Oberkörper, meine Beine, Schultern, Arme und Hände. Als ich merkte, dass mein Pferd sich gefasst hatte, forderte ich Galante bei fast losem Zügel auf, auf den Hund zuzugehen. Er tat zögerlich ein paar Schritte in die

Richtung. Am Fenster blieben wir stehen und beobachteten den Hund kurz. Dann atmete ich wieder aus und mit dem nächsten Einatmen forderte ich das Pferd auf weiterzugehen. Galante gehorchte meiner Aufforderung und ging weiter. Wir ignorierten den Hund. Wir hatten die erste Stresssituation beim Reiten gut gemeistert. Zum Glück hatten wir beim Spazierengehen schon fleißig Anspannen-Entspannen geübt. Das war jetzt beim Reiten die Rettung.

Es dämmerte mir, dass die Reitausbildung meines jungen Pferdes wieder eine neue Aufgabe an mich stellte. Eine neue Lektion des persönlichen Wachstums wurde von mir verlangt. Ich hatte nun eine Ahnung davon bekommen, wie feinfühlig mein Pferd reagierte. Mir wurde klar, dass feines Reiten mit diesem Pferd nur dann gelingen konnte, wenn ich perfekte Körperbeherrschung erlangte. Dazu gehörten Gleichgewicht, federnder Sitz, ruhige Hand, aber auch die Beherrschung meines Gemütszustands. Das war die größte Herausforderung. Genauso sensibel wie mein Pferd auf jede noch so minimale Anspannung meiner Bauchmuskeln oder meines Beins reagierte, so empfänglich war er auch für meine psychische Anspannung.

Ich wusste, ich durfte keine Angst haben. Ich wusste, ich durfte nicht zweifeln. Ich musste führen und auch die Stimmung vorgeben, indem ich selbst die gewünschte Haltung einnahm. Ich versuchte, mir anzutrainieren, dass ich mich bewusst entspannte, bevor ich zu meinem Pferd ging. Bevor ich durch das Tor ging, bevor ich den Auslauf betrat, hielt ich inne. Ich atmete ruhig und ließ los. Ich versuchte, alle Verspannung und Anspannung zu lösen.

Ich erkannte, dass ich eine Tendenz dazu hatte im Anspannungszustand zu verharren. Ich musste lernen zu entspannen. Ich hatte inzwischen geübt mich zu entspannen, indem ich auf der Weide saß und atmete, oder innehielt und atmete, bevor ich zu meinem Pferd ging. Das war schön und gut. Aber was ich jetzt fürs Reiten lernen musste, war sofort zu entspannen! Im Augenblick unmittelbar nach der Anspannung musste ich loslassen können. Nur so würde ich mein Pferd in der Reitausbildung führen können.

Wenn mein Pferd sich anspannte, wenn er sich schreckte, wenn er scheute, dann löste das bei mir einen Anspannungszustand aus. Mein Körper reagierte auf die Impulse, die der Körper des Pferdes sendete. Mein Körper reagierte reflexartig – sowohl auf die eigenen Impulse, als auch auf die des Pferdes. Das geschah blitzschnell im Bruchteil einer Sekunde. Das musste ja auch so sein, denn wenn mein Körper nicht sofort reflexartig reagieren würde, würde ich vom Pferd fallen in einer Situation des Scheuens. Das schnelle Anspannen war notwendig. Mir war klar, dass es sich meiner bewussten Kontrolle entzog. Neurozeption wurde dieser Prozess genannt, bei dem die Umgebung fortlaufend gescannt wurde und unmittelbar auf Gefahren reagiert wurde.[2] Dieser Prozess unterlag nicht der bewussten Steuerung. Sowohl das Scannen auf Gefahren, als auch die reflexartige Reaktion liefen autonom ab, entzogen sich der bewussten Steuerung, passierten unabhängig vom Gewahrsein. Der Körper reagierte unmittelbar auf eine Gefahr. Es war ein Reflex. Mein Pferd konnte nicht anders, als zu reagieren. Ich konnte auch nicht anders, als zu reagieren. Plötzlich war die Neurozeption meines

Pferdes auch meine eigene. Die blitzschnelle Reaktion meines Pferdes gab mir einen ersten Eindruck davon, wie schnell das Pferd reagierte. Er hatte eine unglaubliche Reaktionsgeschwindigkeit. Mir dämmerte, dass das Reiten mit Galante ein extremes Reflextraining für mich bedeutete.

Das Anspannen im Moment des Scheuens war unvermeidbar. Aber ich musste danach sofort wieder entspannen, denn nur durch meine eigene Entspannung konnte ich meinem Pferd vermitteln, dass keine Gefahr bestand und er sich auch entspannen sollte. Pferde spürten. Es genügte nicht, dem Pferd zu sagen: „Alles ist gut". Wenn man gleichzeitig angespannt war, spürte es das Pferd und in der Spürsprache hieß das: „Achtung! Alarmbereitschaft! Fluchtbereitschaft!" Das Pferd verstand ja nicht die Worte. Das Pferd sprach die Sprache ohne Worte. Das Pferd reagierte auf die Botschaft des Nervensystems, des Körpers, des Gemütszustandes. Wenn mein Nervensystem im Anspannungszustand war, dann reagierte mein Pferd entsprechend darauf, und auch sein Nervensystem stellte sich auf den Kampf- und Fluchtmodus ein. Wenn ich meinem Pferd sagen wollte: „entspann dich", dann musste ich das durch mein eigenes Nervensystem signalisieren. Das bedeute, ich musste mich selber entspannen, ich musste selber umschalten können zwischen Anspannung und Entspannung.

Im Sinne der Co-Regulation der Körper von Pferd und Reiter war es essentiell für das Erreichen der Losgelassenheit des Pferdes, dass der Reiter losgelassen war. Ein verspannter Reiter würde sein Pferd nicht zur

Losgelassenheit führen können. Wenn der Reiter selbst losgelassen war, spürte das Pferd das und es verstand es, da die Nervensysteme zweier eng miteinanderverbundener Lebewesen miteinander kommunizierten. Meine Körpersprache funktionierte, wenn sie kongruent war. Mein Pferd reagierte sofort, wenn ich angespannt war. Ebenso konnte ich das Pferd beruhigen, indem ich mich selbst entspannte. Die Botschaften meines Körpers waren klar verständlich für mein Pferd.

Eines Tages ritten wir entspannt am langen Zügel am Reitplatz. Die Sonne schien, es war ein herrlicher Tag. Ich genoss es auf meinem jungen Pferd zu reiten und war wieder fasziniert, dass er alle meine Hilfen völlig intuitiv verstand und schon bei kleinsten Andeutungen umsetzte. Plötzlich zuckte das Pferd ohne für mich erkennbaren Anlass. Er sackte ruckartig ab. Es fühlte sich an, wie im Flugzeug, wenn es in ein Luftloch fiel. Gleich darauf wurde der Düsenantrieb aktiviert und das Pferd machte einen Satz nach vorne. Der Sprung war ohne Vorwarnung mit einem solchen Ruck gekommen, dass mir für einen Moment die Luft wegblieb. Ich spürte, dass mein ganzer Körper angespannt war. Der Schreck saß tief. Ich merkte, dass ich jetzt im Anspannungszustand verharrte, und mein Pferd spürte es auch. Galante wurde unruhig, nervös, verspannte Hals, Schultern und Rücken, trat mit hocherhobenem Kopf und weggedrücktem Rücken die Flucht an. Ich wusste, ich musste sofort entspannen, damit die Situation nicht eskalierte. Ich atmete lang und tief aus, ich gab leichte Paraden am Zügel, aber versuchte auf gar keinen Fall zu ziehen. Ich setzte mich tief in den Sattel und entspannte mit dem Sitz, ich lockerte die

Beine. Ich beruhigte mein Pferd und mich selbst mit der Stimme und beruhigendem Summen und Singsang. „Hohoh, ruhig, alles ist gut." Ich versuchte eine Kongruenz zwischen meinen Worten „ruhig, alles gut" und meinem körperlichen Empfinden herzustellen. Ich musste noch mehrere tiefe Atemzüge nehmen, bis sich mein Pferd wieder entspannen konnte. Ich ließ ihn still stehen, bis er sich beruhigt hatte, atmete ruhig ein und aus. Schließlich schnaubte ich laut und forderte das Pferd auf, weiter zu gehen. Als wäre nichts gewesen, ritten wir entspannt in der Sonne.

Anfangs fiel es mir schwer, wenn mein Pferd mich so erschreckte, in einen entspannten Zustand zurückzufinden. Aber ich merkte, dass es besser wurde mit der Übung. Man konnte lernen, sich schnell wieder zu entspannen. Das Entspannen binnen eines Sekundenbruchteils nach dem Anspannen war ebenso Übungssache wie das Entspannen über mehrere Minuten. Es war eigentlich die wichtigste Fähigkeit beim Reiten. Auch wenn das Anspannen reflexartig geschah, und unkontrollierbar war, so bestimmte doch das rasche Entspannen über den weiteren Verlauf und die Eskalation oder Deeskalation der Situation. So war ich gezwungen mich selbst in Instantentspannung zu üben.

Mein Pferd verpasste mir zusätzlich zum Achtsamkeitstraining ein Reflextraining und ein Instantentspannungstraining. Obwohl es oberflächlich betrachtet danach aussehen könnte, als würde sich durch das Reiten auf einem jungen, rohen, unerfahrenen, impulsiven Pferd, das zu plötzlichem Scheuen neigte, mein Stresspensum erhöhen, hatte es eine positive

Wirkung auf mein Stressmanagement. Erstens zwang ich mich, zu entspannen, schon bevor ich in den Sattel stieg. Zweitens lernte ich durch das ständige Anspannen-Entspannen, sofort wieder aus dem Anspannungszustand herauszukommen und nicht darin zu verharren. Es war paradox, aber das Schrecken und Scheuen meines Pferdes wirkte entspannend auf mich. Es war das beste Nervensystemtraining. Durch das häufige Wiederholen von Erschrecken und wieder entspannen, lernte mein Nervensystem, fließend von einem in den anderen Zustand zu gelangen. Bald schon konnte mein Nervensystem umschalten, von einer Sekunde zur anderen.

Ich lernte, bewusster wahrzunehmen, in welchem Zustand der Anspannung oder Entspannung ich mich befand. Ich machte mir bewusst, dass mein Entspannungszustand der Schlüssel zur Losgelassenheit meines Pferdes war und nahm es daher sehr ernst. Ebenso oft, wie ich mich selbst fragte, ob mein Sitz locker war, ob meine Hände ruhig und weich waren, prüfte ich, ob mein Entspannungszustand angemessen war.

Bald schon war es völlig normal, dass mein Pferd einmal zuckte beim Reiten. Inzwischen hatte sich mein Körper daran gewöhnt. Es war ein Zucken, ich sackte kurz in ein Luftloch oder sprang zur Seite, ich atmete aus, entspannte, wir gingen weiter, als wäre nichts gewesen. So paradox es auch schien, irgendwie war das Schrecktraining gut für mich. Ich fühlte mich stärker, meine Wahrnehmung war geschärft, ich hatte blitzschnelle Reflexe und ich hatte die Fähigkeit erlangt, nach einer Schrecksekunde sofort wieder in den Entspannungszustand überzugehen. Fast hatte ich das Gefühl, dass mein Pferd mir übermenschliche Fähigkeiten antrainierte – oder es holte Fähigkeiten aus mir hervor, von denen ich nicht gewusst hatte, dass ich sie besaß. Ich wuchs einmal mehr über mich hinaus.

Das ständige Wiederholen von Anspannen-Entspannen schien außerdem meine Tendenz zu Erstarren auszumerzen und irgendwie wurde mein Nervensystem neu eingestellt. Anstatt zu erstarren, lernte es, wieder zu entspannen. Mein Pferd verpasste meinem Nervensystem ein Reset.

Sozialsein

~

Ich wollte noch ein paar Minuten bei meinem Pferd verbringen, bevor ich es für heute wieder verlassen musste. Ich wollte noch nicht zurück in die Stadt fahren. Jeden Tag nahm ich wehmütig Abschied. Am liebsten hätte ich bei meinem Pferd gewohnt. Irgendwann würde ich mit meinem Pferd zusammenziehen, das wünschte ich mir insgeheim. Aber derweil wohnten wir noch getrennt – ich in der Wohnung in der Stadt, das Pferd am Land in einem Reitstall. Ich konnte mich wieder nicht losreißen. Ich wusste auch, dass es Galante unverständlich war, warum ich ihn jeden Abend verließ. Es machte eigentlich gar keinen Sinn, dass ich mein Pferd so liebte, aber nicht bei ihm blieb. Der Sinn einer Herde und des sozialen Seins war es doch, beisammen zu sein, füreinander da zu sein, miteinander zu leben. Es fiel mir täglich schwer, mein Pferd zu verlassen. Ich empfand es auch als nicht richtig, aber im Moment ging es nicht anders.

Ich wollte nur noch kurz die Gegenwart des Pferdes genießen. Ich wollte einfach da sein. Ich wollte noch ein paar gemeinsame Momente verbringen, einfach so. Ich setzte mich ins Stroh. Ich sah meinem Pferd zu. Galante aß sein Heu. Mit seinen geschickten Lippen wühlte er im Heuhaufen, wählte Halme aus und kaute sie mit gleichmäßigen rhythmischen Kaubewegungen. Das Geräusch des Kauens, das zufriedene Schnauben, die angenehme Atmosphäre, die Geborgenheit des

Zusammenseins brachten mich in einen Zustand tiefer Entspannung. Ich seufzte tief und zufrieden. Ich lehnte mich an die Wand, streckte meine Beine aus und schloss die Augen. Ich atmete ruhig und tief. Ich liebte das Stallambiente. Es duftete nach Heu und Pferd. Alle Pferde kauten und schnaubten. Es war eine Ambientmusik, ein Orchester von Geräuschen der Geborgenheit und des Wohlfühlens. Der Stall war erfüllt von Zufriedenheit. Rundum zufriedene Pferde wirken auch positiv auf meinen Gemütszustand. Auch ich schnaubte zufrieden. Es war gemütlich. Ich war eingehüllt in meinen warmen Reitmantel. Das Stroh war golden, trocken und bequem. Ich schloss die Augen und döste vor mich hin.

Mein Pferd hielt inne. Ich hörte, dass Galante eine Pause beim Abendmahl einlegte. Ich spähte durch halbgeschlossene Augenlider, um zu sehen, warum er aufhörte zu essen. Mein Pferd sah zu mir her. Dann drehte er sich zu mir, kam zwei Schritte näher und stellte sich über mich. Galante blieb direkt vor mir stehen. Sein Kopf war zur Türe des Auslaufs gerichtet. Er sah hinaus. Ich blieb sitzen, hielt die Augen halb geschlossen und wartete ab, was er tun würde. Was hatte er vor? Hatte er draußen etwas gehört?

Mein Pferd blieb direkt über mir stehen. Erst hatte ich gedacht, er würde hinaus gehen auf den Auslauf, um nachzusehen, weil er etwas gehört hatte. Aber das tat er nicht. Er schien auch nichts Bestimmtes gehört zu haben, er spähte nicht mit hocherhobenem Kopf und gespitzten Ohren, wie er es tat, wenn er etwas gehört hatte. Er war relativ entspannt, aber stellte sich dennoch in eine Position, von wo aus er durch die Türe auf den Auslauf sehen konnte und den Überblick über die angrenzenden Weiden hatte.

Plötzlich wurde mir klar, was mein Pferd tat. Mein Pferd hielt Wache. Er wachte über mich! Ich konnte es kaum fassen. Galante hatte aufgehört sein köstliches Heu zu verspeisen, weil er gemerkt hatte, dass ich mich hinlegte, um mich auszuruhen. Meine Augen wurden wässrig. Ich war zutiefst gerührt. Mein Pferd hatte sein Abendessen unterbrochen, um über mich zu wachen, damit ich in Ruhe und gut bewacht schlafen konnte. Tränen der Rührung füllten meine Augen. Ich seufzte und schloss die Augen wieder. Rührung und ein wohliges Gefühl des Behütetseins vermischten sich in mir und in diesem Moment verstand ich, was Hingabe, Herdenbewusstsein und echte Partnerschaft für Pferde bedeutete. Ohne ein Wort, ohne darum bitten zu müssen, einfach so, von selbst, mit aller Selbstverständlichkeit kam mein Pferd um über mich zu wachen, als er sah, dass ich erschöpft war und mich hinsetzte, um mich auszuruhen.

„Schlaf ruhig, ruh dich aus, ich wache," sagte mein Pferd klar und deutlich mit seinem Verhalten. Mein Pferd berührte etwas tief in mir. Er war so jung und schon so verantwortungsbewusst. Wir waren noch nicht lange eine Herde und dennoch wurde mir seine soziale Hingabe zu Teil. Ich merkte, dass mich nichts mehr rührte und berührte, als ehrliche, selbstlose Hingabe. Genau das war es, was Menschen von Pferden lernen konnten. Einige Zeit lang blieb ich sitzen und ließ mich bewachen. Ich genoss es sehr. Galante wachte über mich, weil er es wollte.

Mit einem Gefühl der Geborgenheit schlief ich ein. Als ich aufwachte, fühlte ich mich gestärkt. Ich war ausgeruht, aber auch emotional gekräftigt, erfüllt von der Erfahrung, dass mein Pferd über mich wachte, wenn ich schlief. Ich wusste, dass mir dieses innere Bild ab sofort immer helfen würde einzuschlafen. Ich würde mir dieses Erlebnis visualisieren, wenn ich nicht zur Ruhe kam. Es würde fortan zu meiner Gute-Nacht-Meditation werden. Ich würde mir vorstellen, wie ich mich ins Stroh kuschelte und das weiße Pferd sich von sich aus über mich stellte und Wache hielt. Ich lag vertrauensvoll zu seinen Hufen und ließ mich bewachen. Ich schlief tief und fest, wie man nur schlafen konnte, wenn ein Pferd über einen wachte. Es war ein besonders erholsamer, heilsamer Schlaf.

Es war inzwischen dunkel geworden und ich zwang mich, aufzustehen. Ich gähnte und streckte mich und bedankte mich bei meinem Pferd. Mein Pferd setzte sein Abendmahl fort. Dieses berührende Erlebnis machte mir den Abschied aber noch schwerer. Ich hätte mich gerne revanchiert und im Gegenzug über mein Pferd gewacht, wenn er sich hinlegte, um zu schlafen. Aber ich musste morgen arbeiten, also sagte ich zu den anderen Pferden, dass sie bitte über mein Pferd wachen sollten. Dann machte ich mich auf den Weg. Als ich vom Stall weg ging, sah ich Galante am Paddock stehen. Es war Vollmond und das weiße Pferd leuchtete in der Dunkelheit. Im Mondschein glänzte sein Fell weißsilbern. Die anderen, braunen Pferde waren nicht zu sehen. Sie verschwanden in der Dunkelheit, verschmolzen mit der Nacht. Nur das weiße Pferd leuchtete hell wie der Mond. Ich konnte mir gut vorstellen, warum die Mythologie weißen Pferden einen so hohen Symbolwert zuschrieb. Es sah wirklich mystisch aus. Das weiße Pferd leuchtete im Mondlicht in der Nacht.

Als ich im Zug saß, war ich immer noch ganz beseelt von dem Erlebnis. Wie schön war es, ein Pferd zum Freund zu haben! Ich war ein Glückskind. Welch ein Glück hatte ich, so ein edles Pferd als Gefährten zu haben! Wie viel ich von ihm lernen konnte – über soziales Verhalten, Altruismus, Gegenseitigkeit, Füreinanderdasein. Das Sozialsein der Pferde – ihre selbstverständliche und selbstständige Wahrnehmung von Aufgaben, die dem Wohle der anderen Herdenmitglieder dienten und somit dem Wohle der ganzen Herde, faszinierte und berührte mich gleichermaßen. Ich nahm mir vor, mehr von diesem Sozialsein der Pferde in mein Menschenleben mitzunehmen und meine Mitmenschen daran teilhaben zu lassen. Ich hatte gemerkt, wie tief mich so eine simple Geste der sozialen Aufmerksamkeit berührte. Mir waren sofort die Tränen in die Augen geschossen, als ich verstanden hatte, was mein Pferd gerade für mich tat. Nichts berührte unsere Seele tiefer als Gesten des Altruismus, der Hingabe und des Sozialseins.

Ich nahm mir vor in Zukunft öfters, bei jeder Gelegenheit, die sich bot, meine Mitmenschen mit einer sozialen, selbstlosen, wohlwollenden Geste zu berühren. Ich hatte am eigenen Leibe erfahren, wie kraftvoll eine solche Geste sozialer Achtsamkeit war. Ich war mir sicher, dass darin ein großes Potenzial lag. Eine einzige Geste sozialer Achtsamkeit hatte mich tief berührt, mich beseelt, mich gestärkt, hatte all meine Energiereserven aufgefüllt, meine Partnerschaft mit meinem Pferd auf das nächste Level gehoben, mich selbst wachsen lassen durch die Fürsorge meines Pferdes, mich selbst dazu angestoßen mein eigenes Verhalten zu reflektieren, mich verändert. Ich nahm mir vor, ab sofort soziale Achtsamkeit zu üben. Ich hatte geübt, meine Achtsamkeit auf mich selbst zu lenken und mich selbst zu spüren. Jetzt war es an der Zeit für eine neue Lektion. Jetzt wollte ich soziale Achtsamkeit üben. Ich war tief beeindruckt von der heutigen Geste meines Pferdes und wollte ihm nacheifern. Ich wollte auch so sein. Ich wollte andere berühren, beseelen, beeindrucken.

Er hatte es schon wieder getan! Mein Pferd hatte mich schon wieder verändert. Mein Pferd erteilte mir Lektionen durch vorleben. Wie oft hatte ich mich gefragt: Wen wird dieses Pferd aus mir machen? Ich ahnte die Antwort bereits: Mein Pferd machte mich zu einem besseren Menschen.

Es war eine Besonderheit der Pferde: Pferde berührten, ohne zu berühren. Diese Art der Berührung ging tief, sie berührte die Seele. Solche Berührungen waren lebensverändernd.

Rhythmus - Der Puls des Lebens

~

Tausend und eine Sorge plagten mich. Es gab schwerwiegende Probleme im Stall. Das kompetente Personal hatte gekündigt nach einem Eklat der Stallbesitzerin. Jetzt übernahm der Lebensgefährte die Leitung des Einstellbetriebs und der war mit einer brennenden Zigarette in einer mit Stroh eingestreuten Box gesehen worden. Außerdem hatte er schimmliges Heu gefüttert, weil er einfach nicht aufpasste und nicht mitdachte. Der Standard in dem hochpreisigen Reitstall sank rapide und man konnte sich plötzlich nicht mehr darauf verlassen, dass die Pferde gut versorgt wurden. Es war klar, dass ich mein Pferd so bald wie möglich evakuieren musste. Die Situation versetzte mich in akuten Stress. Ich hatte mein Pferd nicht sicher, machte mir ständig Sorgen, schlief schlecht, war überfordert mit der Situation. Ich musste arbeiten, Pferd versorgen und Stallsuchen - das alles ohne Auto und mitten in der Corona-Pandemie.

Es war November, es war kalt, grau, düster, trostlos und beängstigend. Das Ganze gipfelte darin, dass mein Pferd krank wurde – und zwar zeitgleich mit den Terroranschlägen in Wien. Ich blieb die ganze Nacht im Stall. Ich hatte furchtbare Angst um mein Pferd. Aber auch das Leben in der Stadt fühlte sich mit einem Mal unsicher an. Terrorismus und Pandemie erzeugten ein Gefühl der Unsicherheit. Ich hatte Angst um meine Mutter, sie zählte zur Risikogruppe und es gab weder

Impfung noch Medikamente gegen das neuartige Virus. Ich selbst hatte Asthma und war somit auch in der Risikogruppe. Diffuse Ängste plagten mich.

Ich war völlig überfordert damit, in dieser Situation auch noch nach einem neuen Stall zu suchen. Ich hatte kein Auto und konnte mir eigentlich auch keines leisten. Ich suchte vor allem über die Satellitenkarte im Internet – sechzig mal zwanzig Meter Sandplätze konnte man gut erkennen. Wenn ich einen Sandplatz erspäht hatte, versuchte ich dann herauszufinden, um welchen Stall es sich handelte. So konnte ich gezielt Ställe kontaktieren. Die Situation war schwierig, die guten Ställe waren voll, wenn wo etwas frei war, gab es Gründe dafür.

Das alles war einfach zu viel. Ich war völlig erschöpft, richtig verzweifelt, zittrig, schwach, ein Nervenbündel. Mein Herz raste permanent, ich hatte Angstzustände, ich konnte nicht schlafen. Ich versuchte, mich zusammen zu nehmen. Meinem Pferd zuliebe versuchte ich, mich zu beruhigen und stark zu sein. Es gelang mir nicht. Als ich zu meinem Pferd kam, stupste er mich an. Es schien mir, dass Galante sagte: „Schon gut. Beruhige dich. Ich schaffe das."

Da konnte ich mich nicht mehr beherrschen. Ich begann zu weinen. Ich schluchzte meinem Pferd ins Fell. Galante blieb ruhig und gefasst stehen, während ich mich an seine Seite lehnte und weinte. Weinkrämpfe schüttelten mich, ich schluchzte heftig und konnte nur noch stoßartig atmen. Ich hatte das Gefühl, ich bekäme keine Luft und ich war dem Nervenzusammenbruch nahe. Ich schlang die Arme um den Rumpf des Pferdes. Ich legte meinen Kopf auf sein Fell und spürte, wie er ruhig atmete. Augenblicklich beruhigte ich mich und mein Körper begann sogleich ruhig zu atmen. Ich atmete synchron mit meinem Pferd, ruhig ein und aus. Ich ließ meine Atmung von meinem Pferd lenken. Galante leitete mich in eine Atemmeditation. Nach wenigen Sekunden atmete ich ruhig und entspannte mich. Plötzlich fühlte ich mich wieder ruhig und stark. Ich atmete gleichmäßig und tief. Ich bemerkte, dass das Herzrasen weg war. Nach wenigen Atemzügen ging es mir wieder gut. Ich stand wieder fest mit beiden Füßen auf dem Boden und war gefasst. Ich atmete tief ein und schnaubte laut aus. Ich sagte damit: „Danke. Es geht mir wieder gut."

Mein Pferd antwortete mit einem Schnauben.

Ich hauchte meinem Pferd zum Dank einen Luftkuss an den Hals.

Dann war ich wieder normal. Das Herzrasen war weg und die Angstzustände auch. Das beklemmende Gefühl, keine Luft zu bekommen und der Druck auf der Brust und auf der Stirn waren weg. Ich bewunderte es, wie mein Pferd seine Krankheit mit Fassung trug. Er schien keine Angst zu haben. Geduldig ertrug er die Schmerzen, die Behandlung durch die Tierärztin, den Stallarrest. Noch dazu heilte er mich von Herzrasen und Angstzuständen.

„Alles gut," sagte mein Pferd ohne ein Wort zu sagen.

Ich glaubte ihm. Ich spürte es. Unsere Körper sprachen miteinander. Co-Regulation – oder wie immer man das nennen mochte – jedenfalls hatte mein Pferd mir gerade körperlich gesagt, dass es ihm den Umständen entsprechend gut ging. Ich war erleichtert. Alles würde wieder gut werden. Jetzt war ich mir sicher. Es war gerade eine schwierige Zeit, aber sie würde vorüber gehen, wir würden sie meistern, gemeinsam würden wir das durchstehen. Mein Pferd hatte mir körperlich vermittelt, dass alles in Ordnung war und dass ich mich entspannen sollte – so wie ich es unzählige Male mit ihm gemacht hatte. Mein Körper hatte sofort reagiert, als er die Botschaft des Körpers des Pferdes empfangen hatte. Mein Körper reagierte auf die Impulse des Körpers des Pferdes. Die ruhige Atmung meines Pferdes übertrug sich auf meine Atmung. Der Atem meines Pferdes konnte meine Atmung beruhigen, als ich hyperventilierte. Ich konnte wieder ruhig atmen und mein Herz hörte auf, zu rasen vor Angst.

Ich fragte mich, ob mein Pferd nicht nur meinen Atem beeinflusste, sondern auch meinen Herzrhythmus? Wahrscheinlich heilten Pferde nicht nur durch Gewahrsein, sondern auch durch körperliche Prozesse, die sich dem Gewahrsein oder meiner bewussten Steuerung entzogen. Wahrscheinlich brachte mein Pferd für gewöhnlich mein rasendes Herz wieder in den Rhythmus, ganz ohne dass ich es bewusst bemerkte. Vermutlich passierte das immer, täglich, ganz von selbst. Nur dieses Mal, als mein Herzrasen und meine Angstzustände unerträglich geworden waren, da war es mir aufgefallen. Jetzt galoppierte mein Herz wieder ruhig vor sich hin.

Pferde sind Rhythmus. Pferde trommeln mit ihren Hufen auf der Erde. Die Musik, die sie machen, ist ein Viertakt im Schritt, ein Zweitakt im Trab und ein Dreitakt im Galopp. Sie machen Musik und tanzen zu ihrem eigenen Rhythmus. Was gibt es Entspannenderes als im Schrittrhythmus durch die Welt zu schaukeln? Das Gefühl im Schritt zu reiten, ist wie eine Trommeltherapie gleichzeitig mit dem Schaukeln eines Schaukelstuhls. Der Rhythmus, die dreidimensionale, kreisende Bewegung, das Hufgeklapper, die Wärme des Pferdes, das Getragenwerden, all das vereint sich zu einem durch und durch entspannenden Erlebnis – zumindest wenn man seinem Pferd vertraut. Reiten schaukelt mich in einen Zustand der Geborgenheit.

Was gibt es Beschwingteres, als in einem lockeren Trab durchs Leben zu schweben? Der Takt und die Gleichzeitigkeit von Kraft und Schwerelosigkeit, Stärke und Leichtigkeit, Auftritt und Schweben machen das Reiten im Trab zu einem außergewöhnlichen Erlebnis. Beim Reiten spüre ich die Leichtigkeit des Seins.

Was gibt es Mitreißenderes, als mit dem Trommeln galoppierender Hufe über die Erde zu fliegen? Niemand kann sich dem Rhythmus galoppierender Hufe entziehen. Ich hatte tausendfach bemerkt, dass die mitreißendsten Lieder, die im Radio spielten, einen Galopprhythmus hatten. Wenn ich Hufe höre, die einen Galopprhythmus auf die Erde trommeln, dann beginnt mein Herz zu galoppieren. Ich erinnere mich, wie mein Herz galoppiert, wenn ich zusehe, wie die Pferde im Frühling über die Wiese galoppieren. Es ist ein mitreißender Rhythmus, dem sich mein Herz nicht entziehen kann. Wenn mein Herz den Galopprhythmus spürt, erinnert es sich, dass es selbst dieser Puls des Lebens ist. Es erinnert sich, dass galoppierende Herzen fliegen können – fliegen ohne Flügel, so wie die Pferde.

Pferde leben Rhythmus. Rhythmus ist der Puls des Lebens. Ich hatte manchmal das Gefühl, dass mein Herz zum Rhythmus der trommelnden Hufe schlug. Ich glaubte zu spüren, dass mein Herz ruhig vor sich hin galoppierte, ruhig und stark, wie mein Pferd im versammelten Galopp.

Ich legte mein Ohr an den Rumpf meines Pferdes und lauschte. Ich legte meine Hand auf mein Herz. Ich nahm mir vor, das nächste Mal, wenn ich Herzrasen hatte, mir den Rhythmus eines ruhigen, kraftvollen, versammelten Galopps vorzustellen. Ich war mir sicher, dass sich das positiv auswirken würde. Ich lauschte weiter dem Herzschlag meines Pferdes. Ich spürte den Puls des Lebens. Ich spürte, dass mein Herzschlag so stark und rhythmisch war wie der Hufschlag meines Pferdes im Galopp. Ich hatte das Gefühl, dass mein Herz stärker wurde, wenn ich beim Pferd war, dass mein Herz im Einklang mit dem Herzen des Pferdes schlug.

Am selben Tag bekam ich die Nachricht, dass es eine freie Paddockbox in meinem Wunschstall gab. Seit Jahren wartete ich auf einen Platz in diesem Stall. Endlich!

Mein Pferd und ich brachen galoppierenden Herzens auf in eine neue Etappe unseres Lebens.

SEELENREITEREI

Schattenreiter

~

Mein Pferd rannte mir unter dem Sattel davon. Mit hocherhobenem Kopf, steifem Hals und weggedrücktem Rücken rannte Galante im Renntrab dahin. Er war nicht an die Hilfen zu bekommen, er entzog sich der Hand und dem Sitz und überhaupt der Einwirkung des Reiters. Ich kam nicht zum Sitzen, es fühlte sich auch nicht an wie reiten, es war nur obenbleiben.

„Vorwärts! Vorwärts! Noch mehr vorwärts! Zügel kürzer! Vorwärts! Zügel noch kürzer!" Die Reitlehrerin trieb uns immer noch weiter an. Sie verfolgte die Strategie, durch starkes Vorwärtsreiten das Pferd irgendwie – oder irgendwann – dazu zu bringen an das Gebiss heranzutreten. Ich zweifelte daran, dass das der richtige Weg war. Galante würde sich eher zu Tode rennen. Er kam nicht einmal auf die Idee nachzugeben, zu entspannen, sich einzulassen. Ich hatte das Gefühl, mein Pferd rannte im Fluchtmodus vor mir weg, anstatt dass wir beide ein gemeinsames Gleichgewicht fanden. Es fühlte sich nicht angenehm an. Ich wollte das nicht. So wollte ich nicht reiten. Ich war kurz davor aufzugeben und die Zügel hinzuschmeißen. Aber ich hatte viel Geld gezahlt für diesen Kurs mit einer erfahrenen Dressurtrainerin.

„Da musst du jetzt durch! Durchhalten! Weiter reiten! Vorwärts! Zügel kürzer!"

So rannte mein Pferd dahin, mit verspanntem Rücken

und steifem Hals. Nach der Reitlehre sollte das Vorwärtsreiten das Pferd zum Herantreten an das Gebiss veranlassen. Das Vorwärtsreiten hatte durchaus seine Berechtigung. Aber wenn es offensichtlich, das Gegenteil bewirkte, dann lag das vielleicht daran, dass zu viel verlangt wurde? Vielleicht sollte ich mit meinem Pferd, die erste Zeit ganz langsam reiten, und erst Vorwärts verlangen, wenn er körperlich und mental in der Lage war, vorwärts zu gehen ohne sich zu verspannen. Mir war bei meinem Studium von Gustav Steinbrecht's „Gymnasium des Pferdes"[1] nicht entgangen, dass er das richtige Vorwärtsreiten als die Seele der Reitkunst bezeichnete. Aber hier, in dieser Reitstunde, hier lief etwas schief. Ich hatte nicht das Gefühl, dass sich mir hier und jetzt die Seele der Reitkunst offenbarte. Dazu wäre wohl Gespür notwendig. Denn das richte Maß musste der Reiter spüren. Das Gespür des Reiters fürs Pferd ist die Seele der Reitkunst - sagte mein Empfinden.

Galante scheute oft. Die Reitlehrerin war der Meinung, dieses Verhalten sei Dominanz, mein Pferd widersetze sich, er habe keine Angst. Ich müsse durch die Widerstände hindurch arbeiten, war der Rat, den sie mir mit auf den Weg gab. Ich hatte widersprochen, ich sagte, das gehöre nach Ansicht meines Pferdes zu meiner Ausbildung als Reiterin. Er müsse mit mir Manöver für den Notfall üben. Sie lachte, sie nahm mich nicht ernst. Ich hingegen zweifelte daran, dass sie recht hatte. Dennoch versuchte ich, nach dem Kurs noch eine Zeit lang stark vorwärts zu reiten und mein Pferd durch das Scheuen hindurch zu reiten. Aber ich hatte das Gefühl, je mehr Druck ich ausübte, umso schlimmer wurde es. Immer spektakulärer wurden die Manöver meines

Pferdes, wenn er scheute. Bald war es so weit, nichts ging mehr, wie ich es mir wünschte. Ich war frustriert und verzweifelt. Ich hatte doch eigentlich mit Harmonie und Leichtigkeit reiten wollen. Stattdessen empfand ich Anspannung, Stress und Druck. Je mehr mein Pferd scheute und sich schreckte, umso angespannter wurde ich. Je angespannter ich war, umso mehr verspannte sich auch mein Pferd und umso mehr scheute er. Es entstand ein Kreislauf der Anspannung und des Scheuens.

Anfangs hatte ich meinem jungen Pferd zugestanden, dass er sich mal schreckte. Aber in letzter Zeit hatte ich das Gefühl, er tat nur so als ob und er steigerte sich richtig hinein. Es war weit und breit kein Hund zu sehen und kein Windhauch regte sich, trotzdem scheute er, entzog sich meinen Hilfen, drückte weg vom Hufschlag oder wendete sich abrupt ab. Ich wurde allmählich wirklich verzweifelt. Dann wurde ich wütend. Während ich anfangs stets versucht hatte, das Scheuen zu ignorieren, begann ich nun mit Gegendruck zu arbeiten. Aber das machte es schlimmer, nicht besser.

Ich hatte das Gefühl, mein Pferd war im imaginären Stierkampf. Galante kämpfte gegen Kampfstiere in der Arena. Ich konnte die schwarzen Stiere nicht sehen und wurde von den spektakulären Manövern meines Pferdes überrascht. Mir kamen Zweifel, ob ich das richtige Pferd gekauft hatte. War ich naiv und leichtsinnig gewesen, einen jungen Lusitano-Araber aus einer Zucht mit Stierkampflinien zu kaufen? War ich dem gewachsen? War es vielleicht doch schwieriger, als ich gedacht hatte, ein Pferd selbst auszubilden? Was sollte ich bloß mit dem Pferd machen? So konnte es nicht weiter gehen.

Zweifel, Angst und Traurigkeit überkamen mich. Ich war ohnedies schon ziemlich ausgelaugt und am Ende meiner Kräfte. Die vergangene Zeit war schwierig gewesen. Die Corona-Pandemie hatte alte Ängste geweckt. Ich hatte Angst, meine Mutter und meine Familie zu verlieren, Angst vor Krankheit und Tod. Dass ausgerechnet dann auch noch die Situation im Stall unerträglich geworden war und mein Pferd krank geworden war, hatte mich sehr viel Kraft gekostet. Ich hatte das Gefühl gehabt, dem Burnout nahe zu sein – Arbeit, Stallsuche, Pflege des kranken Pferdes, Sorgen des Alltags in der Pandemie, ich schlief kaum noch und war bald wieder ein Schatten meiner selbst. Dann ging es meinem Pferd besser, der Lock-Down wurde aufgehoben und ich übersiedelte mein Pferd in einen anderen Stall. Ich ließ uns Zeit, uns einzugewöhnen und baute mein Pferd mit Arbeit an der Hand, an der Longe und Schrittarbeit unter dem Sattel auf. Es lief alles gut. Dann wollte ich beginnen allmählich richtig zu reiten und zog eine erfahrene Reitlehrerin und Ausbildnerin hinzu. Sie jagte uns im Trab vorwärts und bald hatte ich überhaupt keine Freude mehr am Reiten. Dennoch versuchte ich, zu tun, was sie mir aufgetragen hatte. Sie musste es ja wissen. Sie hatte schon zahlreiche junge Lusitanos ausgebildet. Also trieb ich mein Pferd im Trab weiter vorwärts.

Heute hatte Galante schon drei Mal gescheut, und zwar mit Manövern, die kaum mehr auszusitzen waren. Ich war gerade noch im Sattel geblieben, aber ich hatte den Steigbügel verloren und war schon gefährlich aus dem Gleichgewicht gekommen. Ich war am Rande der Verzweiflung, als mein Pferd wieder aus heiterem Himmel ein Ausweichmanöver machte und ich mir dabei den Nacken verriss. Ich spürte einen stechenden Schmerz im Nacken. Ich bemerkte einen drückenden Schmerz im Fußgelenk – offenbar war mein Fuß nicht gerade im Steigbügel gestanden und ich hatte mir den Knöchel verstaucht, als mein Pferd sich geschreckt hatte. Dann nahm ich ein Ziehen im unteren Rücken wahr und hatte genug. Ich gab auf. So wollte ich nicht reiten. Dann ritt ich lieber gar nicht. Ich warf die Zügel hin, schwang mich vom Pferd, schnaubte laut und frustriert aus. Mit hochgerissenem Kopf und aufgerissenen Augen sah mein Pferd mich erschrocken an. Sofort tat es mir leid. Ich schnaubte noch einmal – diesmal so, dass es entspannend und erleichternd klingen sollte.

Mein Pferd senkte den Kopf und ließ die Ohren zur Seite hängen. Galante machte eine betretene Miene. Die Geste vermittelte mir das Gefühl, dass mein Pferd mich um Deeskalation bat. Es machte mich nachdenklich. Wenn mein Pferd keine Eskalation wollte, und ich keine Eskalation wollte, warum eskalierte es dann? Woher kamen die unsichtbaren Kampfstiere, die mein Pferd zu solch spektakulären Manövern veranlassten? Woher kamen die Ungeheuer und Gespenster, vor denen mein Pferd scheute?

Ich brachte mein Pferd in den Stall, nahm ihm Sattel und Zaumzeug ab und legte ihm den Kappzaum an. Dann ging ich mit ihm spazieren. Wir mussten wieder runterkommen. Wir mussten wieder zu uns selbst finden und zueinander. So konnte es nicht weiter gehen. War mein Traum vom harmonischen Reiten geplatzt? Hatte ich versagt? Schaffte ich es nicht, ein junges Pferd selbst auszubilden? Ich schluchzte. Ich war den Tränen nahe. Das war gerade alles zu viel für meine blanken Nerven.

Galante wandte mir den Kopf zu und schubste mich mit seiner Nase. Dann wackelte er vergnügt mit seiner Lippe. Ich musste lachen. Ich fand seine Lippe so drollig. Sie war so geschickt, wie ein Rüssel. Wenn mein Pferd die Halme aus dem Heuhaufen sortierte, beobachtete ich ihn gerne. Wie geschickt die Lippe war! Aber die Lippe war mehr als eine Gabel, mein Pferd sprach mit seiner Lippe. Und er machte Witze mit seiner Lippe, um mich aufzuheitern. Ich musste herzhaft lachen, als Galante wieder mit der Lippe wackelte und mich stupste. Galante sprach mit mir, er sagte: „Komm schon, zieh nicht so ein Gesicht, wackle doch mal mit der Lippe, das tut gut." Ich versuchte, auch mit der Lippe zu wackeln, zwar mit mäßigem Erfolg, aber mein Pferd hatte recht, es tat gut. Es machte Spaß mit meinem Pferd herumzualbern. Ich war froh darüber, dass mein Pferd mit der Lippe wackelte, denn ich hatte gelesen, dass das in der Pferdesprache hieß: „Ich habe einen guten Tag".[2]

Ich war sehr erleichtert, dass mein Pferd mir offenbar schon verziehen hatte und wieder ganz mein liebes, braves Pferd war. Warum das brave Pferd, das mit mir spazieren ging wie ein Hündchen, das bei der Freiheitsdressur auf jeden Pfiff und jedes Schnalzen reagierte, sich beim Reiten in ein wahnsinniges Stierkampfpferd verwandelte? Es war mir ein Rätsel.

Ich ließ mich von meinem Pferd zum langen Wiesenweg führen. Dort begann Galante dem Weg entlang zu grasen. Ich dachte immer noch nach, darüber, was vorgefallen war. Mein Pferd war wie verwandelt gewesen, sobald ich abgestiegen war. Vielleicht lag es an mir? Ich versuchte, ehrlich zu reflektieren, wie ich mich verhalten hatte. Ich war schon gestresst gewesen, als ich in den Stall gekommen war. Ich hatte einen anstrengenden Tag gehabt. Ich hatte es nicht geschafft, meine Anspannung vor dem Tor zu lassen. Ich hatte nicht innegehalten, um erst zu mir zu kommen. Ich hatte ihn eilig vom Auslauf geholt, ohne mir Zeit zu nehmen, um mit ihm gemeinsam ein paar Atemzüge zu atmen. Ich hatte ihn hastig geputzt, rasch gesattelt und war gleich in die Halle gegangen. Ich war ein gestresster Mensch gewesen, der schnell-schnell machte, hastig, eilig, unachtsam, der sich aber erwartete, dass das Pferd sich heute besonders vorbildlich verhielt und wütend wurde, als nichts so lief wie gewünscht. Ich hatte Druck gemacht, anstatt loszulassen. Wenn man einem angespannten Pferd Druck machte, wurde es gestresster, nicht entspannter. Ich musste wohl den Fehler bei mir selber suchen, gestand ich mir ein.

Die Geste meines Pferdes, wie er dagestanden hatte, mit gesenktem Kopf und hängenden Ohren, vermittelte eindeutig eine Bitte nach Deeskalation. Augenblicklich war mein Zorn verflogen. Ich schämte mich. Ich wusste, es war meine Schuld. Es war nicht mein Pferd, das mich herausforderte, es war meine Anspannung, die das Pferd stresste. Ich musste mich wohl selbst bei der Nase nehmen und konsequenter Losgelassenheit und Leichtigkeit kultivieren. Mein Pferd verlangte das. Die Reitlehre schrieb es vor. Ich beschloss, mich noch einmal eingehend dem Studium der Reitkunstbücher zu widmen, die sich bei mir zu Hause stapelten. Außerdem verordnete ich mir selbst, eine Strategie und einen Plan zu entwickeln, für die Reiteinheiten.

„Es tut mir leid," sagte ich zu meinem Pferd.

Galante hielt kurz beim Grasen inne und schnaubte.

Ich ging in die Hocke, um auf Augenhöhe zu sein. „Ich hatte heute einen anstrengenden Tag. Ich habe es nicht geschafft, den Stress und die Anspannung loszulassen. Ich hätte in so einem Zustand nie in den Sattel steigen dürfen. Es tut mir leid, dass ich es an dir ausgelassen habe. Ich hoffe, du verzeihst mir."

Galante schnaubte großmütig.

Ich sah ins Auge meines Pferdes. Ich sah die Farben und Formen, verschiedene Brauntöne, Tiefe und Vielschichtigkeit, ich war fasziniert von der Schönheit dieses Auges. Ich staunte darüber, dass ein solches Auge doch eigentlich ein Wunder des Lebens war. Als die Sonne hinter den Wolken hervorkam, sah ich mein eigenes Spiegelbild im Auge des Pferdes.

„Pferde spiegeln," sagte der Volksmund. Das kam mir in eben diesem Augenblick in den Sinn.

Ich sah mein Spiegelbild im Auge des Pferdes. Dann sah ich vor meinem inneren Auge mich selbst im Spiegel der Reithalle, als ich geritten war und versucht hatte mein Pferd mit Druck an der Stelle vorüberzureiten, die er als unheimlich empfand. War das ich?

„Wer ist das, die da geritten ist?" Ich sprach die Frage laut aus. Ich schüttelte ungläubig den Kopf. Das war doch nicht ich gewesen? Wer war die Reiterin, die da geritten war? Plötzlich wusste ich, dass ich nicht ganz ich selbst gewesen war, als ich geritten war.

Ich blickte wieder in das spiegelnde Auge meines Pferdes. Da wusste ich, was geschehen war. Ich war der Schatten meiner selbst gewesen, als ich in den Sattel gestiegen war. Es war mein Schattenselbst gewesen, das da die Zügel in die Hand genommen hatte.

Im Auge des Pferdes

~

Manchmal sah man in den Spiegel und man nahm einen Zug an sich selbst wahr, den man nicht mochte. Aber es brachte nichts, wenn man darüber erzürnt wurde und die Wut am Spiegel ausließ. Das machte alles nur noch schlimmer. Es betonte erst recht die unschönen Züge der Persönlichkeit. Es war besser, wenn man stattdessen genau hinsah auf die Stelle, die einem nicht gefiel und versuchte, es entweder zu ändern oder zu akzeptieren. Ich wusste, ich musste mich mit den Schattenseiten meiner Persönlichkeit befassen. Ich wollte nicht, dass der Schattenreiter die Zügel in die Hand nahm. Der Schattenreiter machte mein Pferd verrückt. Mein braves Pferd verwandelte sich dann ich eine rasende Furie. Der Schattenreiter bekam jetzt Reitverbot.

Weisheiten alter Reitmeister fielen mir ein, die ich beim Studium der Reitkunstbücher gelesen hatte: „Dein Pferd ist dein Spiegel. Es schmeichelt dir nie. Es spiegelt dein Temperament. Es spiegelt auch seine Schwankungen. Ärgere dich nie über dein Pferd; du könntest dich genauso gut über dein Spiegelbild ärgern."[1] Das hatte Rudolf C. Binding bereits erkannt. Egon von Neindorff hatte gesagt: „Wenn dein Pferd einen Fehler macht, so suche die Ursache bei Dir. Und solltest du sie nicht finden, dann suche gründlicher."[2]

Eigentlich kam das einer Aufforderung zur Schattenarbeit gleich, dachte ich mir jetzt. Gute Reiter arbeiteten nicht bloß an ihrem geschmeidigen Sitz und ihrer ruhigen Hand, ihrem Gefühl und ihrem Wissen, sondern auch an ihrer Persönlichkeit.

Mit einem Mal fragte ich mich, ob es vielleicht gar nicht mein Pferd war, das sich die Ungeheuer einbildete, sondern ich es war, die ihre Dämonen mit in die Reitbahn brachte? Vielleicht triggerten meine Dämonen die Ängste meines Pferdes? Mein Pferd merkte, dass ich angespannt, gestresst und ängstlich war, und für ihn bedeutete das, dass Gefahr bestand. Mein Körper war angespannt und Galante reagierte auf Bedrohung mit Anspannung, höchster Alarmbereitschaft, extremer Reaktionsgeschwindigkeit und blitzschnellen Ausweichmanövern. Das lag ihm im Blut. Schließlich war sein Urgroßvater ein legendäres Stierkampfpferd. Galante tat, was für ihn instinktiv richtig war. Wenn er merkte, dass die Führerin im Sattel Angst und Anspannung empfand, war das ein Alarmsignal – es hieß für ihn übertrieben wachsam sein und sofort reagieren, da offenbar Gefahr drohte. Wenn ich Angst hatte oder auch nur angespannt war, vermittelte ich meinem Pferd, dass wir in Gefahr sein könnten. Galante spürte das. Er reagierte so, wie es richtig war. Er war wachsam und fluchtbereit. Übereifrig und gewissenhaft, wie er war, machte er dann besonders spektakuläre Ausweichmanöver. Galante war ein außergewöhnlich starkes und pflichtbewusstes Pferd. Vielleicht wollte er mir zeigen wie wachsam, blitzschnell und kraftvoll seine Ausweichmanöver waren. Wahrscheinlich wollte er mich damit in Sicherheit wiegen. Er wollte mir zeigen, dass er schneller war als jede Bedrohung und dass er dafür sorgen würde, dass wir heil davon kamen. Ich könne mich ruhig entspannen, denn er kümmerte sich um unsere Sicherheit und war stets bereit, blitzschnell auszuweichen.

Anstatt mich in Sicherheit zu wiegen, auf dem Rücken des stärksten und aufmerksamsten Pferdes der Welt, auf dem mir eigentlich nichts passieren konnte, hatten mich seine blitzschnellen, kraftvollen Ausweichtechniken gestresst. Ich war noch angespannter geworden. Jetzt kam ich zu der Einsicht, dass es sich um ein Missverständnis gehandelt hatte. Ich beschloss, meine Sichtweise auf sein Verhalten zu verändern. Ich sah das jetzt so: Mein Pferd hatte mir nicht zeigen wollen, dass er sich widersetzen konnte. Galante hatte mir zeigen wollen, dass er mich mit vollem Einsatz retten würde, sollte Gefahr bestehen. Er hatte mir zeigen wollen, was er für ein gutes, heldenhaftes Ross war. Und ich war deswegen unzufrieden mit ihm gewesen. Das arme Pferd wurde so missverstanden von seiner Reiterin, die eigentlich von sich glaubte, ein gutes Gespür zu haben. Ich beschloss also, die Manöver als Übereifer zu interpretieren, statt als Widerborstigkeit. Mein Pferd wollte uns nur vor den Dämonen retten.

Nichts machte ein Pferd verrückter, als wenn die Angst im Sattel saß, der Zwang die Zügel in der Hand hatte und der Stress mitritt. Ich wollte jedenfalls daran arbeiten, meine Dämonen in den Griff zu bekommen. Wenn ich das geschafft hatte, dann würde sich auch mein Pferd beruhigen und ich würde ihm helfen können, mit Vertrauen und Sicherheit seine Dämonen zu überwinden.

Ich beschloss, das Scheuen meines Pferdes ab sofort zum Anlass zu nehmen, mich selbst zu überprüfen. Wenn mein Pferd scheute, dann musste ich mich selbst fragen, ob ich angespannt war. Sollte ich zu dem Schluss kommen, dass ich der Schatten meiner selbst – der Schatten meines Selbst – war, musste ich absteigen. Der Schattenreiter hatte Reitverbot. Sollte ich zu der Einschätzung kommen, dass ich entspannt war, aber mein Pferd trotzdem scheute, dann sagte ich: „Danke, gut zu wissen, dass du solche Manöver drauf hast, aber jetzt entspann dich bitte." Mein Pferd musste lernen, sich beim Reiten zu entspannen. Locker, losgelassen und leicht sollte er sein. Damit das gelingen konnte, durfte der Schattenreiter nicht mehr die Zügel in die Hand bekommen. Gerade wenn das rasende Stierkampfpferd los war, musste ich umso ruhiger und gelassener sein.

Es war eines, zu erkennen, dass der Schattenreiter die Zügel in die Hand genommen hatte, aber es war eine andere Sache, das hinkünftig zu unterbinden. Wie konnte ich daran arbeiten, dass das in Zukunft nicht mehr vorkam? Wie konnte ich die Schattenseiten meiner selbst in den Griff bekommen? Wie konnte ich diese Aspekte bearbeiten, wenn sie doch unbewusst waren?

Mein Pferd hob den Kopf, kaute gemächlich und sah mich an. In dem Moment als ich in diese unergründlichen Augen sah, in denen ich mich selbst spiegelte und mich selbst gleichzeitig verlor, da wusste ich, dass ich mich im Spiegel des Pferdes selbst erkennen konnte. Pferde hatten ein feines Gespür. Pferde hatten geschärfte Sinne. Wenn es jemanden gab, der meine unbewussten Persönlichkeitsanteile aufspüren konnte, dann war es mein Pferd. Vielleicht waren Pferde deshalb so gut für die Persönlichkeitsentwicklung, weil sie einem den Spiegel vorhielten und einem auch die Schattenseiten aufzeigten? Im Spiegel des Pferdes konnte man sich selbst erkennen. Im Spiegel des Pferdes sah man seine bewussten und unbewussten Persönlichkeitsanteile. Wer Größe hatte oder zu Größe heranwachsen wollte, der bekam durch die Arbeit mit dem Pferd die Gelegenheit dazu, denn dadurch konnte man seine Schatten erkennen, sie anerkennen und dadurch ganz werden und über sich hinaus wachsen.

Ich erinnerte mich vage daran, dass antike Philosophen gesagt hatten, dass das Auge sich selbst nicht sehen konnte. Das Auge brauchte einen Spiegel, in dem es sein eigenes Spiegelbild sehen konnte, um sich selbst erkennen zu können. Für mich war mein Pferd der Spiegel, in dem ich mich selbst erkennen konnte, wenn ich den Mut dazu hatte. Ich sah fasziniert in das Auge meines Pferdes und empfand es als unglaublich, wie viele Farbnuancen, Muster, Formen und Schichten in dem Auge zu erkennen waren. Ich verlor mich in der Tiefe und Vielschichtigkeit des Pferdeauges und hatte dennoch das Gefühl, dass ich mich genau hier selbst finden konnte.

„Jetzt nicht die Augen verschließen", sagte ich zu mir selbst. „Jetzt nicht wegsehen", ermahnte ich mich. „Jetzt den Mut aufbringen, genau hinzusehen. Dann kann ich meine Schattenseiten erkennen. Dann kann ich am Schattenselbst arbeiten. Dann kann ich mich selbst finden."

Es erinnerte mich an eine alte Geschichte, die der Lateinlehrer einmal erzählt hatte. Wie war das mit dem Auge und der Selbsterkenntnis? War es nicht um die

Seele gegangen? Der Lateinlehrer hatte leidenschaftlich gerne über antike römische und griechische Philosophie gesprochen. So sehr ich mein Gedächtnis durchforstete, ich erinnerte mich nicht. Aber an das Gefühl – dieses beflügelnde Gefühl, das ich immer empfand, wenn ich eine bedeutsame Erkenntnis hatte, an das konnte sich mein Körper noch gut erinnern. Das Gedächtnis meiner Empfindung wusste noch, dass ich damals das Gefühl gehabt hatte, etwas Wichtiges erkannt zu haben. Ich wusste, dass die Geschichte mir damals bedeutsam vorgekommen war, weil ich mich erinnerte, dass ich es empfunden hatte. Auch wenn mir jetzt nicht einfiel, was die Geschichte erzählte, erinnerte ich mich doch noch daran, dass sie mir wichtig erschienen war. Ich nahm mir vor, nachzulesen, sobald ich zuhause war.

Ich hatte die Mappe vom Lateinunterricht aufgehoben. Damals schon hatte mich Philosophie interessiert. Ich hatte den Lateinlehrer gemocht. Ich teilte seine Begeisterung für antike Philosophie. Zu Hause angekommen kramte ich in den Schachteln und fand sie. Nach einer kurzen Suche fand ich einen Zettel mit der Überschrift: Selbsterkenntnis und Seele im Verständnis von Platon. Ich las mir das Blatt durch. Es war in Handschrift geschrieben. Der Lateinlehrer hatte uns immer handschriftlich verfasste Zettel über antike Philosophie geschrieben. Besonders interessant fand ich die Geschichte von Alkibiades, einem Staatsmann, der Sokrates um Rat fragte. Er strebte nach Erkenntnis, nach Selbsterkenntnis, er wollte wissen, wie er seine Seele erkennen konnte. Sokrates sagte, mit der Seele sei es wie mit dem Auge. Ein Auge könne sich selbst nicht sehen. Aber es könne sich selbst erkennen, wenn es in ein anderes Auge sah. Es kann sich nur im Spiegel des Auges eines anderen erkennen.

Ich fragte mich, ob es wahr sein könnte, ob ich meine eigene Seele erkennen konnte, wenn ich meinem Pferd in die Seele sah? Es war eine altbekannte Volksweisheit, dass Pferde spiegelten. Pferde offenbarten unsere Seele – und auch die Abgründe der Seele. Menschen waren gut darin, sich selbst etwas vorzumachen. Menschen konnten ihr Leben lang die Augen vor ihrem Schattenselbst verschließen. Was der Mensch nicht wahrhaben will, das verdrängt er.

Aber einem Pferd kann ein Mensch nichts vormachen. Pferde lügen nicht. Pferde sind gnadenlos ehrlich. Pferde spiegeln auch die Schattenseiten des Reiters. Es liegt am Reiter, dies als Chance zu begreifen und zu verstehen, dass er hier endlich einen Spiegel gefunden hat, der ihm seine unbewussten Anteile zeigt, und ihm die Möglichkeit bietet daran zu wachsen. Nur derjenige, der auch seine Schattenanteile erkennt, kann sich selbst finden.

Ich beschloss, mutig zu sein und in den Spiegel meiner Seele zu blicken.

Reiten mit blankem Vertrauen

~

Ich las mich in die Thematik der Schattenarbeit ein. Schatten waren die Anteile der Persönlichkeit, die verdrängt wurden, die wir nicht wahrhaben wollten, oder jene von denen wir glaubten, wir könnten es nicht, dürften es nicht, sollten nicht so sein. Es waren Ängste, Zweifel, Wut, Komplexe. Oft waren es Überzeugungen und Glaubenssätze, die aus der Kindheit stammten. Darum sprachen manche Psychotherapeuten vom verletzten inneren Kind oder Schattenkind.[1] Aber es gab auch andere Schatten, die von gesellschaftlichen, persönlichen oder familiären Moralvorstellungen, religiösen Überzeugungen oder der gleichen verbannt worden waren.

Nachdem ich drei Bücher quergelesen hatte, kritzelte ich in mein Notizbüchlein: In sich gehen und schauen, was im Schatten verborgen ist. Erkennen, welches die Anteile sind, die ich verleugne, die ich nicht anerkennen möchte. Erkennen, annehmen, akzeptieren, loslassen, sein lassen. Es klang ganz einfach, aber ich wusste, dass es nicht so leicht war. In meinem Inneren gab es ein großes Schattenreich, das im Verborgenen war, Geheimnisse bewahrte, wo Wunden, Narben, Verletzungen, Schmerzen, Demütigungen, Ungerechtigkeiten, Bosheiten und Ängste waren. Es war ein geheimnisvolles, verborgenes Reich, das nicht so leicht zugänglich war. Wie würde ich einen Weg in meine eigene Schattenwelt finden? Wo war das Tor? Ich hatte Angst, dass ich mich dort verirrte.

Es war schwierig, seine Schatten zu erkennen, da sie ja unbewusst waren. Ich hatte noch keine Ahnung, wer mein Schattenkind war, oder wie mein Schattenselbst eigentlich aussah. Aber ich hatte bereits einen Schattenanteil erkannt, beziehungsweise mein Pferd hatte ihn bloßgestellt: den Schattenreiter. Ich dachte mir, wenn ich mich darauf einließ, wenn ich den Mut aufbringen konnte und die Aufrichtigkeit mir selbst gegenüber, wenn ich versuchte zu erspüren, was mein Pferd sagte, dann könnte es mir vielleicht dabei helfen, meine Schatten aufzuspüren? Ich beschloss, einen Versuch zu wagen.

Ich fing mit dem Reiten noch einmal ganz von vorne an. Ich dachte mir, dass es vielleicht auch einfach zu schnell, zu viel gewesen war. Als ich mit meinem Pferd selber zu reiten begonnen hatte, ruhige Schrittarbeit geübt hatte, nur ab und zu kurze, lockere Trabreprisen, da war alles richtig gut gelaufen. Ich hatte mir anfangs oft gedacht, wie einfach, wie von selbst das mit dem Reiten doch lief, wie intuitiv es war und wie selbstverständlich. Da wollte ich wieder hin. Also noch einmal von vorne. Ich gab uns eine Auszeit, in der ich Freiheitsdressur machte und lange Spaziergänge. Es war eine Phase, in der ich bewusst losließ. Auf langen Spaziergängen versuchte ich, mir meine Schatten vor Augen zu führen.

Die Reitlehrerin, bei deren Kurse ich teilgenommen hatte, war sehr perfektionistisch, äußerst erfolgsorientiert und sie hatte mir ein Gefühl vermittelt, nicht gut genug zu sein.

Sicher hatte sie es nicht so gemeint, sie wollte mich bloß motivieren, mich anzustrengen. Aber sie hatte meinen Schatten getriggert, die Angst nicht zu genügen. Ich hatte gespurt, mich mächtig ins Zeug gelegt, mich angestrengt, hart trainiert, fast schon verbissen versucht mich zu verbessern. Dann hatte ich festgestellt, dass es nicht gut war – nicht für mich, nicht für mein Pferd. Jetzt bereute ich, dass ich mich so antreiben hatte lassen und vor allem, dass ich das meinem jungen Pferd zugemutet hatte. Ich glaubte jetzt zu wissen, dass ich mein Pferd damit überfordert hatte und er deswegen so gestresst reagiert hatte. Schon hatte ich den ersten Schatten identifiziert. Bewusst war ich erwachsen, kompetent, selbstständig. Unbewusst hatte ich Angst, nicht zu genügen, nicht gut genug zu sein, zu versagen, nicht auf Anerkennung zu stoßen. Das glich ich mit übertriebenem Eifer, Fleiß, Strebsamkeit, Perfektionismus aus. In dem Fall hatte ich es auf mein Pferd übertragen und Druck auf mein Pferd ausgeübt.

Außerdem hatte die Reitlehrerin mir eingeredet, das Scheuen meines Pferdes sei Dominanz und er widersetze sich mir. Sie hatte mir geraten, durch die Widerstände hindurch zu arbeiten. Ihrer Ansicht nach konnte es nur gelingen, ein solches ranghohes, dominantes, starkes Pferd zum Reitpferd auszubilden, wenn man es selbst dominierte. Sie machte keinen Hehl daraus, dass sie nicht an eine Partnerschaft auf Augenhöhe zwischen Reiter und Pferd glaubte. Ich hingegen hatte das stets geglaubt. Ich glaubte an die Partnerschaft von Mensch und Pferd. Ich wollte mein Pferd nicht dominieren und ich weigerte mich, zu glauben, dass es anders nicht ging. Trotzdem hatte sie den Schattenreiter in mir dazu veranlasst, Druck auf mein Pferd auszuüben. Das

Resultat war eindeutig: Je mehr Druck ich machte, umso mehr scheute mein Pferd.

Ich begann mich zu fragen, warum sich diese Dominanztheorien so hartnäckig im Denken der Menschen festsetzten. Warum war es undenkbar, dass es eine Freundschaft und Partnerschaft zwischen Pferd und Mensch gab? Ich fragte mich, ob ich zu romantisch war? Was, wenn sie recht hatte und es kein Reiten im Sinne einer Partnerschaft gab? Was, wenn Reiten immer dominant war? Es machte mich traurig. Ich begann zu zweifeln. Vielleicht wollte ich doch nicht mehr reiten. Vielleicht hatte ich mich geirrt? Jedenfalls wollte ich mein Pferd nicht dominieren. Ich wollte eine Partnerschaft mit meinem Gefährten. War das nicht möglich?

Im dualistischen Denken gab es nur Dominanz und Unterordnung und nichts dazwischen, menschliche Herrschaft und tierische Dienerschaft. Ich hingegen sah die Welt als more-than-human an und in meinem Verständnis gab es nicht zwei starre Rollen, sondern das Leben war vielschichtig, dynamisch, interaktiv. In meiner Welt konnten Pferde und Menschen Freunde sein und wie es unter Freunden eben war, übernahm einmal ich die Führung und ein anderes Mal überließ ich es meinem Pferd, zu führen. Ich fragte mich, ob das wirklich so war oder ob es bloß das war, was ich glauben wollte? War ich naiv? War es möglich, dass ich und mein Pferd echte Partner waren?

Eine körperliche Erinnerung stieg in mir hoch. Ich hatte ein Bild vor meinem inneren Auge: Ein Kind saß auf dem Rücken eines großen, muskulösen Warmblutpferdes. Das

Kind wirkte winzig auf dem Rücken des Pferdes. Wäre es zu einem Kräftemessen gekommen, wäre das Kind chancenlos. Aber wie durch ein Wunder war das Kind all die Jahre hindurch problemlos mit dem Pferd geritten – ausgeritten, gesprungen, Dressur geritten und nie hatte das Pferd etwas getan, was das Kind gefährdet hätte. Mein eigenes Erleben war der Beweis. Als Kind war ich auf der großen Warmblutstute geritten. Ich hatte mich sicher gefühlt und war von jedem Ausritt wohlbehalten mit meinem Pferd zurückgekehrt. War das nicht der beste Beweis dafür, dass Reiten nicht zwangsläufig etwas mit Dominanz und Beherrschung zu tun hatte? Das Pferd hatte siebenhundert Kilo. Ich als Kind war vom Wohlwollen des Pferdes abhängig. Nie wäre es mir in den Sinn gekommen, dass ich kindlicher, kleiner Mensch das riesengroße, starke Pferd dominieren könnte. Meine Beine reichten gerade über das Sattelblatt. Die Wassertrense war ein Hilfsmittel, aber wohl eher auch nichts, womit meine dünnen Ärmchen das Pferd wirklich zwingen könnten, wenn es nicht freiwillig mitmachte.

Als Kind war ich mit nichts als Vertrauen geritten. Ich hatte erlebt, dass es genügte Vertrauen zu haben. Ich selbst hatte als Kind erfahren, dass das Vertrauen, das ich meinem Pferd als Vorschuss gegeben hatte, nie enttäuscht wurde. Mein Pferd hatte mir als Kind das gegeben, was man Urvertrauen nennen könnte. Mein Urvertrauen zu Pferden war unerschütterlich. Mein Pferd hatte mich nie im Stich gelassen. Diese Erfahrung, die ich als Kind gemacht hatte, half mir jetzt wieder zu vertrauen. Das Vertrauen war stärker als die Angst und die Zweifel. Jetzt wusste ich, es würde mir gelingen, mein Pferd mit blankem Vertrauen zu reiten. Ich durfte mich nicht aus Angst davor, dass es nicht klappen könnte, auf den falschen Weg begeben. Ich beschloss, das Risiko einzugehen und zu vertrauen. Ich wollte so reiten, wie ich als Kind geritten war, mit nichts als Vertrauen.

Das gab mir jetzt den Mut und die Kraft meinen Weg zu gehen. Auch wenn noch nicht alles perfekt lief mit meinem jungen Pferd, so beschloss ich, ihm Zeit zu geben und darauf zu vertrauen, dass er sich gut entwickeln würde. Mein Pferd war jung und er brauchte viel Zeit, um sich langsam und allmählich entwickeln zu können. Ein Reitpferd wurde nicht über Nacht gemacht. Ein Reitpferd musste wachsen. Die Muskeln mussten wachsen, es musste in kleinen Schritten lernen, es musste körperlich und mental heranreifen und während des Prozesses musste es geleitet werden, dann formte sich ein Jungpferd allmählich zu einem Reitpferd. In der klassischen Reitkunst wurde gemeinhin gesagt, dass die Ausbildung eines Reitpferdes acht Jahre dauerte – und es gab keine Abkürzungen.[2] Es war auch eine Reiterweisheit, dass man dem Pferd entweder die Zeit geben konnte, die es brauchte, oder man sich danach wünschen würde, man hätte es getan.

Wir hatten das ganze Leben Zeit. Mein Pferd musste nichts können. Galante musste nicht vierjährig auf Leistungsschau, er musste nicht sechsjährig auf Turniere, er musste eigentlich gar nichts. Mein Pferd war mein Gefährte. Ich hatte es eigentlich nicht eilig. Wohl aber wollte ich, dass mein Gefährte gut war. Immerhin war das Pferd ja der Spiegel meiner Seele. Indem ich jedoch Druck auf mein junges Pferd ausübte, offenbarte der Spiegel der Seele tiefe Abgründe – die Abgründe meiner

Seele. Ich kam zu dem Schluss, dass ich mein Pferd mit Vertrauen reiten sollte, nicht mit Dominanz. Ich wollte so reiten, wie ich als Kind geritten war. Mit nichts als Vertrauen wollte ich reiten. Wenn mein Pferd der Spiegel meiner Seele war, würde er sich gut entwickeln, sobald ich ihn mit bloßem Vertrauen ritt. Dominanz und Unterdrückung waren nicht das, was ich im Spiegel meiner Seele sehen wollte. Vertrauen, Hingabe und Liebe sollte mein Pferd spiegeln. Mein Pferd mit blankem Vertrauen zu reiten war mein Ziel.

Dämonen hüten

~

Ich hatte mein Pferd mit ruhiger Schrittarbeit aufgewärmt, es war auch im lösenden Trab am langen Zügel gut gelaufen, und so beschloss ich, zu galoppieren und dabei ein Spiel zu spielen. Ich stellte mir vor, meine Dämonen wären in der Reitbahn. Es waren meine inneren Dämonen, meine Schatten und ich konnte sie nicht sehen – sie waren in meinem Unbewussten, nicht bewusst wahrnehmbar für mich. Ich war sozusagen ein blinder Reiter. Aber mein Pferd konnte die Dämonen spüren, er hatte ein feines Gespür, auch für das Unbewusste. Galante war mein Dämonendetektor. Mein Pferd konnte die Dämonen spüren und ihnen ausweichen.

Ich ritt am langen Zügel. Das Pferd galoppierte mit langem Hals, den Kopf relativ tief. Wenn er etwas sah, zu starren begann und dann auswich, griff ich nicht ein, sondern ließ ihm den Raum auszuweichen, ich nahm die Zügel nicht fester und ich machte keinen Druck. Stattdessen versuchte ich, den Ort des Scheuens zu passieren, indem ich mich langsam annäherte. Erst wendete ich auf eine Tour ab, dann auf eine Volte, dann wechselte ich die Hand und machte das Gleiche auf der anderen Seite. Ich kürzte die Ecke des Grauens absichtlich so deutlich ab, dass ich meinem Pferd zuvorkam. Dann hielt ich vor der Schreckensecke, ließ Galante stehen. Schließlich forderte ich ihn am langen Zügel auf im Schritt vorbeizugehen.

Durch das Reiten am langen Zügel und die klare Ansage von mir, dass ich keinen Druck ausüben würde, wenn mein Pferd Dämonen ausweichen wollte, begann Galante bald laut zu schnauben. Er ging mit gesenktem Kopf, schnaubte laut und ich spürte, wie sein Rücken locker schwang. Jetzt war es gelungen das Pferd, das häufig unter Hochspannung stand, zu lösen. Alois Podhajsky schrieb in seinem Buch über die Reitkunst, dass jedes nicht gelöste Pferd Neigung zum Scheuen zeige.[1] Daher musste ich Wege finden, um dieses Pferd zu lösen. Bei einem Pferd mit Vollblutanteil und hohem Muskeltonus war das oft eine Herausforderung, aber eben besonders wichtig. Erst nach der Lösungsphase konnte man beginnen, richtig Dressur zu reiten.

Ich versuchte, schöne Dressur zu reiten, gleichmäßig, außen herum, Linien, Figuren, Übergänge, Lektionen. Aber wenn wir einem Dämon zu nahe kamen und mein Pferd ausweichen wollte, versuchte ich, nicht mit Druck das Pferd auf Linie zu halten, sondern gab mich seiner Bewegung hin, ließ mich mitnehmen ins Ausweichmanöver, gab am Zügel nach – aber nur für den Bruchteil einer Sekunde. Noch in der gleichen Sekunde übernahm ich sofort wieder das Steuer, ritt mein Pferd in voller Fahrt gerade vorwärts. Ich ritt ihn wieder an die Hand, an den Sitz und die Hilfen. Wenn mein Pferd anzeigte, dass er irgendwo nicht hingehen wollte, dann versuchte ich, den Dämon zu umkreisen oder mich nach und nach geschickt anzunähern. Es war so ähnlich, wie wenn man versuchte, Kampfstiere zu hüten. Man musste schnell sein, geschickt und achtsam. Pferd und Reiter mussten um jeden Preis zusammenhalten. Der Zusammenhalt garantierte das Überleben und war wichtiger als irgendwelche Linien einer Dressuraufgabe einzuhalten.

Diese Übung nannte ich Dämonen hüten. Sie half mir dabei, in Situationen des Schreckens und Scheuens nicht in Versuchung zu kommen, am Zügel zu ziehen und dadurch meinem Pferd im Maul weh zu tun und sein Vertrauen zur Reiterhand zu zerstören. Es half meinem Pferd, mir zu vertrauen und sich beim Reiten zu entspannen, als er merkte, dass ich nicht versuchte, ihn zu halten, wenn er Angst hatte oder einfach den Reflex auf etwas zu reagieren. Das Loslassen, Nachgeben und Mitgehen in der Schrecksituation wirkte bei meinem Pferd besser als Halten, Druck machen, Gegenlehnen. Ich hatte das Festhalten und Druck machen ja schon ausprobiert, es hatte alles nur schlimmer gemacht. Verhindern konnte ich das Scheuen ohnehin nicht, aber ich konnte es schlimmer machen oder eben nicht. Jetzt probierte ich es mit dem Gegenteil – loslassen.

Es klappte gut. Ich zwang mich, mein Pferd nicht zu halten, fokussierte auf den Sitz um das Manöver aussitzen zu können, und übernahm im nächsten Moment wieder die Führung. So war es offenbar besser für mein Pferd. Er ließ sich sofort problemlos weiterreiten und man merkte kaum, dass etwas geschehen war. Es gelang mir, das Nachgeben immer mehr zu verkürzen, ich merkte, dass ich so zum Ziel kommen könnte. Irgendwann würde ich mein Pferd durch das Scheuen hindurch reiten können – aber ich musste noch ein bisschen Geduld haben und üben. Es war wichtig, auch in solchen Situationen die Leichtigkeit nicht zu opfern, wenn es einen anderen Weg gab. Vor allem aber wollte ich meinem Pferd zu verstehen geben, dass ich mit blankem Vertrauen ritt. Ich vertraute darauf, dass mein Pferd es würdigen würde, wenn er merkte, dass ich ihm Vorschussvertrauen gab.

Rasch fanden wir Gefallen an dem neuen Spiel und das Hüten der Dämonen machte uns Spaß. Mit einem Mal hatte ich wieder Freude am Reiten. Es war mir eigentlich egal, wenn mein Pferd ab und zu scheute – Hauptsache, wir bauten Vertrauen auf. Insgeheim fand ich es sogar faszinierend, wie schnell und wie stark mein Pferd war. Eines war gewiss, er wäre ein tolles Stierkampfpferd. Es lag an mir, zu einer mutigen Reiterin zu werden, die furchtlos und vertrauensvoll ein so starkes Pferd reiten konnte. Bald saß ich sicher und gelassen im Sattel, selbst bei den spektakulärsten Manövern meines Pferdes. Ich trieb es auf die Spitze, indem ich erst am losen Zügel ritt, später gebisslos und schließlich am Halsring. Wenn ich keine Zügel hatte, konnte ich auch nicht daran ziehen. Es war eine gute Übung für mich und mein Pferd. Dadurch wurde mein Sitz sicherer, gleichzeitig festigte sich unser Vertrauen zueinander. Das Interessante war, dass mein Pferd mit Halsring weniger scheute, als wenn ich mit Zaumzeug und Wassertrense ritt. Das Loslassen war der richtige Weg.

Im Nachhinein fand ich eine entsprechende Anmerkung in Podhajsky's Reitlehre und wünschte, ich hätte das Buch früher gelesen: „Beim Scheuen muss der Reiter, ganz besonders bei jungen Pferden, sehr behutsam vorgehen, um ihr Vertrauen restlos zu gewinnen. Er darf daher beim Annähern an das Objekt der Angst keinesfalls die Zügel vorher verkürzen oder fester anstellen (...). Hingegen wird ein Vorbeireiten an fast losem Zügel und Heranführen des Pferdes an den Gegenstand, der seine Angst auslöst, ihm am ehesten die Furcht nehmen und den Gehorsam zu seinem Reiter fördern. (...) Niemals wird aber ein Strafen aus Ungeduld zum Erfolg führen, weil sich dann das Pferd noch mehr fürchtet und gleichzeitig nicht so zu lösen sein wird, wie dies für eine erfolgsversprechende Arbeit erforderlich ist."[2]

Lösen und Loslassen waren der einzige wirksame Weg. Da ich dazu neigte, die Zügel fester zu nehmen, wenn sich mein Pferd verspannte und scheute, war das Reiten ohne Zügel eine gute Übung für mich. Dadurch lernte ich mit der Situation anders umzugehen. Eine zeitlang praktizierte ich das Reiten ohne Gebiss und das Reiten mit Halsring. Als ich das Gefühl hatte, ich würde nicht mehr in Versuchung kommen, in einer Schrecksituation am Zügel zu ziehen, begann ich wieder mit Zaumzeug und Wassertrense zu reiten.

Die Übung hatte wahre Wunder gewirkt. Schon bald waren wir ein eingespieltes Team. Mein Pferd scheute seltener, und wenn dann nur noch andeutungsweise. Ich konnte ihn im nächsten Moment schon wieder vorwärts reiten, als ob nichts gewesen wäre. Die Schrittarbeit zeigte ebenfalls ihre Wirkung. Allmählich wurde Galante stärker und gerade gerichtet, er fand sein Gleichgewicht mit mir, er konnte die Anlehnung am Mundstück immer besser annehmen. Er hatte durch die ruhige Schrittarbeit gelernt, dass er sich beim Reiten entspannen und lösen sollte. Mein Pferd hatte durch meine Entschlossenheit ihn mit blankem Vertrauen zu reiten, selbst begonnen

Vertrauen zu fassen. Unsere Nervensysteme hatten sich verbündet, wir hielten selbst im Angesicht aller Schrecken und Dämonen der Welt zusammen, reagierten als Einheit, vertrauten einander in jeder Lebenslage. Jetzt wiegte sich auch mein Pferd in Sicherheit. Jetzt wusste er, wenn seine Neurozeption ihn zum Scheuen veranlasste, hatte er vom Reiter keinen Druck zu befürchten, sondern er konnte auf unseren Zusammenhalt zählen. Jetzt endlich fühlte er sich sicher beim Reiten. Jetzt ging mein Pferd vertrauensvoll und entspannt unter dem Sattel. Endlich schafften wir es, im Entspannungsmodus zu reiten. Der Fluchtmodus war überwunden.

Wenn ich mein Pferd im Schritt gelöst hatte, begann ich damit in ganz ruhigem Takt am langen Zügel zu traben. Es war die Empfehlung Alois Podhajsky's zum Lösen des Pferdes. Ich versuchte, einen möglichst ruhigen Takt zu halten, ließ das Pferd langsam traben, aber es sollte taktrein gehen. Ich erlaubte ihm anfangs, seinen Kopf tief zu tragen, den Hals lang zu machen und ließ die Zügel so lang wie möglich. Wenn er dann schnaubte, wusste ich, dass er sich zu lösen begann. Ich ritt Übergänge zwischen Schritt und Trab, nur mit der Sitzhilfe, ohne den Zügel einzusetzen. Ich versuchte, in dem ruhigen Takt allmählich kraftvollere Tritte zu entwickeln und ihn dann sanft an die Hand zu reiten. Die Zeiten, in denen mir mein Pferd unter dem Sattel davongerannt war, waren vorbei. Fleißig übte ich mit meinem Pferd und las stapelweise Bücher über klassische Reitkunst. Man solle viel reiten, schrieb Nuno Oliveira, aber ohne dass währenddessen die Bücher verstaubten.[3]

Mit der Zeit und der regelmäßigen Übung der klassischen Reitkunst wurde mein Pferd mehr gerade gerichtet und ausbalanciert. Galante lernte allmählich, seinen Rücken loszulassen und besser unterzutreten. Er kam mehr und mehr ins Gleichgewicht. Er eilte nicht mehr, sondern trabte ruhig, kraftvoll in gleichmäßigem Takt. Er bewegte sich jetzt anders. Wenn ich ritt, spürte ich, dass er eine gesammelte Kraft entwickelt hatte, die sich großartig anfühlte. Mein Pferd hatte jetzt eine gesammelte Kraft – ruhig, stark, mit mir verbunden und verbündet. Es war ein unglaubliches Gefühl, auf so einem Pferd reiten zu dürfen. Jetzt genoss ich das Reiten mit feinsten Hilfen!

Eines Tages ritten wir draußen am Reitplatz. Wir galoppierten in zügigem Galopp am Zaun entlang, als plötzlich ein Hund zwischen den Bäumen am Zaun auftauchte. Blitzschnell wich mein Pferd aus, er sprang weg vom Zaun und war dabei so schnell, dass er mich beinahe verlor. Ich merkte, dass ich viel zu langsam gewesen und völlig aus dem Gleichgewicht gekommen war. Es war klar, dass ich jetzt stürzen würde. Es fühlte sich an, als wäre mein Kopf an derselben Stelle geblieben, während meine untere Hälfte mitsamt dem Sattel blitzschnell ausgewichen war. Ich hing beinahe waagrecht in der Luft und bereitete mich auf den freien Fall und die Landung vor.

Plötzlich saß ich wieder fest im Sattel. „Nanu?" Ich war ziemlich verwundert. Wieso saß ich jetzt wieder im Sattel? Mein Pferd musste gemerkt haben, dass er mich verlor. Galante hatte mich schnell noch abgeholt. Wie rücksichtsvoll von ihm, wirklich ein unbezahlbares

Service! Ich strich meinem Pferd über den Hals und sagte ihm: „Danke, dass du mich gerettet hast."

Galante schnaubte großzügig.

Wir ritten weiter, als wäre nichts gewesen. Ich war erfüllt von dem wunderbaren Gefühl, auf einem Pferd zu reiten, das aufpasste, dass es mich nicht verlor. Mein Pferd spürte, dass ich aus dem Gleichgewicht gekommen war und stellte die Balance wieder her. Wir waren zusammengewachsen. Wir hielten zusammen.

Es gab eigentlich keine wertvollere Eigenschaft eines Pferdes, als die, dass es auf seine Reiterin achtete und aufpasste, dass sie nicht runterfiel. Bei einem Sturz vom Pferd konnte man sich tödlich verletzen. Es war die beste Lebensversicherung ein Pferd zu haben, das seinen Reiter rettete. Mein Pferd hatte mich überhaupt nur einmal verloren. Das war ganz am Anfang gewesen, als ich erst mit dem Reiten begonnen hatte. Der Wind war unter eine Plane gefahren, hatte sie aufgebläht und flattern lassen. Galante hatte blitzschnell reagiert, einen mächtigen Sprung zur Seite gemacht und mich dabei verloren. Er war fürchterlich erschrocken, als ich gestürzt war. Er war entsetzt gewesen, fassungslos vor Schreck, war mit Trompetenschnauben in Panik davongelaufen. Ich hatte versucht, ihn zu beruhigen. So aufgebracht hatte ich mein Pferd noch nie erlebt. Es hatte ihn völlig aus der Fassung gebracht, dass ich da einfach runtergefallen war. Er hatte das nicht kommen sehen. Offenbar empfand Galante es als nicht richtig, wenn ich runterfiel. Er schien es als seine Aufgabe anzusehen, ein gutes Reitpferd zu sein und seine Reiterin nicht zu verlieren. Seither hatte er mich nie wieder verloren. Was für ein tolles Pferd, dachte ich mir jetzt – loyal, pflichtbewusst, lebensrettend. Mit so einem Pferd war gut Dämonen hüten. Wenn es ein Pferd gab, mit dem man jede Lebenslage heil überstand, dann war es dieses Eine – meines.

Das Vorschussvertrauen, dass ich trotz des großen Risikos dieses Investments meinem jungen Pferd gewährt hatte, war gut angelegt gewesen. Mein Pferd spürte, dass ich ihm vertraute. Er wuchs zu einem Partner heran, der mein Vertrauen nie enttäuschte. Je mehr ich ihm vertraute, umso mehr vertraute er auch mir. Mein Mut zu Vertrauen trug ungeahnte Früchte. Mein Pferd entwickelte sich besser, als ich es je für möglich gehalten hatte. Schon bald war unser Vertrauen so gefestigt, dass wir uns auf unsere ersten gemeinsamen Ausritte wagten.

Als ich mit meinem Pferd den Feldweg entlang ritt, realisierte ich, dass ein langersehnter Traum in Erfüllung gegangen war.

Tanz mit der Todesangst

~

Eine Bekannte hatte mir ein Buch empfohlen. Es beschrieb eine uralte buddhistische Übung, bei der es darum ging, sich seine Ängste zu vergegenwärtigen, indem man seinen inneren Dämon heraufbeschwor, ihn sich vorstellte, ihn visualisierte, ihn eine Gestalt annehmen ließ, ihn sah, ihn fragte, was er wollte, und ihm gab was, er brauchte.[1] Man sollte seinen Dämon nähren. Erst einmal klang das plausibel für mich – wenn der Dämon unbewusst, unerkannt, unbeachtet war, konnte er unbemerkt sein Unheil treiben. Wenn man ihn erkannte, anerkannte und fütterte, war er zumindest teilweise bewusst und man konnte versuchen, darauf zu reagieren. Dennoch fiel es mir schwer, die Übung auszuführen. Ich hatte Anlauf um Anlauf unternommen, war auf meinem Meditationskissen gesessen, hatte in mich gespürt, hatte darauf gewartet, dass mein Dämon sich zeigte – ohne Erfolg. Er kam nicht. So sehr ich mich auch bemühte, es erschien mir kein Dämon, er nahm keine Gestalt an, er zeigte sich nicht. Ich bekam meine Schatten nicht zu Gesicht und blieb weiterhin ahnungslos. Irgendwann schlief ich erschöpft auf dem Sofa ein.

Ich ging mit meinem Pferd spazieren. Plötzlich formte sich eine Windhose über dem Feld. Rasch wuchs sie zu einem Tornado. Die Rehe rannten davon. Wir flüchteten. Ich lief, so schnell ich konnte, in die entgegengesetzte Richtung. In der Ferne sah ich Rauchschwaden über dem

Wald. Der Wald brannte. Wir liefen weiter am Damm entlang. Eine Flutwelle schwappte über den Damm. Wir liefen so schnell wir konnten. Wir entkamen der Flutwelle knapp. Die Felder wurden überschwemmt. Ich schwang mich auf den Rücken meines Pferdes und wir galoppierten davon. Meine Mutter war krank. Das Virus hatte sie erwischt. Ich wollte sie besuchen. Es gab kein Benzin mehr. Ich wollte nicht in die Stadt reiten, weil ich Angst hatte, dass mein Pferd gestohlen wurde. Krieg war ausgebrochen, gar nicht so weit von hier. Essen war teuer geworden. Gas und Benzin waren knapp geworden. Mein Pferd wurde krank. Ich konnte nicht zu meinem Pferd, denn es war Lock-Down und jemand hatte mich als Kontaktperson angegeben. Ich durfte nicht raus.

Ich wachte auf. Ich war aufgewühlt. Ich hatte Albträume gehabt. Ich versuchte, mich zu beruhigen. Als ich im Bett saß und über den Albtraum nachdachte, wusste ich mit einem Mal, was mein Dämon war: die Todesangst.

Obwohl ich mit Hilfe meines Pferdes mein vergangenes Trauma bewältigt hatte und wieder Vertrauen zum Leben gefasst hatte, kam die Angst erneut hervor. Die Zeit der Unsicherheit – Pandemie, Krieg, Klimawandel – hatte die Angst geschürt. Alles war teurer geworden. Alles war schwieriger geworden. Jeden Tag gab es schlechte Nachrichten im Radio – Krieg, Klimawandel, Katastrophen, Pandemie. Kein Wunder, dass die Todesangst in meinem Unbewussten geschürt wurde, denn tödliche Bedrohung war allgegenwärtig.

Ich hatte jetzt Klarheit erlangt, darüber, was mein Dämon war – oder zumindest einer davon. Und jetzt? Es wurde nicht besser dadurch, dass ich jetzt bewusst wusste, dass ich Angst hatte, und auch nicht dadurch, dass ich wusste, wovor – oder doch? Ich erinnerte mich, was ich in dem Buch gelesen hatte: Man solle versuchen, seinen Dämon anzuerkennen. Man solle versuchen, mit seinem Dämon Frieden zu schließen. Ich fühlte mich überfordert. Ich sollte meiner Todesangst die Hand schütteln? Wie sollte das gehen? Ich grübelte noch eine Weile darüber nach, wie das gelingen könnte. Irgendwann schlief ich wieder ein.

Ich wachte in der Morgendämmerung auf und setzte mich auf mein Meditationskissen. Ich sann über die Frage nach, wie ich meinen Dämon akzeptieren konnte. Schließlich hatte ich eine Eingebung. Ich beschloss, ein Ritual zur Anerkennung meines Dämons durchzuführen. Ich wusste, wenn mir jemand helfen konnte, mit meinem Dämon Frieden zu schließen, dann war es mein Pferd. Das weiße Pferd war ein Mittler zwischen den Welten, der Diesseits und Jenseits betreten konnte. Wer, wenn nicht das weiße Pferd konnte die Todesangst bezwingen? Ich würde mein Pferd um Hilfe bitten.

Ich fuhr zum Stall, holte mein Pferd vom Auslauf. Ich striegelte sein Fell, wusch mit einem Schwamm und warmem Wasser Flecken aus, bis er schneeweiß war. Ich wusch seine Hufe und ölte sie, flocht seine Mähne und seinen Schweif, putzte Sattel, Zaum und Stiefeletten. Ich bandagierte alle vier Beine, sattelte und zäumte mein Pferd, führte ihn zum Reitplatz und stieg auf. Ich wärmte uns gut auf. Dann nahm ich die Garrocha und hielt in der Mitte der Arena an. Ich visualisierte meinen Dämon. Er nahm die Gestalt eines großen schwarzen Stiers an. Der Stier verkörperte meine Todesangst.

Ich war eine Sterbliche. Ich saß auf meinem Pferd und sah meiner Todesangst ins Antlitz. Auf dem Rücken meines Pferdes ritt ich in die zeitlose Ewigkeit des gegenwärtigen Moments. Hier hatte die Todesangst keine Macht über mich. Ich war eine Sterbliche, aber ich konnte in die Ewigkeit entwischen. Die Pferde hatten mir das Tor gezeigt – das Tor zur zeitlosen Ewigkeit des gegenwärtigen Moments. Ich musste bloß durch das Tor reiten. Wenn ich in der immerwährenden Gegenwart war, füllte mich Lebendigkeit, Leben, Lebensmut. Die Todesangst war da. Ich nahm sie wahr. Aber sie beherrschte mich nicht. Ich akzeptierte, dass die Todesangst anwesend war. Aber ich wollte mein Sein nicht von ihr bestimmen lassen. Ich war bereit, ihr entgegenzutreten.

Ich spürte, dass mein Pferd auch bereit war. Galante war ganz ruhig, stand stramm und still wie eine Statue. Er hatte beide Ohren nach hinten zu mir gerichtet und wartete darauf, bei der kleinsten Andeutung eines Signals los zu starten. – Los! Wir eröffneten den Tanz! Wir galoppierten direkt auf den Stier zu. Wir wichen ihm geschickt aus, als er uns angriff. Im Galopp umkreisten wir den Dämon, stoben davon, bremsten uns ein, wendeten, traversierten, änderten die Richtung mit fliegendem Galoppwechsel, attackierten, zogen ein paar Kreise, entfernten uns wieder, galoppierten auf der Stelle, rasten los. Wir tanzten mit dem Stier.

Mein Pferd und ich wurden ganz eins im Tanz mit der Todesangst. Wir waren Leben! Wir waren pure Lebenskraft und wir tanzten mit der Todesangst. Ich spürte es ganz deutlich in mir: Die Lebenskraft war einfach so viel stärker als die Todesangst. Die Lebensfreude siegte in jedem einzelnen Moment über die Todesangst. Ich merkte, ich konnte meine Angst getrost anerkennen. Sie würde mir nichts anhaben können. Mich erfüllte so viel Leben, so viel Lebenskraft, so viel Lebensfreude. Es war ein Leichtes, auf dem Rücken des weißen Pferdes die Todesangst in Schach zu halten. Leichtfüßig und schwerelos tänzelte das weiße Pferd um den Dämon. Eine zeitlose Ewigkeit tanzte das weiße Pferd um meinen Schatten.

Ich spürte, dass Hingabe der Schlüssel zur Erlösung war. Volle Hingabe an das Leben konnte die Todesangst auflösen. Es änderte nichts daran, dass ich sterblich war, aber es änderte etwas daran, wie ich lebte. Ich lebte nicht in Angst. Die eigene Sterblichkeit zu akzeptieren war entwaffnend für die Todesangst. Der Tanz mit der Todesangst verwandelte sich in einen Tanz des Lebens. In voller Hingabe zueinander tanzten mein Pferd und ich, wir wurden eins, wir lebten mit allem, was wir hatten. Wir gaben alles. Durch unsere geblähten Nüstern sogen wir die frische Luft in unsere Lungen. Unsere Herzen galoppierten im Gleichtakt. Unsere Flanken bebten, während wir uns mit aller Lebensenergie in den Tanz des Lebens hineinsteigerten. Unsere Lebenskraft verband sich in voller Hingabe zueinander und gemeinsam erlebten wir, dass das Leben uns so erfüllte, dass die Todesangst nichtig wurde. Wir lebten in diesem Moment in voller Hingabe an das Leben.

Ich stellte erstaunt fest, dass mein Pferd und ich zu einer Einheit verschmolzen waren. Wir waren Lektionen geritten, die wir nie zuvor geübt hatten. Es war von selbst geschehen – in der Hitze des Tanzes. Zufrieden schnaubten wir laut aus. Ich fühlte mich stark. Es war ein stärkendes Erlebnis gewesen, es hatte unseren Lebensmut gekräftigt. Ich hatte gespürt, dass die Sterbliche in die Ewigkeit des Moments fliehen konnte. Ich hatte gespürt, dass ich mit meiner Todesangst tanzen konnte. Wir hatten den Tanz geführt. Das Leben war immer stärker als der Tod – ein ganzes Leben lang. Jeden Tag, jeden Moment, eine zeitlose Ewigkeit, ein Leben lang siegte das Leben über den Tod. Wenn es dann irgendwann mal einen Moment geben würde, in dem der Tod siegte – so sei es. Aber bis dahin würde ich nicht in Todesangst leben.

Durch dieses Ritual schöpfte ich neuen Lebensmut. Jetzt spürte ich, dass Lebensmut der Todesangst Grenzen setzte. Lebensmut zu haben, bedeutet nicht, keine Todesangst zu haben. Lebensmut zu haben, bedeutet mutig zu leben, unerschrocken durchs Leben zu gehen und jeden Tag aufs Neue tapfer zu sein trotz der eigenen Sterblichkeit. Lebensmut zu haben, bedeutet der Todesangst ins Antlitz zu sehen, ihr entgegenzutreten, sie in ihre Schranken zu weisen. Das lernte ich von meinem Pferd, das vor Lebensmut nur so strotzte. Der Lebensmut meines Pferdes übertrug sich auf mich. Innerlich strotzte auch ich jetzt vor Lebensmut. Wer mit Lebensmut lebt, ist unsterblich im Moment.

Der Zorn des wilden Pferdes

~

Ein schwarzes Pferd bäumte sich auf den Hinterbeinen auf und wirbelte mit den Hufen durch die Luft. Zornig schnaubte es aus geweiteten Nüstern und brüllte markerschütternd. Das Pferd war wütend, zornentbrannt und kampfbereit. Es verteidigte sich vehement gegen jegliche Annäherungsversuche und reagierte aufbrausend auf Beschwichtigungsversuche. Wenn einer der Männer versuchte, sich dem Pferd zu nähern, stieg es, schlug mit den Hufen um sich, biss zu. Die Männer hatten das wilde Pferd in eine Falle gelockt und eingefangen. Das Pferd war wild, ungezähmt und konnte nicht geritten werden. Es ließ sich nicht anfassen, ließ keinen Menschen in seine Nähe, an satteln oder gar reiten war nicht zu denken. Eines Tages kam ein Waisenkind auf die Pferderanch. Es bewunderte das Pferd, es sehnte sich nach der Freundschaft dieses Pferdes. Es blieb am Zaun stehen und wartete, bis das Pferd von sich aus zu ihm kam. Das wilde Pferd ließ sich von dem Kind anfassen und nach einiger Zeit sogar reiten.

Es war eine alte Geschichte, die schon viele Male in verschiedenen Varianten erzählt worden war. Trotzdem war die Geschichte immer noch aktuell, sie war zeitlos, denn sie trug eine Botschaft in sich. Ich wusste, dass diese Geschichte eine Botschaft hatte. Aber mehr noch, ich ahnte, dass sie ein Schlüssel zu meinen verlorenen Kindheitserinnerungen sein konnte.

In den vergangenen Tagen hatte ich ein Buch über die Heilung des inneren Kindes gelesen. Demnach konnten sich seelische Verletzungen im Kindesalter bis in Erwachsenenalter halten. Man trug sein Schattenkind in sich herum.[1] Psychotherapeuten empfahlen eine Auseinandersetzung mit den Verletzungen aus der Kindheit, so konnte man sein inneres Kind heilen. Ich hatte Bücher gelesen, Übungen gemacht, aber ich hatte nicht das Gefühl, dass es mir gelungen war, in Kontakt mit meinem inneren Kind zu kommen. Wenn sich das innere Kind nicht zeigte, konnte ich auch nichts für seine Heilung tun. Ich hatte schon zig Versuche unternommen, mich an meine Kindheit zu erinnern, aber es fiel mir schwer. Es war, als ob ich die Kindheitserinnerungen wie eine Schachtel alter Fotos weggeräumt hatte und nach vielen Jahren und zig Umzügen fand ich sie jetzt nicht mehr. Meine Kindheitserinnerungen fehlten. Mein inneres Kind war verschollen.

Eines Tages bummelte ich durch die Stadt. Ich war auf dem Weg zum Bauernmarkt, um Gemüse zu kaufen. Auf dem Weg zum Gemüsestand lag der Flohmarkt beim Naschmarkt. Im Vorübergehen fiel mein Blick auf einen Buchumschlag, der ein schwarzes Pferd zeigte. Das Buch zog meine Aufmerksamkeit auf sich. Behutsam nahm ich es in die Hand, wischte den Staub weg und las den Titel des Buches: „Fury".[2] Etwas bewegte sich tief in mir – eine Empfindung, oder war es eine Erinnerung? Etwas kam in mir hoch – es waren nicht wirklich Szenen der Erinnerung, auch nicht das Wissen wie die Geschichte gegangen war, sondern eher alte Gefühle, die sich in mir regten. Ich erinnerte mich auf einmal wieder daran, wie es sich anfühlte ein Kind zu sein. Ich empfand kindliche Freude und eine Sehnsucht, die in Kindheitstagen gewachsen war. Ein Kind, das sich nach der Freundschaft eines Pferdes sehnte – diese Erinnerung kam in mir hoch.

So deutliche Empfindungen an mein eigenes Kindsein hatte ich in all der vergangenen Zeit, in der ich versucht hatte, in Kontakt mit meinem inneren Kind zu kommen, nicht gehabt. Vielleicht konnte dieses alte Buch meine Kindheitserinnerungen wecken? Vielleicht gelang es mir dadurch, zu meinem inneren Kind vorzudringen? Kurzentschlossen kaufte ich das Buch. Ich beeilte mich mit den Einkäufen und machte mich dann direkt auf den Weg nach Hause. Ich setzte mich aufs Sofa und begann zu lesen.

Ein kleines Mädchen lag im Bett. In den Händen hielt sie ein Buch, sie las im Schein der Leselampe. Das Buch hatte sie in der Stadtbücherei entdeckt. Es handelte von einem Waisenkind und einem wilden schwarzen Pferd. Das Buch war so fesselnd, dass das Mädchen einfach nicht aufhören konnte zu lesen. Es war schon spät und sie war müde, aber sie wollte diese Welt nicht verlassen, in der Pferde frei umherlaufen konnten und ein Kind und ein Pferd echte Freunde fürs Leben waren. Das Mädchen las fast bis Mitternacht.

Als ich von dem Buch aufsah, war es draußen schon dunkel geworden. Regen prasselte auf mein Dachfenster. Ich lag in Decken gehüllt auf dem Sofa und las in dem Buch und konnte es gar nicht mehr weglegen. Es war wie eine Zeitreise. Ich fühlte mich mit einem Mal wieder als Kind. Zum ersten Mal war es mir gelungen, in mir wirklich wieder Kindheitsgefühle und Erinnerungen zu wecken.

Das Buch rührte mich. Ich wusste warum, es resonierte mit meinen eigenen Erfahrungen und Empfindungen. Die Geschichte erzählte von der Transformation eines ungebändigten, wütenden Kindes und eines wilden, zornigen Pferdes. Als sie sich begegneten, als sie zueinanderfanden, fassten sie wieder Vertrauen. Die Geschichte erzählte davon, dass wenn eine heile Welt zerstört wird, dass das auch zerstörerische Wirkung auf uns hat, selbstzerstörerische Kräfte freisetzt, aber auch, dass man diese selbstzerstörerischen Kräfte verwandeln kann in schöpferische Kräfte und dass man ein anderes Leben finden kann, eine andere Welt aufbauen kann, dass man wieder Lebensfreude empfinden kann.

Als ich das Buch fertig gelesen hatte, machte ich mich auf die Suche nach der Fernsehserie und fand sie als DVD bei einem Flohmarkt im Internet, die ich sofort bestellte und schon zwei Tage später in Händen hielt. Ich machte es mir auf dem Sofa bequem und sah gebannt in den Fernseher. Das Kind hielt beide Hände vor den Mund und rief nach dem Pferd. Das schwarze Pferd kam angaloppiert. Es ließ das Kind auf seinen Rücken steigen. Dann ritt das Kind auf dem Rücken des wilden Pferdes über das weite Land. Schon die Eingangsszene bewegte mich. Die Geschichte berührte mich tief und ich wusste instinktiv, dass sie wiederum eine Anleitung für mich enthielt, eine verborgene Botschaft, ein Geheimnis, das es zu verstehen galt.

Ich fragte mich, warum meine Kindheitserinnerungen so abgeschottet waren. Ich ahnte, dass es wohl daran lag, dass die Kindheitserinnerungen jene verlorene heile Welt waren, die jenseits von Schmerz, Zorn und Leere war. Diese Welt war verloren, längst war sie untergegangen, beinahe vergessen. Die Erinnerungen an die heile Welt der Kindheit führten mir vor Augen, wie schmerzlich der Verlust war. Deswegen waren die Kindheitserinnerungen verdrängt worden. Wenn ich einen Zugang zu meinen Kindheitserinnerungen finden wollte, blieb mir wohl nichts anderes übrig, als durch den Schmerz und die Wut hindurch zu gehen.

Der Name des Pferdes – Fury – war ein klarer Hinweis darauf, dass es den Zorn verkörperte. Das wilde Pferd war zornentflammt und geriet leicht in Rage. Zorn – ich kannte dieses Gefühl nur zu gut. Wie unfassbar zornig ich oft gewesen war! Zorn hatte sich in mir aufgebäumt wie ein wutentbranntes wildes Pferd. Beschwichtigungsversuche und Annäherungsversuche hatten dazu geführt, dass ich brüllend die Hufe durch die Luft wirbelte. In mir war eine Furie. In mir war ein wildes Pferd, ein Wildpferd, ein Biest, eine Bestie. In mir war etwas, das friedlich und frei aufgewachsen war, in einer heilen Welt geboren worden war, dessen heile Welt zusammengebrochen war, das unendlichen Zorn über die Ungerechtigkeit des Lebens verspürte. Etwas in mir wollte diesem Zorn freien Lauf lassen. Der Zorn entsprang aus dem Gefühl der Ungerechtigkeit, dem Gefühl vom Leben ungerecht behandelt worden zu sein. Wenn eine heile Welt zerbrach, war der Schmerz überwältigend. Nach der Leere kam die Wut. Der Zorn war berechtigt, das Leben war so ungerecht.

Obwohl es schon einige Zeit her war, seit meine heile

Welt untergegangen war, verspürte ich manchmal immer noch diesen Zorn. Bei der leisesten Empfindung ungerecht behandelt zu werden, kam er plötzlich in mir auf. Der Zorn hatte eine solche Kraft, er war so zerstörerisch, ich hatte gelernt ihn zu unterdrücken. Ich fragte mich, wie ich den Zorn in mir besänftigen konnte.

Dieses wilde schwarze Pferd, das einen so starken Zorn empfand, als es von Menschen eingefangen, von seiner Herde getrennt und seiner Freiheit beraubt wurde, es stand symbolisch für meinen Zorn, den ich empfand, als meine heile Welt zerstört worden war. Ob ich mein inneres Wildpferd beruhigen konnte? Würde es mir gelingen, mein inneres Fury zu besänftigen? Würde der Zorn in mir je zur Ruhe kommen und Frieden finden? War diese alte Geschichte von dem Waisenkind und dem wilden Pferd vielleicht eine Handlungsanleitung dazu, wie man seinen Zorn besänftigen konnte? Dem Waisenjungen war es gelungen, seinen eigenen Zorn zu überwinden und den Zorn des wilden Pferdes zu besänftigen. Den Jungen und das Pferd verband fortan eine enge Freundschaft.

Man musste so vorgehen, als ob man versuchte, ein zorniges Pferd zu besänftigen: Man durfte sich ihm nicht unerlaubt nähern oder es bedrängen, man konnte ihm gut zureden, aber man musste warten, bis es sich selbst beruhigte, man musste warten, bis es von sich aus kommen wollte. Ob der Zorn sich besänftigen ließ, wenn man sich einfach zu ihm setzte und ihm Zeit ließ, wenn man einfach da war, Verständnis zeigte, wenn man ihn sah, wenn man ihn erkannte und anerkannte?

Ich spürte in mich und weckte den alten Zorn. Ich sah

zu, wie der Zorn in mir aufstieg. Ich fühlte, wie der Zorn sich aufbäumte, wie er brüllte und mit den Hufen wirbelte. Ich sah den Zorn und ich war da. Ich setzte mich zu meinem Zorn und sah ihn. Ich war bereit, zu warten, bis der Zorn sich legte. Ich war bereit, dem Zorn seinen Lauf zu lassen. Ich ließ ihn laufen und behielt ihn im Auge. Ich versuchte nicht, ihn mit dem Lasso einzufangen und zu fesseln. Im Gegenteil, ich ließ den Zorn los und gab ihm die Zeit sich richtig auszutoben. Der Zorn musste raus! Ich zog die Laufschuhe an und rannte.

So machte ich es auch mit meinem Pferd, wenn er übermütig oder aufbrausend war – Katharsis wirkte bei meinem Pferd. Ich ließ ihn in der Longierhalle laufen, bis er sich ausgetobt hatte. Ich wusste aber auch aus eigener Erfahrung, dass ich ruhig bleiben musste. Je mehr mein Pferd in Rage geriet, umso gelassener blieb ich. Gelassen musste ich bleiben, nicht gleichgültig. Man musste den Zorn sehen, ihn anerkennen, man konnte ihn auch mal laufen lassen, aber er durfte sich nicht meiner bemächtigen, durfte nicht von mir Besitz ergreifen und mich in Rage versetzen. Ich konnte meinen Zorn spüren, ich sah ihn, wie er in mir aufstieg. Trotzdem ließ ich mich von ihm nicht hinreißen, in Rage zu geraten.

Aber anstatt sogleich zu versuchen, meinen Zorn zu bändigen und zu verdrängen, spürte ich genauer hin.

Ich empfand meinen Zorn als berechtigt. Es war gerechter Zorn. Den Zorn als gerecht zu erkennen und anzuerkennen, half bereits ihn zu besänftigen. Der Zorn, der brüllend gegen die Ungerechtigkeit des Lebens protestierte, beruhigte sich in dem Moment, als ich ihn sah und ihn als gerecht anerkannte. Der gerechte Zorn wollte als solcher anerkannt werden. Rage war nicht wahnsinnig. Es war außer sich geratene Sehnsucht nach der heilen Welt. Es war verzweifelte Wut, wütende Verzweiflung, im Angesicht der Ungerechtigkeit der Welt, der Brutalität des Lebens, der Unerbittlichkeit des Seins. Wenn die stumme Machtlosigkeit im Angesicht des Todes in ihr Gegenteil umschlug, wuchs rasender Zorn heran. Erst jetzt verstand ich, dass der Zorn gerecht war. Berechtigter Zorn in Anbetracht der Ungerechtigkeit des Lebens war jene Energie gewesen, die mich aus der Leere zurück ins Leben geholt hatte. Der Zorn hatte mein Überleben gesichert. Aber jetzt war es an der Zeit den Zorn loszulassen. Es war lange her, dass das Leben ungerecht zu mir gewesen war. In den letzten Jahren hatte mich das Leben so verwöhnt, dass ich beinahe das Gefühl hatte, es versuchte, mich zu entschädigen.

Inzwischen war ich gereift. In all den Jahren war irgendwo in mir Güte gewachsen. Die Güte war mächtig geworden. Die Güte war mächtiger als der Zorn. Die Güte eines Kindes, das ehrlich liebte und sich ganz einfühlen konnte, schaffte es, ein rasendes wildes Pferd zu besänftigen. Güte, Wohlwollen, Hingabe vermochten auch mein Pferd zu beruhigen, wenn sich Galante in etwas hineinsteigerte und drohte völlig zu eskalieren. Wenn Galante sich über etwas aufregte, sich hineinsteigerte und drohte in Rage zu geraten, dann sagte ich stets: „Ja, ich weiß!" Es war eine Anerkennung seines Zorns. Ich wusste, wie ihm manchmal zumute sein musste, weil ich mit ihm fühlen konnte. Auch der Zorn meines Pferdes war berechtigt. Ich wusste das, weil ich es spürte. Ich sagte gütig: „Ja, ich weiß. Aber das muss jetzt sein. Komm, wir schaffen das." Dann beruhigte sich Galante. Vielleicht, so dachte ich mir, lernte ich durch den Umgang mit Pferden auch den Umgang mit meinen eigenen starken Gefühlen? Vielleicht war die Geschichte vom zornigen wilden Pferd deshalb so zeitlos, weil sie eben auch eine Weisheit in sich trug?

Die Güte in mir war unermesslich. Es erstaunte mich, sie war sogar bereit, dem Leben zu vergeben. Das Leben war ungerecht. Ich konnte mit dem Waisenkind fühlen, das sich so sehnlich eine Familie wünschte. Es war unfair, dass es Waisenkinder gab. Es war auch unfair, dass es Halbwaisen gab. Trotz all der Ungerechtigkeit des Lebens war die Güte bereit, dem Leben zu verzeihen. Die Güte setzte sich zum Zorn und sah seinem wütenden Gebaren zu. Sie nahm still Anteil. Irgendwann hörte der Zorn auf zu toben, blieb mit bebenden Flanken und geweiteten Nüstern stehen. Eine Zeit lang stand er regungslos da. Dann ging er auf die Güte zu und begrüßte sie mit dem Hauch des Atems.

Kindliches Glück

~

Wir standen mitten auf dem Reitplatz. Mein Pferd atmete aus seinen Nüstern Nebelwolken in die kühle Morgenluft. Es war still. Es war niemand da – nur mein Pferd und ich, alleine auf dem Reitplatz. Ich nahm Galante das Halfter ab und ließ es in den Sand fallen. Wir standen uns gegenüber. Mein Pferd sah mich interessiert an. Hatte Galante das schelmische Funkeln in meinen Augen entdeckt? Spürte er den kindlichen Übermut, der in mir aufstieg? Plötzlich rannte ich los. „Fang mich!"

Ich rannte, so schnell ich konnte. Mein Pferd tauchte sofort in meinem Augenwinkel auf. Galante galoppierte locker neben mir her und beutelte übermütig seinen Kopf. Er hatte mich sofort eingeholt. Ich blieb stehen und mein Pferd galoppierte einen Halbkreis um mich herum, blieb dann ebenfalls stehen und sah mich an. Ich tätschelte ihn am Hals. Kindliche Freude wallte in mir auf. Was für ein Spaß! Fangen spielen mit dem Pferd – das war einfach kindisch und bereitete mir großes Vergnügen. Ich wunderte mich über mich selbst, ich platzte fast vor lauter kindischer Freude, Übermut, Leichtsinn und Lust auf Unfug. Es war albern und töricht, sagte mein erwachsener Verstand. Aber heute siegte der Kindskopf in mir.

Ich machte eine Pause. Ich war außer Atem nach dem kurzen Sprint. Mit einem Pferd fangen zu spielen war anstrengend. Ich wollte auch, dass Galante sich wieder beruhigte. Nach einer Weile, in der wir ruhig geatmet hatten und uns entspannten, rannte ich wieder unvermittelt los. Mein Pferd galoppierte gleichzeitig mit mir an und überholte mich schon mit dem zweiten Galoppsprung. Ich blieb stehen und pfiff. Sofort machte Galante eine Vollbremsung, sodass es staubte und seine Hufe sich tief in den Sand gruben. Ich blieb stehen und wartete. Er wandte sich zu mir und sah mich an. Ich hielt den Blickkontakt zu ihm und begann rückwärts zu laufen und rief ihm zu: „Komm!"

Mein Pferd zögerte nicht. Galante kam auf mich zu getrabt. Kurz bevor er mich einholte, blieb ich stehen und hielt die Hand hoch, um ihm zu signalisieren, dass er auch Halten sollte. Galante blieb einen Meter vor mir stehen. Ich war überwältigt vor Freude darüber, dass mein Pferd mir nachlief, anhielt und kam, wenn ich ihn rief – und das völlig frei. Ich lobte ihn überschwänglich, sagte ihm, er sei der Beste und gab ihm eine kleine Scheibe Karotte.

Ich war glücklich. Ich war glücklich wie ein Kind. Diese kindliche Freude, die ich empfand, wenn ich mit meinem Pferd fangen spielte, war besonders. Ich konnte mich nicht erinnern, wann ich mich zuletzt so gefühlt hatte, voller kindlicher Freude und einfach glücklich. Dieses einfache Glück der Kindheit war verlorengegangen im Erwachsenenleben. Das Leben der erwachsenen Menschen war viel zu ernst. Aber ab und zu, da war ich wieder glücklich wie ein Kind. Wenn ich mit meinem Pferd fangen spielte beispielsweise. Es war unvernünftig, leichtsinnig, töricht. Es war Unfug. Von bloßem Übermut ließ ich mich hinreißen, und dennoch machte es mir und meinem Pferd so viel Spaß wie nichts anderes.

Vielleicht steckte in meinem Pferd auch ein verletztes inneres Fohlen? Gewiss, das Fohlen war früh von seiner Mutter und von seiner Herde getrennt worden, hatte viel zu schnell erwachsen werden müssen. Das innere Fohlen freute sich genauso wie das innere Kind, wenn es einmal einfach spielen durfte. Das innere Kind und das innere Fohlen spielten fangen und sie empfanden kindliches Glück – Fohlenglück.

Obwohl die Stimme der Vernunft davor gewarnt hatte, dass es gefährlich sein konnte mit einem Pferd fangen zu spielen – besonders mit einem ranghohen, dominanten Pferd – hatten kindlicher Übermut und Leichtsinn gesiegt. Ich hatte es einfach getan. Ich konnte nicht widerstehen. Wider der Befürchtung war es weder gefährlich gewesen, noch hatte es zu Rangordnungskämpfen geführt. Im Gegenteil, ich hatte tatsächlich das Gefühl, mein Pferd hatte sich in ein verspieltes, kleines Fohlen verwandelt. Das Kind und das Fohlen hatten gespielt. Es bereitete uns beiden ein kindliches Glück, das irgendwie heilsam war. Es hatte uns noch näher zueinander gebracht.

Ich entließ mein Pferd auf die Weide. Ich ließ mich ins Gras fallen und lag rücklings in der Wiese. Die Pferde grasten um mich herum. Nach einem Nickerchen setzte ich mich auf und begann Wiesenblumen und Gräser zu pflücken und daraus einen Kranz zu flechten. Ich machte einen für mich, einen für mein Pferd und noch welche für die anderen Pferde. Dann setzte ich den Blumenkranz in mein Haar und jedem Pferd einen auf das Haupt. Sofort aßen sie sich gegenseitig die Blumenkränze vom Kopf. Ich lachte von Herzen.

Als ich barfuß über die Wiese lief und das Gras unter meinen Füßen spürte, fühlte ich mich wie in meiner Kindheit. Vielleicht war ein Ausflug auf die Weide auch deshalb heilsam, weil man hier Kind sein konnte? Kindlich, verspielt, bloßfüßig, verträumt, glücklich – all das war ich in diesem Moment bei meinem Pferd auf der Weide. „Das Leben ist gut. Das Leben ist ein Ponyhof," sagte das Kind zum Fohlen.

Lange Zeit hatte sich mein inneres Kind nicht gezeigt, obwohl ich immer wieder versucht hatte, mit ihm in Kontakt zu treten. Aber an diesem Nachmittag lebte das Kind. Es spielte Fangen mit dem Pferd, es flocht Blumenkränze für die Pferde, es lief barfuß auf der Wiese. Es tat so, als wäre es ein Herdenmitglied – ein Menschenkind von Pferden aufgezogen – es sprach mit den Pferden in ihrer Sprache, imitierte ihr Verhalten, es sammelte Kräuter, es wälzte sich am Boden, wie es die Pferde taten. Es war glücklich und zufrieden. Als das weiße Pferd die anderen Pferde stehen ließ, um an der Seite des Kindes zu grasen, war das Kind glückselig.

„Das Kind in dir muss sein Pferd finden," dachte ich mir in diesem Augenblick und lächelte.

So einfach konnte es sein. Alles, was es für die Heilung meines inneren Kindes brauchte, war ein Nachmittag auf der Pferdeweide. Seit das innere Kind endlich sein Pferd bekommen hatte, war es besänftigt. Die Erfüllung des Traums vom eigenen Pferd entschädigte es für erlittene Ungerechtigkeiten des Lebens. Das innere Kind war jetzt versöhnlich gestimmt. So gesehen, war es einfach gewesen, mein inneres Kind glücklich zu machen. Obwohl, eigentlich war es schon aufwendig, ein Pferd zu haben. Das Pferd war jedenfalls teurer als eine Therapie – aber auch erfüllender. Niemand hatte je bei einer Therapie Glückseligkeit erlangt, glaubte ich jedenfalls. Das Gefühl, das ich hingegen hatte, als ich einen Nachmittag lang Kind auf der Wiese bei den Pferden war, kam dem schon sehr nahe.

Mit einem Mal hatte ich ein Bild vor Augen. Ich sah mich als Kind. Ich lief an der Hand neben meinem Vater. „Papa, wann bekomme ich ein Pferd?" Die Frage war ernstgemeint. Ich erinnerte mich, wie sehnlich ich mir als Kind ein Pferd gewünscht hatte. Nichts hatte ich mir jemals sehnlicher gewünscht. Seit ich mich erinnern konnte, hatte ich mir ein Pferd gewünscht. Schon in meiner Kindheit war ich nicht müde geworden, mir ein Pferd zu wünschen – von meinem Vater, von meiner Mutter, von Gott, bei jeder Sternschnuppe, zu Weihnachten, zum Geburtstag und generell die ganze Zeit über vom ganzen Universum.

„Wenn du in England studierst, in Oxford, Cambridge oder London," hatte mein Vater geantwortet. Somit war für mich seit meiner Kindheit festgestanden, dass ich in England studieren werde. Das hatte das Kind damals beschlossen. Nun gut, wenn es das war, was es tun musste, damit es ein Pferd bekam, dann war es so. Ich hatte das längst vergessen. Aber jetzt, nachdem ich einen Nachmittag lang mit meinem inneren Kind in Kontakt gekommen war, fielen mir plötzlich wieder Erlebnisse aus meiner Kindheit ein. Erinnerungen tauchten auf, die jahrzehntelang in Vergessenheit geraten waren.

Meine Mutter hatte mir einmal erzählt, dass sie auf den Rat meiner Großmutter hin unser Pferd gekauft hatte. Meine Ahna hatte eines Tages zu meiner Mama gesagt: „Siehst du nicht, wie sehnlich deine Töchter sich ein Pferd wünschen? Kauf ihnen doch ein Pferd." Zum Glück hatte die weise Ahna erkannt, was die Enkelkinder wirklich brauchten. Zum Glück hatte meine Mama den Rat der Ahna befolgt und ein Pferd gekauft. Das Glück der Erde liegt bekanntlich auf dem Rücken der Pferde.

Wer weiß, was mit mir geschehen wäre, wenn ich kein Pferd gehabt hätte, das mich in den schweren Zeiten durch mein Leben trug? Ich hatte Glück gehabt. Ich hatte ein Pferd, das für mich lebensrettend war und mich durch alle Höhen und Tiefen des Lebens begleitete. Aber dann war ich doch nach England gegangen, nach dem Tod meines Pferdes. Vielleicht, hatte das etwas damit zu tun, dass mein Vater mir damals diese Idee in den Kopf gesetzt hatte? Ich hatte das völlig vergessen. Erst durch die intensiven Versuche, mich an meine Kindheit zu erinnern, war es mir wieder eingefallen. Schon seltsam, diese Reisen meines Lebens, dachte ich. Und es waren immer die Pferde gewesen, die mich bewegt hatten. Damals hatte mein Vater meinen Wunsch mit seiner Idee verknüpft. Wenn ich jetzt darüber nachdachte, dann hielt ich es für wahrscheinlich, dass dieses kurze Gespräch in meiner Kindheit ausschlaggebend gewesen war – wenn auch unbewusst – bei der Entscheidung nach England zu gehen und dort zu studieren. Wenn ein Elternteil starb, dann waren diese kleinen Erinnerungen alles, was einem blieb. Vielleicht hatte das Kind in mir ein Versprechen einlösen wollen?

Wie dem auch sei – so oder so – aus welchen Gründen auch immer, ich hatte es jetzt abgehakt. Jetzt hatte ich das abgeschlossen, ich hatte in London studiert und ich hatte ein Pferd. Ich hatte einen Doktortitel, war jetzt Frau Doktorin und ich war ein Kind, das mit dem Pferd fangen spielte, barfuß über die Wiese lief und Pferdesprache lernte. An diesem Nachmittag musste etwas in mir geheilt sein. Das innere Kind wurde geheilt, besänftigt, es fand seinen Frieden. Vielleicht, so dachte ich mir, hatte das Kind in mir endlich bekommen, was es sich so lange so sehnlich gewünscht hatte: Das Kind hatte endlich ein eigenes Pferd und es durfte sein, wie es war, es durfte Fangen spielen mit dem Pferd und barfuß mit den Pferden über die Wiese laufen.

Es musste an diesem Nachmittag auf der Wiese bei den Pferden geschehen sein, dass etwas in mir sich versöhnte. Denn von da an empfand ich oft dieses verloren geglaubte, kindliche Glück.

Die hohe Schule des höchsten Selbst

~

Als ein Reitmeister einen Kurs in unserem Stall gab, nahmen Galante und ich teil. Der Reitmeister meinte, mein Pferd sei hochbegabt. Er schlug vor, die halben Tritte an der Hand zu beginnen. Er meinte, es sei gut für ihn, er lerne dadurch, sich mehr zu setzen und den Rücken aufzuwölben. Unter seiner Anleitung gelang es rasch. Galante zeigte andeutungsweise halbe Tritte. Damit begnügte er sich, eine Andeutung genügte zu Beginn. Er bestärkte mich darin, täglich die halben Tritte an der Hand zu üben.

Nach dem Kurs war ich wieder auf mich allein gestellt. Ich übte gewissenhaft die klassische Arbeit an der Hand einschließlich der halben Tritte. Mein Pferd war eifrig. Galante begann, sobald ich ihn an die Bande stellte, alles Mögliche anzubieten. Er galoppierte auf der Stelle, bot die Levade und Terre à terre an. Als ich ihm schließlich erklärt hatte, dass er im versammelten Trab bleiben sollte, tat er dies zwar, aber die Tritte waren unregelmäßig. Ich wusste zwar, dass eine kleine Unregelmäßigkeit normal war, weil junge Pferde eben schief waren, aber mir schien die Unregelmäßigkeit, die mein Pferd zeigte zu stark. Ich begann zu zweifeln. All die Diagnosen fehlgeschlagener Ausbildung schossen mir durch den Kopf: gebrochene Diagonale, Taktunreinheit, Lahmheit. Hatte ich es vermasselt? Machte ich es falsch? War mein Pferd noch nicht so weit? War das doch nicht der richtige Weg? Sollte ich weiter üben oder aufhören?

Schon kam der nächste Kurs mit einer erfahrenen Dressurausbildnerin. Sie riet mir, die Übung der halben Tritte an der Hand gänzlich zu unterlassen und mein Pferd ausgebunden zu longieren. Später dann, wenn er ausgebunden gut ging, würde sie von hinten die Beine touchieren, um eine Piaffe zu entwickeln. Sie meinte, ich selbst solle das keinesfalls üben, nur Profis dürften sich an die Piaffe heranwagen. Sie entließ mich mit der Anweisung, mein Pferd möglichst täglich ausgebunden zu logieren. Ich war skeptisch, ich hielt nichts von Ausbindern und auch nichts davon die Beine zu touchieren. Hatte sie denn Podhajsky's Reitlehre nicht gelesen? Die Spanische Reitschule lehnte das Touchieren der Pferdebeine von je her als Mittel einer zirzensischen Reitweise ab. Aber dennoch probierte ich das Longieren mit Ausbindern aus. Ich sah es als Experiment.

Mein Pferd hatte normalerweise schöne Gänge, war temperamentvoll und bewegte sich ausdrucksstark. Galante trabte gewöhnlich energisch und dynamisch. Aber jetzt ging er plötzlich kaum mehr vorwärts. Er zog lustlos die Hufe der Hinterbeine durch den Sand und er ging erst recht ungleichmäßig. Es sah so aus, als ob mein Pferd lahm war. Ich erschrak. Ich sah es mir genau an, wechselte die Seite und stellte fest, dass mein Pferd offensichtlich lahmte. Ich ließ ihn Anhalten und sah ihn erschrocken an. Er machte eine leidende Miene, er hatte Sorgenfalten über seinem Auge. Eine Weile stand ich still da und wartete, bis der Schrecken nachließ.

Allmählich wich das Schockgefühl aus meinem Bauch und ich konnte wieder denken und spüren. Mit forschendem Blick sah ich mein Pferd an. Galante wippte leicht mit dem Maul gegen den Ausbinder und ich verstand, dass er mir sagte, dass ihn die Ausbindezügel störten. Schließlich folgte ich meiner Eingebung und nahm ihm Ausbindezügel, Zaumzeug und Longiergurt ab. Ich ließ ihn frei laufen. Sofort ließ er sich in den Sand fallen, wälzte sich drei Mal laut stöhnend und grunzend hin und her, stand auf, schüttelte sich und sah mich unschuldig an. Die Sorgenfalten waren verschwunden. Galante machte keine leidende Miene mehr. Ich ließ ihn im Schritt gehen. Er setzte sich langsam in Bewegung. Er ging in gleichmäßigen, großen, schreitenden Schritten. Ich konnte keine Unregelmäßigkeiten erkennen. Also forderte ich ihn auf zu traben. Er trabte los. Locker und gleichmäßig trabte er dahin. Die Tritte waren schwungvoll, taktrein, gleichmäßig. Die hinteren Hufe wurden nicht durch den Sand gezogen, sondern fußten energisch ab und traten in die Hufabdrücke im Sand der vorderen Hufe, so wie es sein sollte.

Überrascht und erleichtert von der wundersamen Spontanheilung meines Pferdes seufzte ich. Zum Glück war mein Pferd nicht lahm. Er war offenbar nur zügellahm. Er ging nur mit Trense und Ausbindern lahm. Ich war erleichtert. Mir kam in den Sinn, dass ich in diversen Reitkunstbüchern gelesen hatte, dass Ausbinder ein gutes Pferd ruinieren können, jedenfalls aber die Leichtigkeit zerstörten.[1] Die besten Reitkünstler bildeten Pferde ohne Hilfszügel aus. Ich beschloss daher, mein Pferd ohne Ausbinder auszubilden. Ich würde sie nie wieder einsetzen. Ich musste auf das hören, was mein Pferd mit mitteilte.

Im selben Moment scheute Galante vor einem eingebildeten Gespenst und raste dann buckelnd und bockend los. Er rannte, so schnell er konnte und verwarf dabei sein Hinterteil. Er raste in vollem Galopp, legte sich so in die Kurve, dass ich befürchtete, er könnte stürzen. Das Pferd rannte und steigerte sein Tempo bei jeder Runde. Schließlich raste er in der Longierhalle um mich herum in einer wahrlich erstaunlichen Geschwindigkeit. Er stellte auf Stoßatmung und rannte gleichmäßig im Renngalopp im Kreis. Sobald er wieder ansprechbar war, pfiff ich ihn in den Trab zurück. Da trabte mein Pferd im starken Trab mit raumgreifenden, dynamischen Tritten. Alle Lahmheit war verschwunden. Während ich meinem Pferd zusah, wie er in schwebenden Trabtritten dahinglitt, hatte ich wieder eine spontane Eingebung. Ich folgte meiner Eingebung, ich wollte etwas ausprobieren.

Ich begann in großen Schritten einen Kreis in der Mitte zu gehen und lud mein Pferd ein, mit mir zu laufen. Galante zog seine Kreise enger und trabte schließlich mit mir Schulter an Schulter. Ich ging außen herum, immer ein paar Meter an der Bande, dann eine Volte, wieder ein paar Meter gerade, dann eine Volte. Die Volte half mein Pferd frei im Trab zu versammeln und mehr zu setzen, außerdem half sie mir Schritt zu halten, weil mein Pferd dann den längeren Weg hatte, auf dem äußeren Kreis um mich herum. Dann ließ ich Galante nach der Volte, als er zur Bande zurückkam, anhalten. Ich ließ ihn kurz stehen, wenn er stillstand, verlangte ich drei Tritte rückwärts und ließ ihn daraus energisch antraben. Ich wiederholte das zweimal. Beim dritten Mal wandte ich mich nach der Volte von der vorwärtsblickenden Position nach rückwärts zu meinem Pferd hin – so wie bei der Arbeit an der Hand, wenn ich die Hilfen für die halben Tritte gab. Ich ging rückwärts und blickte zum Pferd, hob die Gerte als Signal das Energielevel weiterhin aufrecht zu halten. Gleichzeitig sagte ich meinem Pferd den Zweitakt an, so wie ich es mit ihm bei der Übung der halben Tritte gemacht hatte. Das Stimmkommando eins-zwei-eins-zwei war daraus entstanden, dass mein Pferd gerne einen Galopp – also einen Dreitakt – anbot, anstelle des Trabs und ihm das Zählen des Zweitakts verständlich machte, dass er im Trab bleiben sollte.

Galante verstand die Signale sofort. In dem Moment, in dem er von der Volte an die Bande kam, setzte er sich in Erwartung des Haltens. Als dann aber die Hilfen für die halben Tritte kamen, entstand ein wunderschöner, erhabener Schwebetritt. Sofort lobte ich mein Pferd überschwänglich. Ich gab ihm ein Stückchen Karotte, überschüttete ihn mit Lobgesang und kratzte ihn am Widerrist, was er besonders mochte. Dann wiederholte ich das gleiche noch einmal und siehe da, mein Pferd zeigte kadenzierte Tritte! Ich freute mich sehr und überhäufte mein Pferd mit Lob und Leckerli und ging sofort mit ihm Grasen.

Vor wenigen Minuten war ich noch erschrocken gewesen, hatte gedacht, mein Pferd wäre lahm. Dann legte er einfach so, völlig frei, seine ersten Passagetritte aufs Parkett. Was für ein Geschenk! Ich war überwältigt vor Freude. Während ich mein Pferd am langen Seil grasen ließ, begann ich das Erlebte zu verarbeiten. Es war unfassbar, wie sich das Pferd verwandeln konnte. In zehn Minuten von stocklahm zu einer freien Passage.

Mir wurde klar, dass mein Pferd sehr deutlich sagte, wie er trainiert werden wollte und wie nicht. Zum Glück hatte ich genügend an meinem Gespür gearbeitet, sodass ich meinem Bauchgefühl, meiner Eingebung gefolgt war. Ich wusste nicht, woher ich gewusst hatte, was zu tun war, aber ich hatte eine Eingebung gehabt und war ihr gefolgt. Ich hatte mein Pferd gefragt, ob er mir frei halbe Tritte schenken will, nachdem er mir gesagt hatte, dass er das mit Trense, Zügel und Ausbindern nicht kann. Er hatte mir daraufhin kadenzierte Tritte geschenkt. Das war zwar nicht das, was ich erwartet hatte, aber eigentlich sogar noch besser.

Die Piaffe wurde für gewöhnlich aus den halben Tritten entwickelt und die Passage später aus kadenzierten Tritten, aus der Piaffe heraus. Aber ich wusste, dass manche Pferde zuerst die Passage lernten und dann erst die Piaffe. Ich erinnerte mich, was ich in den Reitkunstbüchern gelesen hatte. Alois Podhajsky schrieb: „Meistens wird das Pferd zuerst die Piaffe und dann die Passage gelehrt. Dieser Vorgang stellt aber keineswegs eine starre Regel dar. Es wird vielmehr individuell verschieden sein, welche der beiden Übungen man zuerst wählt. Denn während die einen die Piaffe als einen Trab oder eine trabartige Bewegung auf der Stelle erläutern, bezeichnen die französischen Meister die Piaffe als eine Passage auf der Stelle. Daher kann schon aus der Literatur die Berechtigung abgeleitet werden, der Passage den Vorrang vor der Piaffe zu geben.“[2]

Nuno Olivera schrieb: „Das überfeine Pferd, der geborene ‚Piaffeur‘, wird durch allmähliche Verkürzung der Passage in voller Leichtigkeit zum Piaffieren gelangen."[3]

Mein Pferd und ich, wir vertraten auch die Meinung, dass die Passage zuerst geübt werden sollte. Die Piaffe würde später wie von selbst daraus erwachsen. Das würde unser Weg sein. Wir würden in voller Leichtigkeit von der Passage zur Piaffe gelangen – und sogar in freier Leichtigkeit!

Es veranschaulichte für mich einmal mehr, dass die hohe Schule nicht bloß fundiertes theoretisches Wissen und umfassende Kompetenz erforderte, sondern auch ein gutes Gespür und den Mut, der eigenen Eingebung zu folgen. Kein Mensch kannte mein Pferd besser als ich selbst. Keiner war ihm so verbunden, wie ich es war. Niemand konnte besser ahnen als ich, was das Richtige für mein Pferd war. Zum Glück war ich in sturem Vertrauen auf ein vages Gefühl den Weg gegangen, der rein rational gesehen am unwahrscheinlichsten zum Ziel führte. Zum Glück hatte ich den Mut gehabt auf mein Bauchgefühl zu hören. Mein Pferd dankte es mir mit einem großartigen Geschenk. Galante schenkte mir freie kadenzierte Tritte, die mit etwas Übung bald zu einer ausgewachsenen Passage werden würden. Die Piaffe würde daraus frei und ungezwungen entstehen.

Ab sofort konnte ich die kadenzierten Tritte abrufen, wenn ich mich zum Pferd drehte, die Gerte etwas anhob und mittels der Stimme eins-zwei-eins-zwei zählte und so den Rhythmus vorgab. Nach einer Weile, als ich das Gefühl hatte, die kadenzierten Tritte waren gefestigt, regelmäßig, taktrein, versuchte ich es beim Reiten. Die Passage vom Sattel aus abzurufen, gelang sofort.

Etwa zwei Jahre lang übte ich kadenzierte Tritte mit meinem Pferd. Galante war viel stärker geworden in der Zwischenzeit. Durch ruhige Arbeit im Schritt und Trab ging er mittlerweile auch gut am Zügel. Ich hielt den Zeitpunkt für gekommen. Ich ließ ihn frei im Schritt gehen und gab die Hilfen für die kadenzierten Tritte und strich ihm zart mit der Gerte über den Ansatz der Schweifrübe. Er zog sofort den Schweif ein und setzte sich mehr. Nach einigen Versuchen begann er sich von selbst zu setzen und es gelangen schließlich die ersten Piaffetritte. Beim nächsten Versuch verlangte ich die Piaffe aus dem Schritt. Es gelang mit ein wenig Übung. Zu Beginn nahm ich auch gelegentlich ein Halfter und einen Strick zur Hilfe. Die Piaffe am Stallhalfter wurde auch von Egon von Neindorff in seiner Lehre der klassischen Reitkunst[4] erwähnt und wurde demnach auch von namhaften Meister der Reitkunst praktiziert. Nach einiger Zeit waren die halben Tritte so weit gefestigt, dass ich es auch an der Hand mit Zaumzeug probierte. Bald darauf konnte ich erste Piaffetritte auch unter dem Sattel abrufen.

Mein Pferd war den umgekehrten Weg gegangen, aus der freien Passage entwickelt, gelangten wir erst viel später zu einer Piaffe unter dem Sattel. Erst als mein Pferd schon gleichmäßig piaffieren konnte, durfte ich die Zügel in die Hand nehmen. So hatte mein Pferd die Piaffe gelernt. Entwickelt aus der freien Passage, frei, ohne Ausbinder, ohne die Beine zu touchieren, mit Taktzählen, Lob und Leckerli. Manche würden sagen, das sei ein unkonventioneller Weg zur Piaffe. Aber es war der richtige Weg für mich und mein Pferd. Darum ging es in Wirklichkeit. Es ging darum unseren Weg zu finden.

Bloß weil ich einmal mehr über mich selbst hinaus gewachsen war, weil ich mutig einer Eingebung gefolgt war, weil ich in sturem Vertrauen einem vagen Gefühl gefolgt war, weil ich auf mein Pferd gehört hatte, nur deswegen wurde ich mit den ersten Ansätzen der Lektionen der hohen Schule belohnt.

In Wirklichkeit war die hohe Schule der Reitkunst die hohe Schule des höchsten Selbst. Sie verlangte, dass man an sich selbst genauso gewissenhaft arbeitete wie am Pferd. Sie verlangte, dass man über sich selbst hinaus wuchs. Sie verlange volle Hingabe, feinstes Gespür, gewissenhafte Übung, umfassendes Wissen. Wenn man täglich das Richtige übte, stellte man eines Tages erstaunt fest, dass das Pferd einfach so piaffierte – und man stellte nicht minder überrascht fest, dass man selbst zu seinem höchsten Selbst geworden war.

Die Piaffe war das Fundament der hohen Schule und das Tor zur Schule über der Erde. Aus der Piaffe wurde die Levade entwickelt. Aus der Levade entsprangen die Schulsprünge. Nur mit Hingabe konnte man eine Piaffe in Leichtigkeit erreichen. So gesehen war die hohe Schule der Reitkunst auch eine hohe Schule des höchsten Selbst und die Schulen über der Erde, Schulen über dem Selbst, die soviel Hingabe verlangten, dass man notwendigerweise das Ego überwinden musste.

Das Streben nach Leichtigkeit

~

Die hohe Schule der Reitkunst war früher an den europäischen Höfen praktiziert worden. Ein Edelmann unterschied sich vom gemeinen Volk unter anderem dadurch, dass er sein Pferd mit Feinheit und Leichtigkeit zu reiten wusste. In einem Buch über das Pferd in Geschichte und Mythologie fand ich entsprechende Zitate:

„Die ehrenwerteste Übung die dem Rang jedes Edelmanns geziemt, ist sicher und tadellos auf einem prächtigen Pferd zu reiten in majestätischer Haltung, die ihn über den gewöhnlichen Reitstil minderwertiger Personen erhebt, die wilde und gemeine Tiere einschüchtern."[1]

Die Reitkunst hatte höchstes gesellschaftliches Ansehen genossen. Machthaber schenkten einander einst Reitpferde, die höchsten Prestigewert besaßen. Am Hofe des britischen Königshauses hatte man gewusst:

„Dass nichts auf Erden derartige Wunder an einem Prinzen zu vollbringen vermag, wie die Ausbildung zu einem guten Reiter."[2]

Auch ich maß die Anmut einer Edelfrau an ihrem Können und ihrer Versiertheit in der Reitkunst. Ich wollte möglichst fein, lautlos und mit unsichtbaren Hilfen reiten. Dadurch unterschieden sich gute Reiter von Leuten, die ihre Pferde mit zischenden Gertenhieben verdroschen, mit den Fersen an die Rippen des Pferdes klopften und grobmotorisch am Zügel herumfuhrwerkten.

Die Reitkunst war die Persönlichkeitsentwicklung der Ritter und des Adels gewesen. Es war altbekannt, dass die Ausbildung eines jungen Pferdes zum Reitpferd auch die Persönlichkeit des Reiters entwickelte. Nachdem ich mir ohnehin keinen Beritt leisten konnte und es auch nie übers Herz gebracht hätte, mein Seelenpferd aus der Hand zu geben, blieb mir nichts anderes übrig als mein Pferd selbst auszubilden. Mir war klar, dass mein Pferd hohe Ansprüche an mich stellte und ich zu einer hervorragenden Reiterin werden musste, wenn ich dem entsprechen wollte. Ich würde mich physisch und psychisch entwickeln müssen. Ich hoffte, dass ich dem gewachsen war oder zumindest hineinwuchs. Ich wollte es auf jeden Fall. Ich war bezaubert von diesem Pferd. Er hatte mich auserwählt. Jetzt musste ich zu der Persönlichkeit werden, die dieses großartige Pferd verdiente.

Ich wollte mich zu einer guten Reiterin entwickeln, um meinem anspruchsvollen Pferd gerecht zu werden. Ich wollte mich körperlich und mental entwickeln. Ich hatte das Gefühl, dass ich über mich selbst hinauswachsen musste, um meinem edlen Ross genügen zu können. Je besser das Pferd war, umso besser musste der Reiter sein. Sonst passte das nicht zusammen. Mein Pferd war äußerst gut veranlagt. Das Streben zu einer guten Reiterin zu werden, entwickelte mich körperlich. Meine Balance wurde besser, meine Körperspannung wuchs, ich konnte immer besser gleichzeitig losgelassen und doch majestätisch sitzen, meine Hand wurde ruhiger, meine Hilfen immer klarer und dabei stetig feiner und nahezu unsichtbar. Mein Pferd würdigte meine Bemühungen und quittierte mein Streben nach Leichtigkeit, in dem er mir eben diese Leichtigkeit schenkte. Immer öfter hatten wir Momente, in denen ich die Leichtigkeit spürte, die sich durch unsere gemeinsamen Bestrebungen einstellte. Die gemeinsame Leichtigkeit erschien erst, nachdem wir uns gelöst hatten, losgelassen hatten, ein gemeinsames Gleichgewicht gefunden hatten und es geschafft hatten, in leichter Anlehnung weich eine Verbindung herzustellen.

Es war ein schönes Gefühl und ich genoss die Momente der Leichtigkeit beim Reiten. In einer Zeit, in der alles schwerer wurde, Krieg, Pandemie und Klimawandel das Weltgeschehen beherrschten und es schien, dass das Leben die Leichtigkeit verloren hatte, war es eine Wohltat dennoch nach Leichtigkeit zu streben und diese Momente des Lebens in Leichtigkeit zu genießen. Obwohl es mir immer wieder und immer öfter gelang, das Ziel zu erreichen, bedurfte es jedes Mal aufs Neue wieder einiger Anstrengung, um dahin zu gelangen. Die Leichtigkeit kam immer erst nach der Losgelassenheit. Man konnte nicht einfach aufs Pferd sitzen und in Leichtigkeit losreiten. Das Streben nach Leichtigkeit musste jedes Mal wieder aufs Neue praktiziert werden. Man musste sich die Zeit nehmen, sich selbst und das Pferd so lange zu lösen, bis man Losgelassenheit erreichte. Pferd und Reiter mussten ihr gemeinsames Gleichgewicht finden und möglichst halten können. Pferd und Reiter mussten ihren Takt finden und den

Rhythmus halten. Pferd und Reiter mussten lernen, diese Stufen der Reitkunst zu erlangen. Pferd und Reiter mussten eine feine Verbindung aufbauen, die nach und nach so gut wurde, dass sie aufgegeben werden konnte, ohne dass sie verloren ging. Reiten in Leichtigkeit war für mich spürbar in jenen Momenten, in denen das Pferd an den Hilfen blieb, obgleich ich die Hilfen aussetzte. Die Verbindung blieb bestehen, obwohl ich die Anlehung am Zügel zeitweise aufgab. Das Pferd trabte taktmäßig in Selbsthaltung, während ich die Schenkelhilfen aussetzte. Das Pferd blieb am Sitz und führte Lektionen aus, ohne sichtbare Einwirkung. Ein Pferd, das selbstständig piaffierte, ohne dass es am Zügel gehalten werden musste, ohne dass es die Fersen zu spüren bekam – eine echte Piaffe war der Inbegriff der Leichtigkeit und daher auch ein prestigeträchtiges Symbol vollendeter Reitkunst. In der Piaffe kam es am deutlichsten zur Geltung und war offensichtlich, aber was für die Piaffe galt, galt natürlich auch für Schritt, Trab und alles andere.

Aber nur weil man es einmal erreicht hatte, hieß das nicht, dass man beim nächsten Mal dort weiter machen konnte – man musste jedes einzelne Mal aufs Neue von vorne anfangen. Wenn Pferd und Reiter schon öfters zur Leichtigkeit gelangt waren, und beide nach Leichtigkeit strebten, so konnte es immer besser und schneller gelingen. Das Streben nach Leichtigkeit war sowohl der Weg als auch das Ziel jeder einzelnen Reiteinheit.

Was ich durch mein Pferd lernte, war mehr als bloß reiten und Pferdeverstand. Reitkunst ist Lebenskunst. So beschloss ich, jeden Tag aufs Neue nach Leichtigkeit zu streben, beim Reiten wie im Leben. Jeden Morgen aufs

Neue, auch wenn sich meine Glieder schwer anfühlten, auch wenn ich erschöpft war, weil ich nicht gut geschlafen hatte, auch wenn die Morgennachrichten erschütternd waren, ich versuchte dennoch, mir die Leichtigkeit des Lebens zu bewahren und jeden einzelnen Tag danach zu streben.

Das Streben nach Leichtigkeit war einer der wichtigsten Grundsätze meiner Reiterei. Die tägliche Übung des guten Reitens nach den Prinzipien der Reitkunst – das Wissen, dass Losgelassenheit das erste Ziel war und dass man ohne es zu erreichen nie zu Leichtigkeit gelangen wird – bestimmte nicht bloß den Übungsplan für das Pferd, es formte nicht bloß das Pferd – körperlich und mental – es formte auch die Reiterin. Die Ziele der Reitkunst formten mich selbst. So wie ich staunend und wohlwollend wahrnahm, wie mein Pferd in die Lektionen der Reitkunst hineinwuchs, wie sein Körper sich entwickelte und sein Geist reifte, so stellte ich immer wieder überrascht fest, wie sehr ich selbst geformt worden war durch die Übung der Reitkunst. Auch ich hatte mich körperlich verändert, auch ich war geistig und charakterlich herangereift. Ich war körperlich in bester Verfassung. Die Arbeit an der Hand im Schritt und Trab ließ mich täglich einige Runden in der Reitbahn schreiten. Das Reiten stärkte meine Balance, meine Körperspannung und stählte meine Tiefenmuskulatur. Ich war zu einer Führungspersönlichkeit geworden und vertraute auf mein eigenes Gespür.

Durch das Reiten verstand ich Dinge, die für den Verstand zuvor nur leere Worthülsen gewesen waren. Durch das Reiten verstand ich körperlich, was Balance wirklich bedeutete. Ich entwickelte ein körperliches Verständnis dafür, was es hieß, losgelassen zu sein, und auch dafür, was es dazu brauchte. Durch Reiten erfasste ich körperlich, wie Gleichgewicht und Losgelassenheit zusammenhingen, wie Leichtigkeit und Versammlung miteinander korrelierten. Das Streben nach Leichtigkeit bedeutete, jeden Tag aufs Neue Losgelassenheit zu suchen, Stress und Anspannung zu lösen, Balance zu finden, Taktgefühl und Rhythmus zu kultivieren, Schwung und Versammlung zu meistern, mentale Präsenz und körperliches Gespür zu beherrschen. Es erforderte die Einheit von Körper und Geist, Pferd und Reiter, Bewegung und Gelassenheit, Kraft und Ruhe. Wer die Reitkunst meisterte, der war auch fähig, das Leben zu meistern. Die Grundsätze der Reitkunst ließen sich auf die Lebensführung anwenden. Die Lehren, die ich aus dem Reiten und dem Sein mit Pferden zog, halfen mir dabei, eine gelungene Lebensführung zu verwirklichen. Je mehr ich mich durch die Übung der Reitkunst selbst veränderte, umso mehr gelang mir auch eine gute Lebensführung.

Philosophen der Antike hatten dafür Begriffe gehabt. Entelechie und Eudämonie waren Prinzipien eines guten Lebens. Entelechie bedeutete, sein Ziel in sich selbst zu haben – es war das antike Pendant der Selbstverwirklichung. Mich selbst zu vollenden, mein höchstes Selbst zu werden, die bestmögliche Version von mir selbst werden, das war mein Ziel. Mein Pferd – der Spiegel meiner selbst – half mir dabei, mich selbst zu erkennen und zu entwickeln. Eudämonie bedeutete wörtlich: von gutem Geist begleitet. Es stand sinngemäß für eine gelungene Lebensführung nach philosophischen, ethischen Grundsätzen und einem daraus folgendenden zufriedenen Gemütszustand, dem Empfinden von Glück und Glückseligkeit. Der gute Geist, der meine zunehmend gelingende Lebensführung begleitete, war mein Pferd. Galante war mein Dämon, mein guter Geist, Spiegel meiner Seele, Gefährte meines Lebens. Er begleitete mein Leben jetzt schon seit ein paar Jahren.

Tugendhaftigkeit, Tüchtigkeit und Vortrefflichkeit waren Prinzipien, die zu einer gelungenen Lebensführung führen sollten. Es war eben gleich wie in der Reitkunst. Wer das Gelingen einer Piaffe mit Leichtigkeit anstrebte, der musste üben – am besten täglich. Wer nach Glück strebte, musste das Richtige praktizieren – Tag für Tag. Das Streben nach Leichtigkeit in der Reitkunst wie im Leben, das Gelingen der Reitkunst, wie das Erreichen einer gelungenen Lebensführung setzte voraus, dass man das Richtige regelmäßig tat. Das Streben nach Glück, wie das Streben nach einer Passage in Leichtigkeit setzten voraus, dass man auf bestmögliche Gesundheit achtete, die Lebensumstände optimal gestaltete, dass man übte und an der Übung wuchs und reifte.

Das Streben nach der hohen Schule der Reitkunst war wie das Streben nach dem höchsten Selbst ein stetiger Wachstumsprozess, der nur gelingen konnte, wenn man über Jahre hinweg übte. Im Verständnis der antiken Griechen war Eudämonie nur dann zu erreichen, wenn die Lebensführung optimal war, die richtige Einstellung vorhanden war und der seelische Zustand ausgezeichnet war. Wenn all diese Kriterien erfüllt waren, stellten sich Lebensfülle und Glückseligkeit ein. Entelechie und Eudämonie gingen dabei Hand in Hand. Um zu

Glückseligkeit zu gelangen, musste man selbstgenügsam sein und sein Glück nicht in äußeren Dingen suchen. Aber man musste auch sich selbst verwirklichen, ebenso wie eine gute Lebensführung. Dabei half es ungemein einen Spiegel der Seele zu haben, der einem wortlos die eigenen Stärken und Schwächen zeigte. Dann konnte man an sich arbeiten, besser werden, nach dem eigenen höchsten Selbst streben.

Um Stimmigkeit zwischen meinem ethischen Empfinden und meinem tatsächlichen Handeln herzustellen, beschloss ich, mich ab sofort rein pflanzlich zu ernähren. Eine gelungene Lebensführung nach ethischen Prinzipien musste meiner Ansicht nach umweltverträglich und gerecht gegenüber anderen Lebewesen sein. Ich konnte nicht länger in den Spiegel des Auges des Pferdes sehen, in dem Wissen, dass wegen meiner eigenen Unfähigkeit alte Essgewohnheiten loszulassen, Tiere litten, ausgebeutet und getötet wurden. Die intensive, ehrliche Auseinandersetzung mit meinen eigenen Schattenseiten und verdrängten Persönlichkeitsanteilen hatte mich auch zu der Erkenntnis geführt, dass es nicht ausreichte, Vegetarierin zu sein. Wenn ich ehrlich zu mir selber war, wusste ich in Wirklichkeit, dass auch Milch und Eier nicht mit meinen ethischen Grundsätzen vereinbar waren. Um meine eigenen Sustainable Development Goals zu erreichen und den Knowing-Doing Gap zu schließen, um meine eigenen Inner Development Goals umzusetzen, musste meine Ernährung auf rein pflanzliche Kost umgestellt werden. Der Entschluss stand fest. Ich wollte heute schon in den Spiegel meiner Seele schauen und wohlwollend sehen, dass ich jetzt im Einklang mit meinen ethischen Vorstellungen aß und mich pflanzlich ernährte. Ich würde heute im Spiegel meiner Seele erkennen, dass ich dem Ziel mein höchstes Selbst zu werden und eine gelungene Lebensführung zu leben, ein Stück näher gekommen war.

Seelenreiterin

In der vergangenen Zeit hatte ich fleißig, gewissenhaft und korrekt das Reiten im Sinne der klassischen Reitkunst geübt. Heute wollte ich einfach wieder einmal die Seele baumeln lassen. Ich hatte vor mein Pferd frei zu bewegen und danach einen langen Spaziergang zu machen. Nachdem ich mich mit meinem Pferd warmgegangen war und ihn ein paar Runden an der Longe traben lassen hatte, um ihn aufzuwärmen – nur für den Fall, dass er vorhatte los zu starten, sobald frei war – ließ ich ihn in der Longierhalle laufen. Offenbar hatte ihm die Übung der Reitkunst gutgetan. Jedenfalls verzichtete er heute auf Renngalopp, Luftsprünge und hals- und beinbrecherische Manöver, die er beim Freilauf stets zum Besten gab. Er ging gelassen ein paar Runden und sah mich dann erwartungsvoll an. Mit einem Blick sagte er: „Was machen wir?"

Ich fragte ihn nach ein paar freien Übungen, die er alle ausführte und dafür Leckerbissen kassierte. Schließlich fragte ich nach der Passage und der Piaffe. Mein Pferd zeigte sich bemüht und führte die Lektionen völlig frei aus. Ich war sehr zufrieden angesichts seines Eifers und war geneigt, es als Belohnung für seine Bemühungen dabei zu belassen und spazieren zu gehen.

Ich ging zum Tor, nahm meinen Schal, den ich dort neben meinem Mantel und der Abschwitzdecke abgelegt hatte. Als ich meinen Schal in den Händen hielt und im Begriff war, ihn mir um den Hals zu werfen, hielt ich inne. Mir kamen die Zeilen in den Sinn, die ich am Vorabend in einem Buch gelesen hatte: William Cavendish, Herzog von Newcastle, der um 1650 herum gelebt hatte und ein begeisterter Reitkünstler gewesen war, hatte in seiner Reitschule Vorführungen zum Besten gegeben und manchmal ritt er ein Pferd nur mit einem Schal – ohne Zaumzeug, ohne Zügel, ohne Gebiss. Die Zuschauer hatten staunend gerufen: „Ein Wunder!"[1]

Wem es gelang, mit seinem Pferd eine Verbindung herzustellen – eine Freundschaft, eine Verbindung zwischen Seelengefährten, ein wortloses Verständnis, eine Spürsprache – wenn es gelang mit dem Pferd eine Einheit zu werden, sodass die Körper, die Nervensysteme zweier Lebewesen miteinander kommunizierten und sich co-regulierten – dann war es durchaus möglich ein Pferd ohne Hilfsmittel zu reiten. Die Verbindung der Seele – oder des Nervensystems – ersetzte Sattel und Zaumzeug. Gespürgespräche waren die Hilfen, mit denen kommuniziert wurde. Ich wollte es ausprobieren, ohne Erwartungen, ohne Druck. Ich würde mich mit dem zufrieden geben, was mein Pferd mir anbot. Wenn ich ein paar Runden im Schritt reiten konnte, ohne dass ich vom Pferd fiel, war ich schon glücklich.

Kurz entschlossen kletterte ich auf die Bande der Longierhalle. Ich rief mein Pferd. Galante parkte sich bereitwillig so ein, dass ich aufsteigen konnte. Ich kletterte auf den Rücken des Pferdes, schlang den Schal um seinen Hals und atmete ruhig und tief. Als ich mich aufrichtete, einatmete und nach vorne blickte, ging mein Pferd im Schritt los. Galante war entspannt, ruhig und brav. Als wir am Tor vorüber ritten, hielt ich mich sicherheitshalber an der Mähne fest, denn er gab an dieser Stelle gerne seine Ausweichmanöver zum Besten. Aber jetzt schaute er nicht einmal über die Hallenbande hinaus. Mit zu mir nach hinten gerichteten Ohren ging er am Tor vorüber, ohne zu schauen, zu starren oder zu scheuen. Ich konnte es kaum fassen. Was war los mit meinem Pferd? So brav war er doch sonst nie!

In mir stieg eine Ahnung auf. Ich ahnte, was mein Pferd mir mitteilte. Ich erahnte die Bedeutung dessen, was gerade geschah. Es war kein Zufall. Galante hatte nicht gerade seine brave Viertelstunde. Er sprach mit mir, klar und unmissverständlich. Wir drehten ein paar Runden im Schritt. Als ich nur andeutungsweise für eine Sekunde meine Gesäßmuskulatur anspannte und kurz festhielt, blieb er stehen. Es war großartig! Ohne Sattel konnte man noch viel feinere Hilfen geben! Das Pferd spürte jede noch so kleine Anspannung meiner Muskeln. Es machte mir noch deutlicher, wie wichtig es war, dass ich jeden Muskel meines Körpers entspannte, wenn ich ritt. Ich musste ganz bewusst nur kurz die benötigen Muskeln anspannen und sofort wieder loslassen. Das war alles, was es für die Hilfengebung brauchte. Mein Pferd spürte jedes Muskelzucken und reagierte sofort. Es war faszinierend, ich konnte mein Pferd mit unsichtbaren Hilfen reiten – er hörte auf meinen Atem, folgte jeder Veränderung des Gewichts, reagierte auf ein kaum merkliches Anspannen der Muskulatur. Einatmen, aufrichten und das Pferd ging los. Einen Hauch einer andeutungsweisen Drehung zur Mitte und mein Pferd ging eine Volte. Eine Sekunde der Anspannung meiner Gesäßmuskulatur und meines Kreuzes, schon stand mein Pferd still. Jetzt dämmerte es mir, wie viel feiner meine Hilfengebung beim Reiten noch sein könnte und sein sollte. Ich musste auch so – genauso – reiten wenn ich mit Sattel und Zaumzeug ritt.

In diesem Gespürgespräch erklärte mein Pferd mir, dass er sehr gerne auf die feinsten und leichtesten Hilfen reagierte. Plötzlich fühlte ich mich wie ein grobmotorischer, unsensibler Trampel. Ich hatte immer komplett übertriebene Hilfen gegeben! Wie konnte ich bloß so gefühlstaub sein? Ich nahm mir vor, in Zukunft noch feinfühliger zu reiten, um meinem Pferd gerecht zu werden.

Schließlich hatte ich genügend Vertrauen gefasst und ließ mein Pferd antraben. Wenn Galante merkte, dass ich ins Rutschen kam oder schief saß, blieb er stehen und drehte den Kopf zur Seite um nach mir zu sehen. Ich fühlte mich gut aufgehoben, brauchte mehrere Anläufe, aber nachdem ich schließlich im Trab einigermaßen sitzen konnte, gab ich die Galopphilfe. Mein Pferd galoppierte ruhig und rund auf einem Zirkel. Ich genoss es, ohne Sattel auf seinem blanken Rücken zu sitzen, ohne Zaumzeug, aber mit einer starken Verbindung, die ich jetzt deutlicher spürte denn je. In diesem Moment hatte ich eine Erkenntnis: Kontrolle ist eine Illusion, Vertrauen ist alles. Wieder war es keine Erkenntnis, die meinem Nachdenken entsprang, sondern eine Erkenntnis, die ich spürte. Aus meinem Spüren entsprang spontan diese Erkenntnis und ich wusste es mit Sicherheit, weil ich es spürte.

Dieses Gefühl war unbeschreiblich schön, auf dem Rücken eines Pferdes zu sitzen und mit nichts als Vertrauen zu reiten. Ein leichtes Anspannen meiner Gesäßmuskulatur genügte und mein Pferd fiel in den Trab, in den Schritt und blieb stehen. Ich lobte ihn überschwänglich und strich ihm über den Hals. Ich war völlig überwältigt vor Freude. Wir drehten ein paar Runden im Schritt. Mein Pferd ging völlig entspannt, er verzichtete auf jegliches Starren, Scheuen und Schrecken, was sonst stets zu seinem Repertoire gehörte. Es war eine klare Ansage. Galante quittierte meinen Mut mit nichts als Vertrauen zu reiten, in dem er sich braver denn je verhielt. Er merkte, dass ich mich ihm ganz anvertraute, er nahm seine Verantwortung gewissenhaft wahr und passte auf, dass ich nicht von seinem Rücken fiel.

Weil es so gut lief, wollte ich bloß noch eine Sache ausprobieren. Ich versuchte ein paar Übergänge vom Rückwärts in den Trab. Als das klappte, fragte ich mein Pferd nach einem Übergang vom Schritt in die Piaffe. Ich musste mich nur aufrichten, innerlich meine Energie hochfahren, andeutungsweise Impulse mit den Beinen geben und mit der Stimme eins-zwei-eins-zwei flüstern. Sofort begann Galante zu piaffieren. Ich spürte die unglaubliche Kraft des Pferdes, als er sich sammelte. Sein Rücken wurde rund. Fünfhundert Kilogramm Muskelmasse formten einen riesigen Gummiball, der in elastischen Bewegungen immer wieder für einen Augenblick die Erde berührte, um sich im gleichen Moment schwerelos in die Luft zu erheben. Die rhythmischen Bewegungen des Pferdes verbanden

Himmel und Erde, Schwerelosigkeit und Bodenständigkeit, Leichtigkeit und Kraft.

Das Pferd piaffierte und ging dann in die Passage über. Ich tat nichts, außer innerlich und äußerlich die Haltung zu bewahren und mich der Bewegung hinzugeben. Ich schwebte selbst zwischen Himmel und Erde. Es war ein großartiges Gefühl. In der Passage meines Pferdes verbanden sich Kraft und Leichtigkeit auf einzigartige Weise. Das Gefühl war unbeschreiblich. Ich setzte alle Hilfen aus und konzentrierte mich darauf, die Bewegungen zu spüren und mitzumachen. In diesem Moment als ich ohne Sattel, ohne Zaumzeug, mit nichts als Vertrauen auf meinem Pferd eine Passage ritt, verstand ich, dass der Schlüssel zum Reiten Hingabe war. Erst als ich die Angst losließ, die Zweifel überwand, die Kontrolle aufgab, konnte ich dieses himmlische Gefühl erleben. So musste man ein himmlisches Pferd reiten.

Als ich ausatmete, die Luft raus ließ, die Haltung aufgab, entspannte, fiel mein Pferd in den Schritt. Ich rutschte von seinem Rücken und fiel ihm um den Hals. Galante ließ die Umarmung geduldig über sich ergehen, obwohl er normalerweise stets Leckerbissen statt Streicheleinheiten forderte. Ich durfte ihm auch den Hals streicheln und ihm einen Kuss zu hauchen. Dann gab ich ihm alle Leckerlis, die ich in der Hosentasche fand. Zum Dank für sein Geschenk ging ich mit ihm Grasen. Ich wollte ihm auch ein Geschenk machen.

Während mein Pferd auf dem Wiesenweg graste, dachte ich nach. Ich war immer noch ganz erfüllt vor Freude. Gleichzeitig gab es mir aber auch zu denken. Mein Pferd hatte sich klar und unmissverständlich ausgedrückt. Galante hatte gesagt: „Wenn du mich nicht festhältst, bin ich viel entspannter. Wenn du dich nicht an den Zügel klammerst, bin ich viel gelassener." Er hatte laut geschnaubt. Es war mir, als sagte mein Pferd: „Endlich traust du dich, mir zu vertrauen. Endlich vertraust du dich mir an. Endlich hörst du auf, dich an deinen Kontrollinstrumenten festzuhalten. Endlich lässt du mich los. Endlich sind wir frei und gleichzeitig verbundener denn je." Ich wusste, mein Pferd hatte darauf gewartet. Endlich hatte ich die Lektion gelernt. Es hatte lange gedauert. Wie geduldig mein Pferd doch mit mir war. Aber vielleicht hatte er geahnt, dass die Ausbildung eines Menschen zu einem guten Reiter viele Jahre dauerte.

Unsere Gespürgespräche beim Reiten ohne alles waren noch feiner und auch klarer, denn wir beide mussten uns darauf verlassen. Es gab keinen Zügel, der korrigierend und kontrollierend eingreifen konnte. Es gab keinen Sattel, der mich rettete, wenn ich aus dem Gleichgewicht kam. Unsere Körper kommunizierten. Ein Muskelzucken genügte als Hilfe, um einen Gangartwechsel einzuleiten. Eine Andeutung einer Gewichtsverlagerung reichte aus, um eine Wendung zu veranlassen. Wenn meine Hüfte aufhörte, locker mitzuschwingen, blieb mein Pferd stehen.

Diese wunderschöne Erfahrung bestärkte mich darin, meinem Pferd in Zukunft noch mehr Vertrauen zu schenken, ihn noch mehr loszulassen und beim Reiten noch mehr auf Spüren und Gespürgespräche zu setzen. Ich hatte jetzt nicht etwa vor, nur noch ohne Sattel und ohne Zaumzeug zu reiten, denn das würde mich körperlich völlig überfordern, da ich seinen schwungvollen Trab ohne Sattel kaum sitzen konnte. Ich brauchte den Sattel, denn ich wollte mein Pferd ja in seiner Bewegung nicht behindern. Er ermöglichte mir, mit den Bewegungen des Pferdes mitzuhalten. Aber ich verstand, dass ich genauso, mit eben dieser Haltung reiten musste, auch wenn ich mit Sattel und Zaumzeug ritt. Ich wusste, dadurch würde unser Reiten auf die nächste Stufe gelangen.

Das Wichtigste beim Reiten war die Verbindung zwischen Pferd und Reiter. Wenn diese fehlte und man versuchte sie mit anderen Hilfsmitteln zu kompensieren, konnte das nicht klappen. Ich spürte beim Reiten die Verbindung mit meinem Pferd. Wir spürten einander, wir vertrauten einander, wir wussten, dass wir uns mit Gespürgesprächen verständigen konnten, wir wussten, dass wir uns gegenseitig versuchten zu verstehen. Das war das Wichtigste beim Reiten, Vertrauen, Verständnis, Hingabe, Miteinander. Bei dieser Reitweise spürte ich die Seelenverbindung mit meinem Pferd. Ich war eine Seelenreiterin. Ich übte Seelenreiterei.

Es war noch nicht lange her, da hatte die Schattenreiterin noch die Zügel in die Hand genommen. Jetzt ritt die Seelenreiterin Piaffe und Passage in Leichtigkeit mit nichts als einem Schal, Hingabe, Vertrauen und einer körperlichen und seelischen Verbindung zwischen Pferd und Mensch. Die Seelenreiterei war für mich die höchste Stufe der Reitkunst. Um die Seelenreiterei zu meistern, musste man lernen, das Ego zu überwinden und den Willen haben nach dem höchsten Selbst zu streben. Eine

Seelenverbindung konnte nur aus Vertrauen und Hingabe wachsen.

Seelenreiterei erforderte einiges an Mut. In einer Welt, in der jeder damit beschäftigt war, sein Ego zu mästen, musste man sich auf das Wesentliche besinnen und nach dem Selbst suchen. In einer Welt, in der eine Weltsicht herrschte, die leugnete, dass Tiere bewusste, empfindende Lebewesen waren, musste man den Mut aufbringen, sich in Gespürgespräche mit einem Pferd einzulassen. In einer Welt, in der Gespür, Gefühl und körperliche Empfindungen ignoriert und übergangen wurden, musste man lernen, diese wahrzunehmen, anzuerkennen, zu deuten und zu verstehen. Man musste den Mut zur Hingabe haben, um den Kontrollzwang überwinden zu können. Man musste den Mut haben, seiner Angst ins Antlitz zu sehen, statt sie zu unterdrücken. Man musste demütig sein und anerkennen, was man im Spiegel der Seele sah. Man musste jede Eitelkeit, Überheblichkeit und Arroganz ablegen und sich einfach einmal von einem Pferd belehren lassen.

Die Lehre, die ich aus der Lektion gezogen hatte, war: Reite aus der Seele! Öffne deine Seele bevor du aufs Pferd steigst! Mach die Seele auf und reite! Das veränderte alles. Wer im Ego ritt, der ritt mit harter Hand, der versuchte zu kontrollieren, der hatte kein gutes Gespür, kein Feingefühl, der klemmte am Sitz, der verlor die Verbindung zum Pferd. Der Reiter auf dem Egotrip ritt auf dem Pferd und versuchte, es zu kontrollieren. Der Seelenreiter ritt mit dem Pferd und versuchte, es für sich zu gewinnen.

Mut zur vollen Hingabe ist die Voraussetzung fürs

Seelenreiten – nur wer sich völlig hingibt, kann genug spüren, um wirklich eins zu werden, und das ist das Ziel der Seelenreiterei. Wer den Mut hat sich einzulassen und den wortlosen Hinweisen des Pferdes folgt, der kann seinen inneren Schattenreiter überwinden und zum Seelenreiter werden.

DAS SEIN UND DAS LEBEN

Den Sinn des Lebens Spüren

~

Mein Verstand zweifelte stets am Sinn des Lebens. Er zweifelte an den eigenen Erkenntnissen. Er hinterfragte alles, was ich tat und was ich war. Immerzu dachte ich darüber nach, was der Sinn des Lebens war, ob ich das Richtige tat im Leben, ob ich ein anderes Leben leben sollte, ob ich ein gutes Leben lebte, ob ich nicht noch ökologisch nachhaltiger leben könnte und noch rücksichtsvoller, ob ich am richtigen Ort zur richtigen Zeit war oder ob ich noch einmal wegziehen sollte in die Ferne oder wieder nach Hause in meine Heimat Vorarlberg, ob ich noch eine neue Arbeit ausprobieren sollte, ob ich nicht doch noch etwas ganz anderes machen wollte, ob ich meine Berufung gefunden hatte, ob ich überhaupt eine Berufung hatte, wozu ich mich eigentlich wirklich berufen fühlte, ob ich mich selbst verwirklichte oder mein Leben verwirkte, ob ich nicht noch mehr leisten könnte, mehr zu erschaffen vermochte, meine schöpferische Kraft stärker entfalten müsste. Ich fragte mich ständig, ob ich das Leben genügend auslebte, ob ich doch mehr Spaß haben sollte, oder lieber noch mehr Verantwortung übernehmen sollte, ob meine Existenz einen Sinn hatte, ob ich meinen Sinn erfasste und danach lebte oder ob mein Leben jeglichen Sinns entbehrte.

Endlos drehten sich die Gedanken in meinem Kopf wie ein Karussell mit bunten Pferden. Je mehr ich philosophierte, je mehr ich nachdachte, umso schlimmer wurde es. Ich konnte unendlich viele Bücher lesen – so viel hatte ich schon gelesen über Philosophie, Wissenschaftstheorie, Ontologie, Psychotherapie – aber eine erlösende Erkenntnis hatte ich nicht gefunden. Ich kam zu dem Schluss, dass man den Sinn des Lebens nicht erkennen konnte.

Der Psychotherapeut Irvin Yalom schrieb in seinem Buch „Existenzielle Psychotherapie", dass „das Leben keinen offensichtlichen Sinn" habe.[1] Der Mann war mehr als doppelt so alt wie ich, hatte gewiss viel mehr gelesen, noch mehr Zeit damit verbracht nachzudenken. Und das war sein Schluss. Wie ernüchternd war diese Erkenntnis? Frustriert legte ich das Buch weg und seufzte schwer. Es war Samstagmorgen. Ich war früh aufgewacht und hatte mich gefreut, dass ich heute Zeit hatte, etwas zu lesen, bevor ich in den Stall fuhr. Ich hatte mir inspirierende Lektüre aus der Stadtbücherei besorgt. Ich hatte mir eine Tasse Tee gemacht und mich mit einer Decke aufs Sofa gekuschelt. Voller Erwartung und aufgeregt vor lauter Vorfreude auf bedeutsame Erkenntnisse schlug ich das dicke Buch auf. Ich las nur ein paar Seiten, bis zu dem Satz, dass das Leben keinen offensichtlichen Sinn habe. Da spürte ich, wie es mir schwer ums Herz wurde. Ich merkte, dass es mich schwermütig machte. Die ganze Begeisterung war schlagartig weggeblasen. Die Leichtigkeit verschwand augenblicklich. Das Leben war schwer und sinnentleert. Daran konnte der beste Therapeut nichts ändern und auch nicht die existenzielle Psychotherapie. Ich gab mich geschlagen. Ich war niedergeschlagen. Das Leben hatte keinen offensichtlichen Sinn. Resigniert seufzte ich. Die Suche war vergebliche Mühe.

Ich saß einfach da und spürte in mich. In mir regte sich Widerstand. Naja, was war schon offensichtlich? Vielleicht hatte das Leben einen verborgenen Sinn? Vielleicht konnte man den Sinn des Lebens nur erfassen, wenn − wenn − also wenn man sich selbst gefunden hatte? Oder wenn man seine Seele verloren und wiedergefunden hatte? Oder wenn man Seelenruhe, innere Ruhe, inneren Frieden erlangt hatte? Oder wenn − wenn − wenn man sich selbst geheilt hatte, sich selbst verwirklicht hatte und gelernt hatte eins zu sein im Moment?

Während ich in Gedanken vor mich hin stammelte und versuchte noch zu retten, was ich glauben wollte, keimte in mir ein Gefühl auf. Ich spürte in mich und versuchte, dieses Gefühl zu deuten. Eine Zeit lang spürte ich nach und schließlich hatte ich die Einsicht, dass ich es eigentlich längst wusste. Ich hatte den Sinn des Lebens doch schon oft erkannt! Ich erinnerte mich deutlich an dieses Gefühl − ein Gefühl zu wissen, was der Sinn des Lebens war. Der Verstand zweifelte sofort wieder daran, dass ich das Gefühl gehabt hatte zu wissen, was der Sinn des Lebens war. Ich war hin und her gerissen. Ich wusste nicht mehr, was ich wusste. Verwirrt von meiner eigenen Widersprüchlichkeit, versuchte ich zur Ruhe zu kommen und in mich zu hören, um herauszufinden, was ich wusste.

In mir wuchs wieder diese Sehnsucht. Sie war stark und ließ mich nicht los. Alles Lesen dieser Welt vermochte sie nicht zu stillen. War es die Sehnsucht nach dem Sinn? War es die Sehnsucht, ein sinnvolles Leben zu leben? War es die Sehnsucht, den Sinn des Lebens zu erkennen?

War es die Sehnsucht nach dem Gefühl zu wissen, was der Sinn des Lebens war?

Nichts vermochte meine Sehnsucht zu stillen, außer die Gesellschaft meines Pferdes. Ich wusste aus Erfahrung, dass die Gegenwart meines Pferdes Schwermütigkeit in Schwerelosigkeit verwandeln konnte. Das Einzige, was mir jetzt helfen konnte, war die Gegenwart der Pferde. Nichts konnte diese Sehnsucht stillen – außer vielleicht ein Ritt über das weite, offene Land. Wenn mich mein Pferd in lockerem Trab über Feldwege trug, wich das beklemmende Gefühl von mir, zu wissen, dass ich sterblich war und nicht zu wissen, ob ich das richtige Leben lebte.

Ich zog mich um und verließ die Wohnung. Ich fuhr hinaus zum Stall. Ich sattelte mein Pferd und ritt los. Ich ließ die Zügel lang. Ich überließ es meinem Pferd den Weg zu wählen. Galante wanderte einen Feldweg entlang. Wir ritten zwischen im Wind wogenden Kornfeldern, unter einem blauen Himmel. Es war früh am Morgen. Nur wir und die Rehe waren schon unterwegs. Ich genoss es, von meinem Pferd getragen zu werden. Ich vertraute mich meinem Pferd ganz an. Ich überließ ihm die Führung. Ich konnte mich ganz hingeben, spürte seine Bewegungen und folgte ihnen. Ich spürte jede Bewegung in der Wirbelsäule, in der Hüfte nahm ich die dreidimensionalen Kreisbewegungen wahr, die Schwingung der kraftvollen Schritte, die zuversichtlich auf dem Weg entlang gingen. Ich gab mich ganz dem Spüren der Bewegung hin. Ich hörte auf zu denken und spürte nur noch. Ich nahm alles mit allen Sinnen wahr. Ich sah die Landschaft, die Wiesen, die Bäume, die

Blumen, den Himmel, die Rehe, die Hasen, die Vögel, die Bienen. Ich hörte das Geräusch der Hufe auf der Erde – ein rhythmisches Trommeln. Das Trommeln der Pferdehufe auf der Erde begleitete unseren Ritt, wohin wir auch gingen. Das Schnauben meines Pferdes löste auch bei mir ein Schnauben aus. Ich roch die feuchte Erde nach dem Regen in der Nacht. Ich spürte das Pferd und verband mich mit ihm.

Da und dort blieb mein Pferd stehen und pflückte ein paar Kräuter und Gräser. Dann ging Galante weiter, neugierig und zuversichtlich schritt er voran. Er bog auf einen Wiesenweg mit weichem Erdboden und begann locker zu traben. Ich trabte einfach mit. Ich genoss den lockeren Trab, er schüttelte mich aus meinen Gedanken, rüttelte mich wach und ich gelangte nach und nach ganz in den gegenwärtigen Moment. Am Ende des Feldwegs fiel mein Pferd in den Schritt. Er ging auf einem geschotterten Weg am Wegrand weiter. Nach einer Weile kamen wir zum Damm. Am Damm entlang gab es einen längeren Wiesenweg – lang genug, dass es sich lohnte, anzugaloppieren. Galante galoppierte los und wurde schneller und schneller und wir flogen über das Land. Das Gefühl zu fliegen erfüllte mich mit einem beflügelten Gefühl. Ich spürte Adrenalin. Ich spürte die Kraft meines Pferdes und fand es einmal mehr faszinierend, wie stark mein Pferd war und wie schnell er laufen konnte. Galante steigerte sein Tempo immer noch, er wollte offenbar das Maximum aus sich herausholen. Es war erstaunlich, wie viel Kraft in dem Pferd steckte. Die Hufe donnerten auf den Boden und doch fühlte es sich an, als würden sie die Erde kaum berühren. Ich spürte den Wind in meinem Gesicht. Ich sah die weiten Felder und den offenen Himmel. Ich flog mit meinem Pferd. Pferde können fliegen, ohne Flügel. Galante verlieh auch mir Flügel.

Am Ende des Wiesenweges pfiff ich Galante in den Trab zurück und dann in den Schritt. Er gehorchte sofort. Er schnaubte ein paar Mal zufrieden aus, offenbar hatte der Sprint gutgetan. Er schien befreit zu sein. Locker ging er ein paar Schritte und blieb dann stehen und sah sich nach mir um. Ich verstand, was er damit aussprach. Er sagte: „Jetzt kannst du absteigen, mir die Trense abnehmen, ich möchte grasen". Ich glitt vom Rücken meines Pferdes und nahm ihm die Trense ab und ließ ihn am Kappzaum grasen, den er für solche Gelegenheiten beim Ausreiten immer trug. Ich lockerte den Sattelgurt und sah zu wie mein Pferd mit seinen flinken, geschickten Lippen Gräser und Kräuter auswählte, sie mit den Zähnen abriss und genüsslich verspeiste. Ich lauschte dem rhythmischen Rupfen des Grases, dem Kauen und dem Schnauben. Ich ließ meinen Blick zum Horizont schweifen, sah den blauen Himmel, schaute über das weite Land. Grüne Wiesen, Bäume in allen Formen, dahinter bewaldete Hügel bildeten die Kulisse für unseren Ausritt.

Mein Pferd schnaubte und genoss den Moment sichtlich. Die Selbstverständlichkeit, mit der mein Pferd seinen Platz im Universum in Anspruch nahm und ihn mit Leben erfüllte, begann allmählich auf mich abzufärben. Bald tat ich es ihm gleich. Mit aller Selbstverständlichkeit der Welt lebte ich, beanspruchte Raum für mich, sog in ruhigen Zügen tief die frische Luft ein, schnaubte laut aus, war präsent, achtsam, entspannt und hellwach. Ich war einfach. Alle Zweifel wichen von mir. Der Sinn des Lebens war so klar wie dieser Tag. Es war kein Wölkchen am Himmel. Ich genoss die Klarheit des spätsommerlichen Septembertages.

Nach einer Weile zäumte ich mein Pferd, zog den Gurt fest und stieg in den Sattel. Galante trat unaufgefordert den Rückweg an. Er bestand darauf, auch am Rückweg am Damm entlang zu galoppieren. Ich bestand darauf, dass es ein langsamer Galopp wurde. Ruhig aber kraftvoll galoppierte er vor sich hin. Das Trommeln der Hufe auf der Erde begleitete unseren Ritt. Kurz vor der Stelle, an der Boden hart wurde, fiel er in den Schritt und ging den geschotterten Weg entlang. Das Schaukeln auf dem Pferderücken wiegte mich in tiefe Zuversicht.

Es war schon sonderbar, wenn ich auf dem Pferderücken saß, dann spürte ich, dass ich am richtigen Ort im richtigen Moment war. Auf dem Rücken meines Pferdes plagten mich keine Zweifel. Wenn ich auf dem Rücken meines Pferdes saß, dann spürte ich das Leben. Hier machte alles Sinn. Ich konnte es spüren. Hier wurde ich eins – eins mit dem Pferd, eins mit mir selbst, eins mit dem Leben. Hier war ich das Leben selbst, so wie mein Pferd das Leben selbst war.

Pferde verkörpern Leben. Pferde sind Leben. Für mich ist das Pferd das Symbol des Lebens. Nirgends kann ich das Leben besser spüren als bei Pferden. Nie habe ich den Sinn des Lebens so zweifelsfrei gespürt wie in der Gegenwart der Pferde. Wenn ich bei meinem Pferd bin, dann spüre ich den Sinn des Lebens. Das war schon immer so.

Plötzlich wusste ich, dass man den Sinn des Lebens spüren musste. Nur durch Gespür kann man den Sinn des Lebens erfassen. Wenn ich bei Pferden war, dann lebte ich. Ich war Leben. So wie die Pferde das Leben selbst sind. Ich spürte mit Gewissheit:

Das Leben selbst ist der Sinn des Lebens.

Urzustand

~

Als ich vom Stall wegging, bemerkte ich, dass ich mich wohl fühlte. Ich stellte erstaunt fest, dass es mir richtig gut ging. Ich fühlte mich so richtig wohl – rundum, durch und durch. Wie konnte ich mich so wohl fühlen? Wie konnte es mir so gut gehen? Ich war so zufrieden. Es war erstaunlich. Ich empfand Ausgeglichenheit und Zufriedenheit. Ich spürte, dass ich zur Ruhe gekommen war – innerlich. Das Sein der Pferde hatte mich wieder geheilt, beruhigt, befriedet. Die Gedanken hatten aufgehört, zu rotieren. Ich empfand innere Ruhe. Die quälenden Gedanken waren von dem Gefühl, den Sinn des Lebens zu spüren, beruhigt worden. Gelassenheit und Wohlsein hatten Zweifel und Angst vertrieben. Ich genoss es, zu sein. Ich liebte es, zu leben.

In letzter Zeit war mir öfter aufgefallen, dass ich mich wohlfühlte. Immer wieder hatte ich mich verwundert dabei ertappt, dass ich bemerkte, dass es mir gut ging. Ich fühlte mich gut. Ich war zufrieden. Meistens stellte ich fest, dass es mir gut ging, wenn ich beim Pferd gewesen war. Oft, wenn ich vom Stall wegging, bemerkte ich, dass ich mich gut fühlte. Ich bemerkte ein Wohlsein, eine Ausgeglichenheit und auch ein Gefühl der Dankbarkeit für das Leben. Das Leben fühlte sich gut an. Das Wohlgefühl hielt weiter an. Als ich zu Hause war, gönnte ich mir eine warme Dusche, kochte mir etwas Feines zu essen, aß genüsslich und ließ mich dann zufrieden aufs Sofa fallen. Eine Weile saß ich einfach da.

Irgendwann stand ich auf, nahm einen Zeichenblock und malte in schönen geschnörkelten Buchstaben die Erkenntnis des Tages:

Das Leben selbst ist der Sinn des Lebens.

(Den Sinn des Lebens muss man spüren.)

Dann heftete ich das Blatt auf meine große Korkpinnwand. Es sollte mich daran erinnern, dass ich den Sinn des Lebens längst erkannt – erspürt – hatte. Nur für den Fall, dass mein vergesslicher Verstand es wieder vergaß oder in Zweifel zog, was ich längst wusste oder sich wieder von anderen einreden ließ, das Leben hätte keinen Sinn. Das Leben selbst ist der Sinn des Lebens. Ich wusste es. Die Pferde wussten es. Sie hatten mich zu der Einsicht geführt. Hiermit erklärte ich die Sinnsuche für erfolgreich beendet. Ich konnte jetzt aufhören, mir den Kopf zu zerbrechen. Ich hatte den Sinn des Lebens aufgespürt und erkannt.

Zufrieden kuschelte ich mich aufs Sofa. Irgendwann schlief ich ein. Ich schlief ruhig, fest und traumlos. Am Morgen erwachte ich aus einem erholsamen Schlaf und fühlte mich ausgeruht. Allmählich und langsam wurde ich wach. Ich blinzelte zweimal und schloss die Augen wieder. Ich streckte meine Glieder, räkelte mich und seufzte. Ich spürte eine wohlige Wärme, ich war ausgeschlafen, ich fühlte mich gut. Ich bemerkte, dass ich mich wohl fühlte. Schon wieder! Schon wieder ertappte ich mich selber dabei, dass ich mich wohlfühlte.

An diesem Morgen war alles anders. Die Welt fühlte sich anders an. Das Sein war anders. Ich fühlte mich anders. Ich fühlte mich richtig wohl. Wie gut sich das Leben anfühlte, wenn man ausgeschlafen war und einen freien Tag vor sich hatte. Ich freute mich auf den Tag. Ich war ausgeruht und unternehmungslustig. Ich musste nichts tun, ich konnte alles machen, was ich wollte. Ich war frei, ich hatte die Freiheit zu tun, was ich wollte. Ich schlug die Decke zurück und stand auf. Die ersten Sonnenstrahlen, die durch die Dachfenster fielen und mein Zimmer erhellten, machten mich munter und weckten den Tatendrang. Der Boden unter meinen bloßen Füßen war kalt, ich empfand es als erfrischend. Als ich das Glas mit dem Kräutertee öffnete, nahm ich einen starken Duft wahr. Wie intensiv die Kräuter rochen! Ich schüttete die Kräuter in die Teekanne und übergoss sie mit heißem Wasser. Der frisch aufgebrühte Kräutertee verströmte ein starkes Aroma, das die ganze Küche füllte. Ich schnitt einen Apfel auf und biss hinein. Mhm! Wie saftig, wie süßsauer das schmeckte! Köstlich! Ich aß den Apfel genüsslich und kostete jeden Bissen voll aus.

Während ich aufmerksam kaute und schmeckte, wurde mir bewusst, dass ich bei vollen Sinnen war. Nanu? Begann das Üben im Sein der Pferde sich allmählich auszuwirken und wurde immer mehr zu meinem normalen Seinszustand, sodass ich auch zu Hause präsent war, spürte und alles mit allen Sinnen wahrnahm? Offenbar hatte ich dieses Sein so viel praktiziert, dass es zu meinem normalen Sein wurde. Wäre das möglich, dass das Wohlsein zu meinem Normalzustand wurde? Oder war es der Normalzustand – wenn man nicht gestresst, traumatisiert oder unter Druck war? War es vielleicht in Wirklichkeit das originäre Sein? Könnte ich lernen, immer so zu sein? Könnte ich mich dann immer wohlfühlen und zufrieden sein?

Ich wusste, wie sehr ich mich bereits verändert hatte, wie sehr das Sein der Pferde sich auf mein Leben ausgewirkt hatte. Ich hielt es für möglich, dass dieses Sein mein Normalzustand werden könnte. Jedenfalls aber, war es einen Versuch wert. Ich wollte das Wohlsein, das Gutfühlen, das Gegenwärtigsein, das Spüren, das Erleben mit allen Sinnen, das Ganzsein zu meinem Normalzustand machen. Ich wollte immer so sein, oder wenigstens meistens oder möglichst oft. Ich wollte auch dann so sein können, wenn ich nicht mit dem Pferd beisammen war. Ich wollte lernen, selber und jederzeit und überall durch das Tor zu gehen. Heute war ich aufgewacht im Sein – diesem originären Seinszustand – und ich war da geblieben, weil ich keine Eile hatte. Ich beschloss, fortan auch zu Hause das Sein der Pferde zu üben. Dieses Sein war das echte Sein. Ich war mir sicher, dass dieses Sein mein originärer Seinszustand war. Das Sein der Pferde war auch für Menschen gut. Es sollte mein Normalzustand werden.

Ich schloss die Augen, atmete ruhig und tief, wurde eins mit Körper und Geist. Während ich in mich spürte, stellte ich mir vor, dass ich durch das Tor ging – das Tor in die Gegenwart der Pferde. Ich stellte mir das Weidegatter vor, öffnete es und ging hindurch. Ich merkte, wie ich ins Spüren kam, als ich vor meinem inneren Auge meinem Pferd entgegentrat. Ich merkte, dass ich es oft genug geübt hatte, sodass es mir jetzt gelang, nur mit einem inneren Bild durch das Tor zur Gegenwart zu gehen und ins gegenwärtige Sein zu gelangen. Es gelang mir, annähernd in den Zustand zu kommen, den ich empfand, wenn ich bei meinem Pferd war. Zufrieden lächelte ich. Das war jetzt meine neue Wunderübung. Durch das Tor in die Gegenwart der Pferde gehen, war meine Meditation. Am besten wirkte es, wenn ich es wirklich tat – des Spürens wegen. Aber es gelang mir auch, es als Fantasiereise durchzuführen.

Ich vermutete, dass das Sein das ich bei Pferden gelernt hatte, dieses einfach-Sein, dieses ganzheitlich-Sein, der Urzustand des Seins war. In diesem Urzustand des Seins konnte ich die Seele baumeln lassen, fühlte mich eins mit Körper, Geist und Seele, lebte im Hier und Jetzt, war einfach, wie ich war. Wenn ich in diesem Sein war, dann heilte ich, wurde ganz, war gegenwärtig zeitlos, fühlte mich gut, empfand wohlsein. Es war ein einfaches Leben, ein simples Sein – und doch war es so schwierig für moderne Menschen, es zu leben.

Es ist das ursprüngliche Sein. Bloße Existenz ist erfüllend. Das Sein macht das Leben. Jetzt verstand ich. Vielleicht hatte ich immer die falschen Fragen gestellt. Ich hatte gefragt: Wer bin ich? Wer soll ich sein? Wer will ich sein? Aber die wirklich lebensverändernde Frage lautete: Wie soll ich sein? Wie will ich leben? In welchem Seinszustand bin ich?

Hier schloss sich der Kreis: Die Philosophie des Seins ist wichtig. Das Sein der Pferde ist der Urzustand der Seele.

Das immerwährende gegenwärtige Sein

～

Die Schritte, die mein Pferd machte, waren wie meine eigenen. Meine Hüfte und meine Wirbelsäule schwangen in gleichmäßigen Bewegungen zum Schritt des Pferdes. Mein Nervensystem reagierte auf die Impulse des Pferdekörpers, als wäre es mein eigener Körper, der Impulse sendet. Meine Muskeln reagierten auf jedes Muskelzucken meines Pferdes. Meine Ohren lauschten in die Richtung, in die sich die Ohren meines Pferdes drehten. Das Schnauben aus der Tiefe der Lunge meines Pferdes löste auch bei mir ein Schnauben aus. Mein Körper bewegte sich locker und kraftvoll mit den raumgreifenden Schritten meines Pferdes. Der kraftvolle Schub der Hinterbeine meines Pferdes lief durch seine ganze Wirbelsäule hindurch bis zum Genick, aber auch durch meine Wirbelsäule bis zu meinem Genick. Mein Pferd kaute und auch ich lockerte meinen Unterkiefer. Ein Schweifzischen setzte meinen Arm in Bewegung, der sofort die Fliege am Rücken des Pferdes wegscheuchte – sein Rücken war wie mein eigener Rücken und ich wollte keine Fliege auf meinem Rücken haben. Ich spürte, dass sich die Muskeln des Pferdes spannten, die Schritte wurden kurz und verharrend. Der Blick des Pferdes war auf den Jägerstand gerichtet. Mein Körper war gefasst, er wusste, dass jederzeit ein Scheumanöver folgen konnte. Er war bereit, blitzschnell zu reagieren. Gleichzeitig blieb ich so entspannt wie möglich, um mein Pferd zu ermutigen, weiter zu gehen. Ich redete ihm gut zu, erklärte ihm, dass Jäger nicht auf Pferde schießen durften. Mit gespannten Tritten stakste Galante weiter. Als wir außer Sichtweite waren, schnaubte er, blieb stehen, schüttelte sich kräftig. Das Schütteln ging mir durch und durch. Aber irgendwie tat es gut. Wir hatten die Anspannung abgeschüttelt und konnten uns jetzt wieder entspannen. Die Muskeln wurden locker, die Schritte losgelassen. Wir schlenderten am langen Zügel den Feldweg entlang. Als mein Pferd plötzlich den Kopf hob und die Ohren nach vorne spitzte, hielt ich sofort Ausschau. Als ich eine Fußgängerin auf der anderen Seite des Gebüschs identifiziert hatte, gab ich Entwarnung, schnaubte erleichtert und entspannte mich wieder. Da schnaubte auch mein Pferd und entspannte sich. Galante schüttelte seinen Kopf, sodass die Ohren wackelten und die Mähne hin und her geworfen wurde. Auch ich schüttelte kurz den Kopf, um die Spannung im Genick und den Schultern zu lösen.

Mit aller Selbstverständlichkeit der Welt co-regulierten sich ein Menschenkörper und ein Pferdekörper. Sie führten intuitive Gespürgespräche und wurden immer mehr zu einem Körper mit zwei Seelen. Sie bewegten sich, als wären sie eine Einheit. Sie wurden eins. Eine zeitlose Ewigkeit war ich ganz eins – eins mit dem Pferd, mit Körper, Geist und Seele, mit dem Moment, der Welt, dem Leben und dem Sein. Einssein war ein besonders wohltuender und stärkender Zustand des Seins. Einssein war heilsam. Einssein heilte Getrenntsein, gespalten sein, sich nicht zugehörig fühlen, sich verloren fühlen, sich uneins fühlen und Einsamkeit. Es löste all diese Zustände einfach auf. Ich fühlte mich eins mit mir selber, mit Körper, Geist und Seele, mit den

Menschen, der Natur und dem Universum. Das Hier war unendlich, das Jetzt war ewig. Wenn ich Eins war, war es egal, wo ich war – ich spürte, dass ich am richtigen Ort zur richtigen Zeit war. Ich empfand ein Zugehörigkeitsgefühl. Ich fühlte mich verbunden und gleichzeitig frei. Ich war nicht einsam, ich war eins mit allem Leben.

Ich spürte, dass dieses Sein der Urzustand der Seele war. Es war die Heimat der Seele. Wenn ich in diesem Sein weilte, dann fühlte ich mich seelenruhig. Wenn ich innere Unruhe empfand, wenn mich die Sehnsucht umtrieb, dann musste ich durch das Tor ins ursprüngliche Sein gehen und dort in der immerwährenden Gegenwart leben. Dann stellten sich Seelenruhe und innerer Friede ein. Wahrscheinlich waren Menschen deshalb so versessen auf Pferde. Pferde waren Mittler zwischen den Welten. Sie konnten Menschen in die immerwährende Gegenwärtigkeit führen. Sie halfen Menschen einfach zu sein und das Leben zu spüren. Mit ihrer wortlosen Gespürsprache, stellten sie die Gedanken der Menschen ab und brachten sie dazu wahrzunehmen statt immerzu zu denken. Dann konnten die verkopften Menschen, die kopflastigen Denker, die Dauerphilosophen auch ins Spüren kommen und einfach sein.

Unsere Ausritte wurden immer ausgedehnter. Das Wissen, dass wir uns wortlos verständigen konnten, gab uns beiden Sicherheit. Die Co-Regulation unserer Körper ermöglichte es mir, mein Pferd zu beruhigen, wenn uns Unbekanntes begegnete. Ich ritt mit Galante in die Nähe der Gleise und wartete, bis ein Zug kam. Lange bevor der Zug zu sehen war, hörte man ihn. Mein Pferd spürte, dass ich ruhig blieb und schloss daraus, dass keine Gefahr drohte. Galante blieb ruhig stehen, während ein endloser Güterzug vorüber donnerte. Ich tätschelte ihm den Hals und ließ ihn zur Belohnung grasen. Es war faszinierend, mein Pferd vertraute mir, es verstand meine Körpersprache. Solange ich keine Angst hatte und ruhig blieb, blieb auch mein Pferd gelassen. Hätte ich Angst gehabt, dass etwas geschehen könnte, hätte ich damit mein Pferd verunsichert und verängstigt. Mein Körper konnte nicht lügen, er hätte dem Pferd vermittelt, dass Gefahr drohte. Dann wäre mein Pferd in Alarmbereitschaft gewesen und hätte vielleicht panisch die Flucht ergriffen, als der Zug sich näherte. Aber ich hatte Vertrauen gehabt – Vertrauen zum Leben, zum Pferd, zu mir. Mein Selbstvertrauen und mein wiedergewonnenes Lebensvertrauen ließen auch mein Pferd vertrauen. So meisterten wir alle Herausforderungen auf unserem Weg.

Als wir am Rückweg vom weichen Wiesenweg auf die Straße ritten, bemerkte ich, dass das linke Vorderbein nicht mit der gewohnten Entschlossenheit aufsetzte. Ich lauschte und nahm ein Geräusch beim Auffußen wahr. Sofort wusste ich, dass sich ein Stein im Huf verklemmt hatte. Ich überquerte die Straße, ritt noch ein Stück auf dem gegenüberliegenden Feldweg von der Straße weg. Dann hielt ich an, stieg ab, entfernte den Stein, warf noch einen Blick in die anderen Hufe und ging den Rest des Weges zu Fuß. Die Beine des Pferdes waren wie meine eigenen. Die Bewegung war so vertraut, ich spürte es, wenn eines meiner Beine unregelmäßig auftrat.

Nach dem ausgedehnten Ausritt brachte ich mein Pferd zurück in den Stall. Galante aß gemächlich von seinem Heuhaufen und schnaubte zufrieden. Er hielt den Kopf tief gesenkt und ließ die Ohren entspannt zur Seite hängen. Ich kraulte ihn mit beiden Händen um die Ohren und kratzte ihn an den Ganaschen und an der Kehle. Er hielt seinen Kopf her und befeuerte mich weiter zu kratzen, indem er seinen Kopf drehte und zu meinen Händen hin schob. Schließlich streichelte ich sein Gesicht und als er seinen Kopf an mich drückte, umarmte ich ihn. Als ich den großen Kopf meines Pferdes in den Händen hielt, hatte ich das Gefühl, ein Wunder zu erleben. Dieses schöne weiße Pferd, dieses faszinierende Lebewesen, dieses weise Tier war mein Gefährte geworden. Ich spürte Dankbarkeit. Ich empfand es als große Ehre, dass dieses Pferd mich als Gefährten akzeptierte. Ich fühlte mich auserwählt. Es war eigentlich schon wundersam – diese Lebewesen, dieses Leben – war es nicht erstaunlich, dass ein Pferd und ein Mensch so enge Freunde wurden?

Ich setzte mich ins Stroh und bewunderte staunend mein Pferd. Das Faszinierende war, dass es mich mehr und mehr in seinen Bann zog, je länger ich es ansah und je mehr ich mich darüber wunderte, dass dieses Wesen mein Freund und Gefährte geworden war. Ich sah zu, wie Galante Heu aß und zwischendurch am Stroh knabberte. Ich bemerkte wieder, dass sich das Wohlsein in mir ausgebreitet hatte. Es war überall, es erfüllte mich, es füllte mein ganzes Sein. Ich empfand es, als ob das Wohlsein in jeder Zelle wäre. Dort wo einst der Schmerz gewesen war, der Schmerz in den Zellen, der Nervenschmerz, dort war jetzt Wohlbefinden. Ich erinnerte mich an meine Hypothese der somatischen Seele, die ich aus dem Zellenschmerz, den Nervenschmerzen abgeleitet hatte. Jetzt fühlte ich mich seelenvoll, empfand Wohlsein, wenn ich ganz im Sein war – mit spüren und denken. Vielleicht heilten Pferde dadurch, dass sie das ursprüngliche Sein lehrten. Wenn man den Urzustand des Seins wieder gelernt hatte, dann kam die Seele zurück. Man verlor den Kontakt zur somatischen Seele durch Trauma, man empfand Verlust der Seele, Dissoziation, Gefühllosigkeit. Wenn man wieder spüren lernte, Gespür, Gegenwärtigsein, Ganzsein übte, dann spürte man auch die Seele wieder. Der Urzustand des Seins war die Heimat der Seele.

Die Seele war aus philosophischen Gründen vom Körper getrennt gedacht worden. Es war der Preis der Unsterblichkeit. Um die Seele als unsterblich denken zu können, musste sie als getrennt vom Körper gedacht werden, da der Körper offensichtlich sterblich war. Aber dieses Denken des geteilten Seins war nicht gesund. Für mich war der Preis zu hoch. Ich war nicht bereit, einen Tag länger mit der Trennung von Körper, Geist und Seele zu leben. Ich wollte eins sein. Eins zu sein war heilsam. Dieses eine Leben, das ich hatte, das wollte ich so leben und nicht anders. Was danach kam, wusste keiner. Die Unsterblichkeit der Seele zu behaupten war ein Ausweg um die eigene Sterblichkeit nicht anerkennen zu müssen. Es war typisch menschlich, Menschen wollten sich ihre größte Angst nicht eingestehen.

Die Pferde kennen einen anderen Weg. Sie leben ganz im Sein. Pferde leben in der immerwährenden Gegenwart, in der Ewigkeit des Moments. Dort sind sie unsterblich.

Ich schritt durch das Tor zur immerwährenden Gegenwärtigkeit, das mir die Pferde gezeigt hatten. In jenem Sein fand ich Seelenruhe. Das Sein der Pferde ist auch der Urzustand des Seins der Menschen. Es ist die Heimat der Seele.

Der Hauch des Atems

~

Ich fühlte mich beseelt. Es waren einfach die Worte, die meinen Zustand erfassten. All das Seelenvolle war in mein Leben zurückgekehrt. Ich fühlte mich erfüllt und spürte das Leben in vielen kleinen alltäglichen Momenten. Schon beim Aufwachen bemerkte ich dieses Wohlsein, die Wärme, die Dankbarkeit für ein Bett und eine durchschlafene Nacht. Ich fühlte mich wohl in meinem Körper – obwohl er älter geworden war, war er gesünder und stärker denn je. Ich empfand Dankbarkeit dafür gesund zu sein und leben zu dürfen. Jeder Augenblick meines Lebens fühlte sich sinnvoll an.

In dem Moment als mein Pferd mich mit dem Hauch des Atems begrüßte, begriff ich, dass das Leben heilig war. Das Leben selbst war der Sinn des Lebens. Das Leben war heilig. Ich war heilig. Ich war ein Lebewesen. Mein Pferd war heilig, er war ein lebendiges Wesen. Für mich war es vollkommen klar, dass Pferde eine Seele hatten – sie waren lebendig, sie hatten eine Psyche, sie konnten denken und fühlen, lernen und spüren, sie hatten Gerechtigkeitssinn und waren sozial. Ich ehrte das Leben als einziges Heiligtum. Ich achtete auch das Leben anderer und versuchte, möglichst so zu leben, dass niemand meinetwegen sein Leben lassen musste. Für jedes Lebewesen war das Leben alles, was es hatte. Ich ernährte mich pflanzlich und versuchte, so umweltfreundlich, nachhaltig, sozial und ethisch wie möglich zu leben.

Die Ideologie der vom Körper getrennten Seele machte es auch möglich, zu behaupten, nicht alle Lebewesen hätten eine Seele. Das, obwohl alles darauf hindeutete, dass Seele – Anima – Psyche – das war, was Lebewesen eben ausmachte. Der Atem war der Lebensodem, waren nicht alle Lebewesen beseelt, die atmeten? Aber die Behauptung, nicht alle lebendigen Wesen hätten eine Seele, war praktisch. Somit konnte man legitimieren, dass man Tiere töten durfte, denn sie waren ja bloß seelenlose Lebewesen. Würde man den Gedanken erlauben, die Seele wäre somatisch, körperlich oder sonst irgendwie mit den Zellen, dem Nervensystem, dem lebendigen Körper verbunden – nein, das wäre undenkbar, denn dann müsste man ja auch Tieren eine Seele zugestehen. Aber die Ausbeutung der Tiere war den Menschen wichtiger als die Wahrheit. Lieber lebten sie mit ihren Lügen, als sich der Wahrheit zu stellen. Sie vermieden es tunlichst in den Spiegel der Seele zu blicken, denn dort könnten sich Abgründe offenbaren. Lieber niemals die eigenen Verhaltensweisen und Lebensgewohnheiten hinterfragen, lieber stur im rechthaberischen Ego verharren als das wahre Selbst und das ehrliche Sein zu suchen. Lieber sich niemals die eigenen Schwächen eingestehen müssen, lieber niemals die eigenen Schattenseiten wahrhaben müssen, besser nie zugeben müssen, dass man selbst etwas falsch gemacht hatte und andere Lebewesen ungerecht behandelte. Lieber kein Empfinden zulassen, dann konnten sich auch keine empathischen Gefühle regen.

Ich selbst war auf der Suche nach philosophischer Selbstfindung auf die Ontologie gestoßen – die Philosophie des Seins. Ich hatte durch das Studium, die

Forschung, neue Ontologien entdeckt, die den kartesianischen Dualismus überwanden und neue Denkansätze lieferten. Schlüsselbegriffe, die mir von meinem Studium der wissenschaftlichen Literatur in Erinnerung geblieben war, waren „embodied practice", „sensed practice" und „somatic sensibilities".[1] Nach dem Abschluss meines Doktorats hatte ich mich auf der Suche nach meiner Seele, im Streben nach Heilung mit Literatur der Psychotherapie und der Traumatherapie befasst. Vom Studium der therapeutischen Literatur waren mir besonders die Begrifflichkeiten „felt sense" und „somatic experiencing"[2] in Erinnerung geblieben. Auffallend waren für mich die Parallelen gewesen und ich hatte geahnt, dass darin der Schlüssel lag. Die Worte wirklich verstanden hatte ich aber erst, als ich das Sein der Pferde erlebt hatte, es mit allen Sinnen lebte.

Ich hatte so vieles gelesen und so viel gewusst, trotzdem war es mir lange Zeit nicht gelungen, zu heilen. Jahrelang hatten mich Schlaflosigkeit, Kopfschmerzen, Magenprobleme, Hautprobleme und Husten geplagt. Lange Zeit hatte ich es nicht geschafft, mein Wissen in die Praxis umzusetzen. Das Wissen um den Weg der Heilung alleine nützte nichts, wenn man ihn nicht wirklich ging. Es war, als hätte man eine Landkarte auf der der Weg eingezeichnet war, aber man ging nicht los. All das verstand ich jetzt im Nachhinein.

Mich hatte das Pferd auf den Weg gebracht. Galante hatte mich durchs Tor gelockt und mich herausgefordert, den Weg zu gehen. Er hatte von mir verlangt Gewahrsein, Gespür und Gegenwärtigsein zu üben. Ich hatte es von mir selbst verlangt, um meinem Pferd gerecht zu werden. All das hatte ich vorher schon gewusst, aber nicht geübt. Erst durch die regelmäßige Übung hatte die Wirkung eingesetzt. Ja, das Heilmittel wirkte nur, wenn man es auch anwendete. Als ich die Wirkung spürte, verstand ich erst wirklich, was die Worte bedeuteten.

Das Spüren, das Erleben, das Sein bei vollen Sinnen war auch eine Erkenntnismethode. Ich hatte dadurch meinen Körper besser zu verstehen gelernt, aber auch mein Pferd. Ich hatte den Kern der Bedeutung durch Spüren erfasst, durch erleben, durch ganzheitliches Sein. Jetzt hatte ich ein erlebtes Verständnis von Traumaheilung, von der Philosophie des Seins, aber auch von der Reitkunst und der Pferdesprache. Auf der Wiese bei den Pferden hatte ich gemerkt, dass die Kopfschmerzen verflogen, weil ich Gewahrsein geübt hatte. Da hatte ich erstmals wirklich verstanden, warum die Übung des Gewahrseins gegen Leiden half. Bei meinem Pferd hatte ich den Sinn des Lebens gespürt, den ich jahrelang vergeblich in unzähligen Büchern in den größten Bibliotheken in London und Wien gesucht hatte. Durch das Zusammenwirken von Spüren und Denken war ich zu meiner philosophischen Selbstfindung gelangt, zu Sinnfindung, zu Seelenruhe.

Durch Gegenwärtigsein, Gewahrsein, Gespür war der Schmerz in den Zellen geheilt, die Albträume von schönen Erlebnissen übermalt worden und der Angstzustand einem Lebensvertrauen gewichen. Während es geschah, hatte ich es nicht bemerkt, erst jetzt im Nachhinein nahm ich wahr, dass etwas in mir geheilt war. Es war Wohlsein, wo einst Schmerz gewesen war, Vertrauen wo einst Angst war, Gelassenheit anstelle von Anspannung, Leichtigkeit anstatt Verkrampftheit, Ruhe statt Rastlosigkeit, Erfüllung statt Sinnentleertheit. Ohne ein Wort zu sagen, hatte mich mein Pferd therapiert. Keine Redekur wirkte solche Wunder. Gewahrsein, Gegenwärtigsein, Gespür, das waren die Heilmittel, die bei mir gewirkt hatten.

Das Wohlsein hatte sich in meinem ganzen Körper ausgebreitet und füllte immer mehr von meiner Existenz. Die Phasen der Anspannung, die Episoden des Gestresstseins, wurden immer kürzer und wenn ein Funke der Angst sich in mir entzündete, wurde er von Zuversicht begrenzt, wie eine schwimmende Kerze in einer Schale Wasser. Gerade bei einfachen, alltäglichen Tätigkeiten empfand ich oft diese stille Zufriedenheit – beim Kochen und essen, beim Schlafen und ruhen, beim Gehen und Gärtnern. Diese alltäglichen Tätigkeiten waren nicht sinnentleert, ich empfand sie nicht als zeitraubend und nervend, es war ein Luxus, sich Zeit nehmen zu können, um zu kochen, es war eine Wohltat gut essen zu dürfen, ich war dankbar dafür, mir gutes Biogemüse leisten zu können, ich empfand es als ein Geschenk gehen zu können, es war ein Wunder, dass aus den kleinen Samen, die ich in die Erde gesteckt hatte, Pflanzen wuchsen, die ich essen konnte. Ich optimierte meine Ernährung und die meines Pferdes. Ich kaufte hochwertiges kaltgepresstes Leinöl, um unseren Omega3 Bedarf zu decken. Ich mischte selber mein Frühstücksmüsli mit den besten Zutaten und ich mischte selber ein getreidefreies Mash aus eingeweichten Heucobs und geschroteten Leinsamen für mein Pferd. Ich kaufte eine Bio-Artischoke, fütterte die äußeren Blätter meinem Pferd und aß selbst die zarten inneren Blätter. Ich schrotete Leinsamen und mischte sie ins Mash und in mein Müsli. Ich keimte Bockshornkleesamen und Alfalfa, streute sie in die Salatschüssel und den Futtertrog. Ich entsaftete rote Rüben, Fenchel und Äpfel. Den Saft trank ich, die Fasern aß Galante. Ich machte Kräuterwanderungen mit meinem Pferd, sammelte Brennnesselsamen, Hagebutten und Mariendistelblüten. Ich beobachtete mein Pferd beim Auswählen von Gräsern und Kräutern und erforschte mit Hilfe einer App deren Namen und Wirkung. Auf der Terrasse pflanzte ich Salate und Kräuter an. Ich sammelte und trocknete Kräuter und Rosenblüten, um im Winter das Mash mit Blütenblättern und Kräutern zu garnieren. Für mich selbst machte ich Rosenblütentee und Kräutertee. Immer wenn ich mit meinem Pferd grasen ging, bekam ich einen riesigen Gusto auf Salat. Ich machte mir täglich eine große Schüssel voll mit den verschiedensten Blättern, die ich teilweise am Bauernmarkt erstand und teilweise selbst anpflanzte. Rucola, Basilikum, Petersilie und Endiviensalate wuchsen auf meiner Terrasse. Ich bemerkte, dass sich mein Studium der gesunden Ernährung für Pferde auch auf meine Futterrationen auswirkte. Bald war Bierhefe in jeder Suppe, Leinöl am Salat, Brennnesselsamen auf dem Salat, geschrotete Leinsamen im selbstgemachten Brot, Pfannkuchen, Kuchen und Müsli, Schwarzkümmelsamen in der Gemüsesauce und Mariendistelsamen im Pesto. Nachdem mein Pferd ein hochwertiges Mineralfutter bekam, um sicherzustellen, dass er stets optimal mit Nährstoffen versorgt war, kaufte ich auch für mich Nahrungsergänzungsmittel. Ich verwöhnte mich selbst und mein Pferd. Mein Körper dankte es mir. Er ließ es mich merken. Ich fühlte mich noch wohler in meiner Haut. Kopfschüttelnd dachte ich zurück an die Zeit, in der ich mich von Kaffee, Bier und Brot ernährt hatte. Wie konnte ich nur? Aber diese Zeiten waren jetzt vorbei. Ich fühlte mich so gut wie nie zuvor. Älter werden bedeutete, fitter zu werden, gesünder zu leben – bei mir jedenfalls.

Wenn ich auf meinem Pferd ritt, empfand ich es als Wunder so ein schönes Pferd zu haben und es reiten zu dürfen. Das Leben war der Sinn des Lebens. Alles Leben war heilig. Das ganze Leben war erfüllt.

Ich war hier und jetzt angekommen. Ich war nicht mehr auf der Flucht vor der Vergangenheit. Ich hatte keine Angst vor der Zukunft. Ich fand Ruhe und Frieden in der Gegenwart.

Ich stand mit meinem Pferd Kopf an Kopf, Nüster an Nasenloch. Wir atmeten ruhig ein und aus und spürten den Hauch des Atems des anderen. Ich spürte, dass gemeinsam zu atmen eine angenehme Tätigkeit war, die unter Menschen viel zu wenig praktiziert wurde. Ich nahm mir Zeit, um mit meinem Pferd gemeinsam zu atmen. Mein Pferd nahm sich Zeit, um mit mir gemeinsam zu atmen. Lange Zeit rührte er sich nicht von der Stelle, sondern hielt mir seine Nüster entgegen. Ich spürte seinen Atem. Ich fühlte mich berührt. Pferde berührten, ohne zu berühren. Pferde berührten mit dem Hauch des Atems. Bündnisse wurden so besiegelt. Ich ließ mich darauf ein. Ich spürte, dass dem Atem besondere Bedeutung zu kam – in der Sprache der Pferde wie im Leben.

Die Seele war der Hauch des Lebens, der Atem belebte das Sein, machte uns lebendig. War es dann nicht naheliegend, dass alle lebenserhaltenden Tätigkeiten seelenvoll waren? Keiner konnte vom Denken allein leben. Es müsste heißen: Ich atme, also bin ich. Oder: Ich spüre, also bin ich.

Ritt zum Seelengrund

~

Ein weißes Pferd stand still im ruhigen Wasser des Sees. Eine Frau saß auf seinem Rücken. Sie betrachtete ihr Spiegelbild im klaren Wasser. Sie sah sich selbst und gleichzeitig sah sie zum Grund des Sees. Steine, Seerosen, Fische – unter der spiegelnden Wasseroberfläche lag eine Welt. Sie blickte auf und sah am Himmel die Sonne und den Mond.

Ich war barfuß und berührte mit der Zehe die Wasseroberfläche. Voller Faszination sah ich in das klare Wasser. Wie unfassbar klar es war. In der Ferne war das Wasser blau. Wie schön es war. Wie sanft es meine Zeh berührte. Wie wohl das Wasser tat, dem Körper und der Seele. Das Pferd schnaubte Wellenringe ins Wasser. Ich sah kleine Fische im klaren Wasser. Sie flitzen um die Pferdebeine. Immer mehr Fische formierten sich zu einem Schwarm, der fließend wie das Wasser um die Pferdebeine floss. Die Fische waren blitzschnell und bewegten sich in perfekter Harmonie miteinander.

Als ich aufsah, erspähte ich am Himmel eine Vogelschar, die in der Luft faszinierende Formationen flog. Die Stare sammelten sich für den Flug in den Süden. Die Vögel bewegten sich fast wie ein einziger Organismus. Diese perfekte Abstimmung konnte nur gelingen, wenn jeder Einzelne absolut präsent und achtsam war, in vollkommener Hingabe an das Miteinander.

Ich saß auf dem Rücken meines Pferdes und staunte. Ich

fragte mich, ob die Vögel auch staunten, wenn sie mich und mein Pferd tanzen sahen. In diesem Moment verstand ich, dass Hingabe der Schlüssel zu einem erfüllten Leben war. Ich wusste, dass ich meine Essenz spürte, wenn ich ganz eins war mit meinem Pferd, mit dem gegenwärtigen Moment und mit der Welt. Wenn ich lebte mit voller Hingabe an das Leben, dann wurde ich auch eins mit mir selber. Ich spürte, dass ich mich selbst fand, in dem Moment als ich das Ego losließ, wurde ich mein Selbst. In der Verbundenheit, der Hingabe, der Harmonie, der Losgelassenheit spürte ich erneut, was der Sinn des Lebens war: Das Leben selbst.

Eine Weile saß ich still da und ließ diesen vollkommenen Augenblick auf mich wirken. Es war ein perfekter Moment. Das schöne Pferd stand im stillen Wasser. Ich war ein Teil des perfekten Moments. Ich gehörte auch in diese Welt, in diesen Augenblick, ins Hier und Jetzt. Ich betrachtete mein Spiegelbild im Wasser. Obwohl die Wasseroberfläche spiegelte, konnte ich gleichzeitig auch bis zum Grund des Sees sehen, wo runde Steine in allen Größen und Farben lagen. Die Wasseroberfläche war ein Spiegel und darunter lag der Grund des Sees. Das Wasser war klar, durchsichtig, aber spiegelte gleichzeitig. Ich sah gleichzeitig die Vögel am Himmel, die Fische im Wasser, mein Pferd und mich. War das Wasser der Spiegel der Weltseele? War das Gefühl der Verbundenheit mit allem was lebt, die Gesamtheit aller Seelen, das was man Weltseele nannte?

Ich glitt lautlos vom Pferderücken ins Wasser. Ich fühlte mich eins mit der Welt. Als ich ins Auge meines Pferdes sah, wusste ich, dass ich mich selbst erkannt hatte.

Selbsterkenntnis war ein Gefühl. Ich spürte, dass ich in die Welt gehörte. Ich spürte, dass ich lebte. Ich spürte den Puls des Lebens. Ich spürte, dass mein Herz galoppierte. Ich spürte, dass wir eins waren, ich, mein Pferd, die Vögel, die Fische. Wir alle lebten, waren lebendig, waren von Leben erfüllt und erfüllten die Welt mit Leben, wir alle nahmen am Leben teil, wir alle teilten die Erde. Am Horizont wurden sogar der See und der Himmel eins. Das Hier war unendlich. Das Jetzt war ewig. Ich spürte das Wasser an meiner Haut, ich atmete tief die frische Luft ein. Mein Pferd schnaubte laut und blies Kreise ins Wasser. Er nahm einen tiefen Atemzug und hielt dann seine Nüster an meine. Er hauchte mich sanft an.

Ich fühlte mich beseelt. Der Hauch des Atems meines Pferdes hatte meine Seele berührt. Ein Gefühl der Glückseligkeit breitete sich in mir aus, wie die Kreise die mein Pferd ins Wasser blies. Ich wusste, mein Leben würde erfüllt sein, voll, voller Leben, voller Hingabe, voller Leichtigkeit, voller Verbundenheit. Mein Leben war seelenvoll. Ich wusste, ich würde in der Ewigkeit des gegenwärtigen Moments leben, mich unsterblich fühlen in unzähligen Augenblicken, im Sein der Pferde zeitlos verweilen, in der Gegenwart der Pferde in vollen Zügen das Leben genießen.

Das Wasser war kühl und erfrischte mich. Es war fließend. Es beruhigte meine Sinne. Mit einem Mal hatte ich das Gefühl, dass ich gerade zu meinem Seelengrund geritten war. Das weiße Pferd hatte mich hierher gebracht. Die Mythen mussten einen wahren Kern haben. Pferde waren Mittler zwischen den Welten. Mein

Pferd hatte mir das Tor zur immerwährenden Gegenwart gezeigt, mein Pferd hatte mich auf einen Ritt zum Seelengrund mitgenommen. Hier hatte ich gespürt, dass in mir etwas Heiliges war – das Lebendige in mir war heilig.

Im Grunde meines Seins, am Grunde meiner Seele, wollte ich nichts sehnlicher als einfach zu sein, zu leben in voller Hingabe an das Leben, sinnerfüllt, seelenvoll. Was meine Seele wirklich brauchte, war das einfache Sein, das man von Pferden lernen konnte. Die Simplizität des Seins und des Lebens musste man spüren, um sie verstehen zu können. Nichts war heilsamer als eins zu sein im gegenwärtigen Moment, sich selbst zu spüren mit Körper, Geist und Seele, eins zu werden mit dem Puls des Lebens, dem galoppierenden Herzschlag, dem Rhythmus der trommelnden Hufe, zu leben in vollen Atemzügen.

Lebensvertrauen

~

Ich hatte mir Urlaub genommen. In mir hatten sich so viele Gedanken und Gefühle, Erfahrungen und Wahrnehmungen, Erlebnisse und Erkenntnisse gesammelt, ich brauchte Zeit für mich um all das zu verarbeiten. Ich hatte schon lange keinen Urlaub mehr genommen. Die ersten Jahre mit meinem jungen Pferd waren anstrengend gewesen und ich hatte meinen Urlaub gespart für Notfälle, falls das Pferd krank werden sollte oder ich mich wieder auf Stallsuche machen müsste. Aber nach einer jahrelangen Odyssee hatte ich jetzt endlich den passenden Stall für uns gefunden. Endlich konnte ich aufatmen! Wie schwer die Last war, die ich getragen hatte, merkte ich erst, als sie von meinen Schultern wich. Jetzt war es Zeit für eine Auszeit.

Was ich denn für meine Urlaubszeit geplant hatte, erkundigte sich eine Freundin, die ich zum Mittagessen getroffen hatte.

„Writing & Riding Retreat," hatte ich geantwortet, ohne dass ich mir das vorher überlegt hatte. Ich wollte mich zurückziehen und mich ganz dem Schreiben und dem Pferd widmen. Schreibkunst und Reitkunst waren die Künste, die mich bewegten.

Sie nickte. Sie verstand. „Schreibst du wieder?"

„Hmmm... naja, ich habe ein paar Erlebnisse und Erkenntnisse notiert in den vergangenen Jahren. Ich war aber bis jetzt zu angespannt um wirklich zu Schreiben. Aber ich hoffe, dass meine Kreativität jetzt wieder zurück kommt, wenn ich endlich eine Auszeit habe."

Ich verharmloste meinen Schreibdrang. In Wirklichkeit verspürte ich ein drängendes Gefühl, das mich mahnte endlich wieder zur Feder zu greifen und Geschichten zu schreiben. Etwas in mir wusste, dass die Erkenntnisse, die ich gehabt hatte, wertvoll waren. Sie waren es wert aufgeschrieben zu werden. Mehr noch, vielleicht waren sie es sogar wert gehört, geteilt, publiziert, veröffentlicht zu werden? Da ich aber selbst daran zweifelte, dass ich jemals den Mut aufbringen würde, um das Geschriebene zu veröffentlichen – zu groß war meine Angst davor Ablehnung und Kritik zu ernten, statt Anerkennung und Lob – tat ich so, als würde ich bloß gelegentlich Notizen machen, ohne irgendwelche Ambitionen. Insgeheim wünschte ich mir, eine angesehene Schriftstellerin zu werden. Aber daraus konnte nichts werden, wenn ich eine heimliche Schreiberin blieb. Wenn ich Autorin sein wollte, musste ich veröffentlichen. Davor hatte ich Angst, denn es würde meine Verletzlichkeit offenbaren.

Persönliche Gedanken zu teilen, die eigene Lebensphilosophie zu formulieren, Worte zu finden für Gefühle, zu offenbaren, dass ich mit Pferden sprach – und mehr noch, mich von Pferden belehren ließ – all das in einer Welt, in der Pferde nur Nutztiere waren und geschlachtet werden konnten, in einer Gesellschaft, die Tieren die Seele und das Bewusstsein absprach, um sie guten Gewissens ausbeuten zu können, das bedeutete natürlich, dass ich mit meinen Ansichten auf Ablehnung stoßen würde. Der cartesianische Dualismus war tief im

Denken der Menschen verankert und beeinflusste besonders das Gedankengut jener Menschen, die sich noch nie im Leben aktiv mit Fragen der Philosophie des Seins auseinandergesetzt hatten. Auch wenn es tausendfach widerlegt war, solange es Menschen gab, die nicht weiterdachten – und nicht spürten – entwickelte sich die Gesellschaft auch nicht weiter.

So oder so – ob ich jemals veröffentlichen würde, was ich schrieb, das war jetzt nicht die dringlichste aller Fragen. Wichtig war jetzt erst einmal, dass ich wieder zu schreiben begann.

Als ich am Morgen meines ersten Urlaubstags bei der ersten Dämmerung aufwachte, wollte etwas in mir faul sein, liegen bleiben und einfach noch weiter schlafen. Aber dieses drängende Gefühl in mir ließ mich nicht länger ruhen. Ich hatte Ideen. Ich wurde aufgeregt. Es waren gute Ideen. Ich hatte das Gefühl, jetzt unbedingt sofort aufstehen und die Ideen aufschreiben zu müssen. Ich wusste, dass Ideen flüchtig waren. Wenn ich sie nicht gleich erfasste und sofort festhielt, könnten sie wieder weg sein. Sie tauchten auf und verdunsteten sofort wieder, wenn man sie nicht rechtzeitig zu fassen bekam. Ich schlug die Bettdecke zurück, stand auf, schaltete den Computer an, öffnete ein neues Dokument. Meine Finger legten sich auf die Tastatur und begannen zu tippen.

Der Wecker klingelte und riss mich aus den Gedanken. In weiser Voraussicht hatte ich den Wecker gestellt, wohlwissend, dass ich die Zeit vergessen würde, wenn ich in den Schreibfluss geriet. Es war zwei Uhr nachmittags – Zeit den Schreibkunstteil des Retreats zu beenden und zur Reitkunst überzugehen. Die Kochkunst kam eher zu kurz in diesem Urlaub. Schnell kochte ich Spaghetti, während ich mich umzog. Ich aß ein paar Bissen und ging dann los. Ich machte einen langen Spaziergang mit meinem Pferd. Ich musste meine Gedanken sortieren. Tausend Ideen hatten meinen Kopf geflutet. Es war wie eine Woge der Kreativität gewesen, die mich mit sich riss. Lange Zeit hatte ich gar keine Kreativität verspürt. Ich hatte schon geglaubt, dass meine Quelle der Inspiration versiegt war und meine Schreibkünste für immer schlummern würden.

Aber vielleicht war es wirklich so, wie es die antike griechische Mythologie erzählte: Wenn man in den Spiegel sah, dem Grauen den Kopf abschlug, löste sich die Versteinerung auf und daraus entsprang Pegasus, das geflügelte Pferd, das mit dem Huf auf die Erde stampfte und fortan sprudelte die Quelle der Inspiration. Wem es gelang, den Zustand der Erstarrung aufzulösen, der setzte damit Energien frei. Wer es schaffte, aus der Verletztheit heraus zu treten und in die eigene Schöpferkraft zu kommen, dem passierte das Leben nicht, der gestaltete das Leben. Die Ohnmacht wich vor der Kreativität zurück.

Ich erinnerte mich nur zu gut an dieses Gefühl, vom Leben ungerecht behandelt zu werden. Ich kannte das Gefühl des Misstrauens dem Leben gegenüber, das so grausam sein konnte, mir schon in der Jugend den Vater geraubt hatte, meine Familie traumatisiert hatte und dann auch noch vorzeitig das Pferd getötet hatte, das mir ein treuer Gefährte in dieser schweren Zeit gewesen war. Lange Zeit hatte ich dem Leben misstraut. Ich hatte das

Vertrauen zum Leben verloren. Ohne Vertrauen zum Leben zu leben – was das bedeutete! Es war wie eine Verdammnis. Man lebte in einer feindlichen Umgebung. Man war ständig auf der Hut. Man konnte dem Leben nicht trauen. Man erwartete den nächsten Schicksalsschlag. Glück kam einem trügerisch vor. Man wagte es nicht, glücklich zu sein. Es konnte jeden Moment so weit sein und der Tod würde wieder mit aller Grausamkeit zuschlagen. Das Schmerzgedächtnis erinnerte sich nur zu gut daran, wie weh es getan hatte – damals als die heile Welt zerbrochen war, damals als Glück vom Unglück verschluckt wurde, als Freude von Leid überschattet wurde. Die Welt lag in Schutt und Asche. Der Schmerz blieb. Der Schatten blieb. Das Misstrauen blieb.

Aber irgendwie war ich wie neugeboren, wie ausgewechselt. Obwohl ich es nicht für möglich gehalten hatte, dass ich dem Leben jemals wieder vertrauen könnte, stellte ich neuerdings immer wieder erstaunt fest, dass ich glücklich war. Das Lebensvertrauen meines Pferdes hatte mich verwandelt. Mein Pferd hatte mir vorgelebt, wie man leben sollte. Mein Pferd strotzte vor Lebensmut, ging mit zuversichtlichen Schritten durchs Leben, war stets wachsam und reagierte schnell bei Gefahr, aber entspannte sich gleich wieder bei Entwarnung. Bedrohungen waren momentan. Sie zerstörten nicht das ganze Leben. Man musste mit Lebensvertrauen leben – jeden Moment, unzählige Momente immerwährender Gegenwärtigkeit, bis zum letzten Augenblick. Jetzt hatte ich es wiedergefunden, dieses Vertrauen zum Leben. Erst jetzt verstand ich, dass ich all die Jahre in Erstarrung verharrt war.

Allmählich wuchsen die Notizen, die ich über viele Jahre hinweg gemacht hatte zu einem Buch heran. Seite um Seite füllte sich mit Erlebnissen und Erkenntnissen, die ich im Beisein der Pferde gehabt hatte. Vielleicht würde ich durch mein wachsendes Lebensvertrauen auch irgendwann den Mut fassen, dieses Buch zu veröffentlichen?

Die mit dem Pferd tanzt

~

Ich entsann mich, dass ich ja früher schon meine Erkenntnisse und Erlebnisse festgehalten hatte. Ich begann in meinen alten Notizbüchern zu stöbern. Schon seit ich ein Kind war, hatte ich stets ein Büchlein gehabt, in dem ich Gedanken aufgeschrieben hatte, gezeichnet hatte und das ich meistens bei mir getragen hatte. Ich nahm eines der Notizbücher aus der Kiste und begann darin zu blättern. Auf der Seite, die aufschlug, las ich, was ich vor vielen Jahren geschrieben hatte:

Als mir mein Pferd ein „Höhöhöhmmmhmm" zur Begrüßung grummelte, machte mein Herz – gerade eben noch ein Packesel, der von der Last erdrückt zu werden drohte – riesige Galoppsprünge, und warf die Lasten des Alltags ab. Mit einem Mal waren alle Sorgen der Welt verschwunden. Ich ging mit dem Pferd über die Weide hinauf in den Wald. Als das Weidegatter ins Schloss fiel, hatten wir die eine Welt verlassen. In jenem Moment, als wir den Waldboden betraten, verwandelte sich alles um uns in eine Zauberlandschaft. Goldene Sonnenstrahlen leuchteten durch die Bäume. Es war, als beträten wir einen festlichen Prunksaal der Natur. Die dicken Baumstämme waren mächtige Säulen, die hoch oben über uns ein gewaltiges Blätterdach aus tausendgrünen Blättern trugen. Durch die Decke brachen phantastische Licht- und Leuchtstrahlen und erfüllten den riesigen Saal mit einem zauberhaften goldenen Schein. Tausend Tautropfen glitzerten an den Blättern der Bäume. Das Bächlein plätscherte eine idyllische Melodie. Der Wind flüsterte ein Lied. Die Vögel zwitscherten, die Bienen summten, die Bäume knarrten. Es war ein wahres Waldorchester. Die Erde des Waldes war feucht nach dem Sommerregen und erfüllte die Luft mit einem erdigen Duft. Der Boden war weich und federte. Er war mit Buchenlaub bedeckt, wie ein roter Teppich auf dem wir dahin schritten. Dieser wundervolle leuchtende Waldsaal lud zu einem Tanz. Mein Pferd begann übermütig zu tänzeln. Sie schwang herausfordernd ihren Kopf und warf ihre lange Mähne hin und her. Den Schweif trug sie hoch. Sie schnaubte mich aus großen Nüstern herausfordernd an. Sie schien heute nichts von einem gemütlichen Schlenderspaziergang zu halten. Ich nahm die Aufforderung zum Tanz an und wir liefen durch den Saal, tanzten im Kreis und die ganze Länge auf dem rotorangen Laubteppich entlang, einmal schnell und wieder langsam, vor, zurück und rundherum. Wir wurden eins, ein Paar, das durch den Festsaal tanzte. Es gab nur uns beide, wir verloren uns, verschmolzen und tanzten miteinander wie eine Einheit. Alles war wie ein Zauber. Als der Wind aufhörte zu singen, hielten wir inne. Ich konnte nicht sagen, wie lange wir getanzt hatten. Ich konnte mich nicht erinnern, nach den ersten paar Schritten noch geführt zu haben, aber ich war auch nicht geführt worden. Es war, als wären wir wie von Zauberhand in ein Wesen verwandelt worden. Ich war völlig außer Atem, aber mein Herz schlug nun nur aus Freude. Mein Pferd hatte die bessere Kondition und war noch lange nicht müde. „Ich kann nicht mehr. Für den zweiten Akt musst du mich tragen." Sie schnaubte laut, nickte ungeduldig und schubste mich. Das hieß wohl „ja, aber jetzt gleich!" Ich lief zum nächsten Baumstumpf und stellte mich darauf und wartete, bis mein Pferd kam. Sie schaute erst skeptisch, dann sah sie sich im Tanzsaal um. Dann sah sie wieder zu mir. Dann kam sie geradewegs heran und blieb genauso stehen, dass ich auf ihren Rücken gleiten konnte. Sie hielt es nicht für

nötig, mich zurecht setzen zu lassen und trabte gleich los. Ich ließ
mich tragen, genoss einen wundervollen Ritt durch einen festlich
geschmückten Wald, und meine Seele schwebte über uns und
flatterte wie eine Fahne im Wind.

Ich klappte das Buch zu und ließ die Worte auf mich
wirken. Ich erinnerte mich. Klar und deutlich war die
Erinnerung an unseren Tanz im Wald. Die Erinnerung
war so eindrücklich, die Empfindungen so echt, es war
fast, als hätte ich es eben erst erlebt. Ich empfand
Dankbarkeit für die schönen Erlebnisse mit meinem
Pferd. In eben diesem Moment wurde mir bewusst, dass
der Schmerz geheilt war und ich nicht mehr voller Angst
und Schrecken an mein Pferd Sammy zurückdachte,
sondern voller Dankbarkeit und Liebe. Das Trauma war
geheilt. Ich staunte selber darüber, denn es war noch
nicht lange her, als mir Albträume den Schlaf geraubt
hatten und mich schreckliche Erinnerungen gequält
hatten. Etwas in mir war geheilt. Jetzt hatte ich wieder
schöne Erinnerungen und dachte voller Dankbarkeit an
mein Pferd zurück.

Was war geschehen? Ich war meinem Gespür gefolgt,
meiner Sehnsucht, meinen Träumen, Visionen, inneren
Bildern, aber auch meinem Wissen, dass Pferde mir
helfen würden zu heilen. Ich war der Spur des weißen
Pferdes gefolgt, ich war bis nach Andalusien, an die
Grenze Portugals gereist und hatte ein Pferd gefunden.
Ich hatte viel erlebt mit meinem Pferd und ich hatte
einiges gelernt. Pferde waren meine Medizin. Pferde
waren mein Allheilmittel. Pferde taten mir gut. Das
wusste ich mit Sicherheit. Aber wie Pferde das machten,
das würde wohl ein Geheimnis bleiben. Sicher, ich hatte

einige Elemente des Geheimrezepts entschlüsselt, ich hatte das Sein der Pferde begonnen zu erforschen, begonnen die Sprache ohne Worte zu verstehen, hatte erkannt, dass Spüren ein Schlüssel war, dass das Sein, das Leben bestimmte. Aber ich hatte das Gefühl, ich hatte nur kleine Stücke eines großen Geheimnisses gelüftet. Es sollte wohl so sein. Das Geheimnis der Pferde würde ihr Geheimnis bleiben.

Unerwarteterweise hatte ich aber etwas anderes gefunden – mich selbst. Vielleicht – wahrscheinlich – war Selbstheilung die Voraussetzung für Selbstfindung. Man konnte sich nur selbst erkennen, wenn man zuvor den Mut aufgebracht hatte, in den Spiegel der Seele zu schauen. Man musste tapfer genug sein, um sich seine Schwächen eingestehen zu können, man musste Heldenmut aufbringen, um die Todesangst zu sehen und die eigene Sterblichkeit zu akzeptieren. Man brauchte gnadenlose Ehrlichkeit sich selbst gegenüber, um die Dämonen in den Schatten erkennen zu können und den Mut sich einzugestehen, dass man Schwächen, Verletzungen, Schmerzen und Ängste hatte. Nur wer diese wahrnahm und dazu stand, konnte sie heilen und transformieren, nur wem das gelang, fand inneren Frieden, innere Ruhe. Wer seine Ängste unterdrückte, seine Schwächen leugnete, seine Verletzungen überspielte, dem würde die wahre Selbsterkenntnis verwehrt bleiben. Um sich selbst erkennen zu können, brauchte man einen Spiegel, der einem nichts vormachte und einem ehrlich die Wahrheit sagte. Pferde waren solche Spiegel.

Jetzt sah ich mich, wie ich wirklich war, mit allen Narben

auf dem Herzen, mit all den schmerzgezeichneten Facetten im Gesicht, mit Sorgenfalten um die Augen, mit vielen weißen Haaren. Mein Herz war wie ein altes Wildpferd – mit Narben übersät, und dennoch galoppierte es mit kräftigem Herzschlag und unerschütterlichem Lebenswillen. Jede Verletzung, die geheilt war, machte mich stärker. Falten waren nichts, was ich zu kaschieren versuchte. Sorgenfalten und Lachfalten – ich hatte beides und fand, dass sie meinem Gesicht Charakter verliehen. Die weißen Haare waren Zeichen meiner Weisheit und signalisierten, dass ich allmählich reifte und langsam würdig wurde, mein weißes Pferd zu reiten. Jetzt wusste ich, dass ich selbst entscheiden konnte, ob ich mein Leben lang kämpfte, oder ob ich endlich lernte, das Leben zu tanzen. Ab heute würde ich durchs Leben tanzen. Ich war die, die mit dem Pferd tanzt.

Tanz der Pferde

~

Ich blätterte in dem kleinen Notizbuch, das ich gekauft hatte, als Galante in mein Leben getreten war, in dem ich hin und wieder Gedanken und Erlebnisse aufgeschrieben hatte, wenn ich auf der Weide saß und dem Pferd beim Grasen zusah oder nach dem Reiten im Stroh im Stall bei meinem Pferd saß und ihm beim Heu essen zusah. Ich machte das oft, dass ich mich nach getaner Arbeit zu meinem Pferd setzte und nichts tat. Manchmal kamen mir aber auch Gedanken oder wenn ich etwas Besonderes erlebt hatte, nahm ich mein Notizbuch und schrieb ein paar Zeilen. Jetzt las ich zum ersten Mal darin. Ich fand ein paar schöne Zeilen über unseren ersten Tanz auf dem großen Reitplatz. Damals waren Galante und ich erst kurze Zeit zusammen gewesen.

Das Pferd bewegte sich mit so viel Anmut. Es schwebte. Es war so schnell und so leicht wie ein Windhauch und gleichzeitig so stark und so gewaltig wie eine Welle. Es umtanzte mich wie ein Windhauch und mit einem Mal toste es wie die Brandung an den Klippen. Es war stürmisch, es wirbelte Sand auf, war schnell und stark wie ein Orkan. Dann beruhigte sich der Sturm, das Wasser wurde sanft und leise, es berührte mich so zart, wie es nur stilles Wasser kann. Dann plötzlich bäumte es sich auf und sprang hoch in die Luft wie eine gewaltige Meereswelle an den Klippen empor. So schnell, wie es aufbrauste, wurde es wieder ruhig und gelassen. Es tänzelte leichtfüßig, es schwebte schwerelos, es bewegte sich lautlos. Plötzlich ein Start mit voller Kraft und die Erde bebte unter donnernden Hufen.

Ich tanzte mit einer Naturgewalt. Es war, wie surfen auf einer großen Welle, wie segeln mit dem Wind. Ich konnte lenken, aber wurde mitgerissen von den Wogen und dem Wind. Ich gab mich dem Tanz ganz hin. Zu versuchen, einer Naturgewalt zu widerstehen ist zwecklos und kräftezehrend. Ich musste mich hingeben und mich dem Rhythmus der Gezeiten anpassen, mich einlassen. Ich konnte den Gang der Wellen nicht beeinflussen, aber ich konnte mir eine aussuchen und auf ihr reiten.

Das Pferd war entfesselt. Es war frei. Es galoppierte wie der Wind – rundherum, kam näher, raste weit weg. Obwohl es dahin flog und Sand aufwirbelte, stand es mit mir in Verbindung. Es behielt mich stets im Auge. Ein Ohr richtete sich nach mir aus. Es ließ sich von mir lenken. Es wechselte die Richtung, wenn ich einen Schritt zurück machte und mich in die entgegengesetzte Richtung drehte. Beim Richtungswechsel kam es erneut zur Explosion, die sich in einer Kapriole entlud, gefolgt von Renngalopp in Höchstgeschwindigkeit. Ich verhielt mich ruhig, stand still und wartete. Sobald ich aufhörte mich mitzudrehen, wurde das Tempo ruhig. Allmählich wurde das Pferd langsamer und die Kreise, die es um mich zog, wurden spiralenförmig kleiner. Schließlich zog es seine Kreise immer enger um mich herum und umkreiste mich wie ein Adler. Ich streckte die Hand aus und das Pferd dockte an. Es landete.

Es ging nun Schulter an Schulter mit mir. Wenn ich die Richtung wechselte, drehte es mit mir. Wenn ich schneller wurde, lief es mit mir. Wenn ich hielt, blieb es mit mir stehen. Wenn ich weg lief, kam es zu mir. Es war, als wären wir durch ein unsichtbares Band verbunden. Das waren wir auch. Das unsichtbare Band unserer Beziehung, das wir über Monate hinweg geknüpft hatten, war stark geworden und es hielt auch dem Sturm der tosendenden Brandung stand.

Ich war in Trance. Ich vergaß Raum und Zeit. Es war, als würde ich wieder in diese geheimnisvolle Dimension eintauchen, die uns Menschen verborgen war, und die wir nur betreten konnten, wenn ein Pferd uns dorthin mitnahm. Es war eine vollkommene Verschmelzung mit dem gegenwärtigen Moment, der Präsenz des Pferdes und mir selbst. Auf einmal stand die Welt um uns herum still. Es gab nur noch uns beide – das Pferd und mich. Nur wir beide bewegten uns im gegenwärtigen Moment. Zwei Tänzer die eins wurden im Tanz, miteinander verschmolzen, ganz im Jetzt und sich im Rhythmus der Gezeiten bewegten.

Goldenes Sonnenlicht fiel durch die Baumkronen auf uns und tauchte uns in ein magisches Licht. Galante glitzerte silbern und glänzte in der Sonne. Seine Mähne wehte im Wind. Der Sand, den er aufwirbelte, hüllte ihn in einen Sandsturm aus geheimnisvollem Staub im Sonnenlicht. Er sah magisch aus. Er war ein Zauberpferd.

So plötzlich und unvermittelt, so ohne Vorwarnung und ohne Vorahnung, wie unsere Verbindung entstanden war und die Magie des Tanzes mit dem Pferd entfachte, so plötzlich war es auch wieder vorbei. In dem Moment als ich dieses schöne Bild vor meinen Augen sah: Ein glänzendes, silbernes Pferd in vollem Galopp, in goldenem Sonnenlicht, in einer mystischen Staubwolke – da hatte ich einen Gedanken. ‚Ach, wenn ich das gewusst hätte, dass das heute passiert, hätte ich die Kamera aufgestellt und das gefilmt. Wie gern hätte ich die Magie des tanzenden Pferdes auf Video. Es würde sensationelle Bilder geben in dem Licht‘, hatte ich mir gerade eben gedacht. Im selben Moment war es vorbei mit der Magie. Die Verbindung war abgebrochen, weil ich mich nicht mehr völlig und einzig dem

Tanz und der Verbindung mit dem Pferd hingab. Ich war nicht mehr vollkommen präsent, nicht mehr nur im Hier und Jetzt. Ich war abgeschweift, hatte den gegenwärtigen Moment, der volle Aufmerksamkeit und Hingabe erforderte, verlassen. Nur für eine Sekunde war ich gedanklich woanders gewesen, aber das war Zeit genug um die Verschmelzung im Augenblick zu unterbrechen. Ich spürte es sofort. Aber es war bereits zu spät. Galante merkte es auch sofort. Er war in die Ecke getrabt, dort stehen geblieben und schaute jetzt hinaus über den Zaun. Der magische Moment, in dem die Welt um uns still stand und es nur uns beide gab – mich und das Pferd – war vorüber. Ich war zu glücklich, dass es passiert war, um zu bereuen, dass es schon vorüber war. Ich wusste nun, dass es völlige Hingabe erforderte. Vielleicht konnten wir es wieder schaffen, die Verbindung herzustellen, dann würde ich mich durch nichts ablenken lassen und die Verbindung so lange halten wie möglich.

Ich war überglücklich. Ich hatte Tränen in den Augen. Der Tanz mit dem Pferd hatte meine Seele tief berührt. Es war ein Geschenk. Es war ein magischer Moment. So etwas erleben zu dürfen, so etwas spüren zu dürfen, das war etwas ganz Besonderes. Pferde sind Zauberwesen, die ohne Flügel fliegen können, die die Welt anhalten können und mit dem Augenblick verschmelzen können. Sie können mit Leichtigkeit in eine andere Dimension eintreten. Als Mensch daran teilhaben zu dürfen war eine besondere Ehre. So stand ich da im goldenen Sonnenlicht, Tränen in den Augen, ein Lächeln auf den Lippen, im sich legenden Sandsturm glitzernden Staubs. Ich blieb bewegungslos stehen – eine ganze Weile lang.

Schließlich sah Galante zu mir her und kam im Schritt auf mich zu. Er blieb etwa einen Meter von mir entfernt stehen und sah *mich an. Ich dankte ihm für den Tanz mit einer Geste, bei der ich die Hand aufs Herz legte. Dann gingen wir hinaus, den Feldweg entlang, dort graste er im Sonnenlicht.*

Ich war selig. Ich spürte die Magie in mir. Goldenes Sonnenlicht, ein Sandsturm aus glitzerndem Staub, das silberne Pferd, das sich so leichtfüßig bewegte als gäbe es keine Schwerkraft und ich – die mit dem Pferd tanzt. Ich hatte für den restlichen Tag ein Lächeln im Gesicht.

Ich schlug das Buch zu und spürte nach. Der Tanz der Pferde hatte mich verzaubert. Ich war in ihrem Bann. Die Faszination daran war unbeschreiblich. Man musste es wohl selbst erlebt haben, um es nachempfinden zu können. Alle Worte schienen mir zu banal, um die unglaubliche Kraft zu fassen, die ein Pferd entfesselte, wenn man es frei laufen ließ. Unfassbar schien mir auch, dass diese entfesselte Kraft, obwohl sie sich entlud und explosionsartig entzündete, dennoch mit mir in Verbindung blieb. Ich konnte mein Pferd auch aus dem vollen Galopp zu mir pfeifen und er kam sofort auf mich zugerast, machte eine Vollbremsung und blieb mit bebenden Flanken und geblähten Nüstern vor mir stehen. Faszinierend war, dass man das nur erleben konnte, wenn man gegenwärtig war, präsent und achtsam. Der Tanz der Pferde verlangte Achtsamkeit. Der Tanz der Pferde bedurfte der immerwährenden Gegenwärtigkeit. Wenn man auch nur für eine Sekunde nicht völlig präsent war, reichte das aus um die Verbindung zu unterbrechen und den Tanz zu beenden.

Tanzen zu lernen in der Ewigkeit des gegenwärtigen Moments, mit einem weißen Pferd, dem Mittler zwischen den Welten, dem Gefährte der Seele, hatte mich verwandelt und zu mir selbst geführt. Der Tanz der Pferde hatte mich verändert – hatte mich geheilt, geeint, befriedet, beseelt und mich zu der gemacht, die ich wirklich war.

Frauen, die mit Pferden tanzen

～

Eine Frau mit langem weißem Haar ging barfuß über eine Wiese. Ein Pferd mit weißem Fell ging neben der Frau. Im Sonnenlicht glänzte das Fell des Pferdes wie eine Perle. Es war weiß, schimmerte golden und silbern, es war einfach unglaublich schön. Die langen Haare der Frau leuchteten im Sonnenschein, der durch die Baumkronen brach. Hohe alte Bäume säumten die Wiese. Vögel sangen, Bienen summten, der Wind flüsterte in den Blättern der Bäume. Das Ambiente war perfekt. Es war ein vollkommener Moment.

Die beiden – das Pferd und die Frau – strahlten etwas Besonderes aus. Man spürte es sofort. Es sah aus, als ob die beiden innig verbunden waren und sich völlig auf den jeweils anderen einließen. Sie setzten ihre Füße und Hufe mit Bedacht. Sie machten gleichzeitig Schritte, im gleichen Tempo mit gleichem Raumgriff. Sie waren perfekt aufeinander abgestimmt. Beide achteten gewissenhaft auf jede Bewegung des anderen. Sie gingen miteinander. In voller Hingabe an den Tanz, an die gemeinsamen Schritte, an das Miteinandergehen wurden sie eins in einem vollkommenen Moment.

Das weiße Pferd und die weißhaarige Frau gingen einen großen Bogen über die Wiese. Dann blieb die Frau stehen und das Pferd ging einen Kreis um sie herum. Nachdem das Pferd einen weiteren Kreis gezogen hatte, machte die Frau einen eleganten Schritt zurück und deutete eine fließende, weiche, kleine Bewegung mit ihrer Hand an. Das Pferd drehte sich zur Frau, als sie zurückging und es ging einen Kreis in die andere Richtung, auf die Geste der Frau hin. Das Pferd zog zwei Kreise um die Frau, während sie bewegungslos stehen blieb. Als das Pferd wieder auf ihrer Schulterhöhe war, machte sie eine kleine schiebende Geste in Richtung des Hinterbeins des Pferdes und das Pferd begann seitlich überzutreten. Nach ein paar Schritten lief die Frau rückwärts. Das Pferd trabte direkt auf sie zu. Eine winzige Geste genügte und das Pferde trabte im Kreis um sie herum. Ein kleiner Schritt rückwärts und das Pferd wechselte im Zirkel auf die andere Seite. Ein gehauchter Pfiff, und das Pferd kam direkt auf die Frau zu und blieb vor ihr stehen. Die Frau dankte dem Pferd, legte ihre Hand auf ihr Herz und verneigte sich leicht. Sie machte eine Geste, als ob sie etwas Unsichtbares um sich auf den Boden streuen würde und das Pferd begann zu grasen. Die Frau stand bei ihrem Pferd und wachte.

Langsam und allmählich wachte ich auf. Etwas in mir wehrte sich, etwas wollte nicht aufwachen, es wollte dort bleiben, auf der Weide bei der Frau und dem Pferd. Aber etwas in mir war ganz aufgeregt und drängte mich, aufzuwachen. Etwas in mir gab mir das Gefühl, dass ich etwas ganz Wichtiges geträumt hatte, was ich auf gar keinen Fall vergessen durfte. Ich musste jetzt aufwachen, damit ich mich noch an den Traum erinnern konnte. Es war ein wichtiger Traum. Er hatte eine Botschaft für mich. Ich durfte die Erkenntnis jetzt nicht verschlafen. Wach auf!

Auf einmal war ich wach. Ich streckte und räkelte mich.

Ich gähnte und rieb mir die Augen. Ich spürte etwas in mir – eine Empfindung, die sagte, es sei etwas Wichtiges geschehen. Ich versuchte, mich zu erinnern. Was war es gewesen, das so wichtig war, dass das Empfinden mich aufweckte? Ich schloss die Augen und spürte nach. Erst schien es, als wäre der Traum zerplatzt wie eine Seifenblase, als ich aufgewacht war. Aber ich blieb beharrlich und versuchte, mich zu erinnern, ich fühlte mich zurück. Plötzlich hatte ich dieses Bild vor meinem inneren Auge: Eine Frau mit langem weißem Haar und ein Pferd mit weißem Fell gingen miteinander auf einer Wiese. Es war ein wunderschöner Tanz. Es war berührend zu sehen, welche Verbindung zwischen den Beiden bestand.

Die Erinnerung an den Traum zauberte mir ein Lächeln aufs Gesicht. Schließlich stand ich auf. Ich kramte eine Leinwand hervor, sowie Pinsel und Farbe und begann zu malen. Ich wollte dieses wunderschöne innere Bild festhalten, damit ich es nicht vergaß. Ich wollte es malen, damit ich mich immer daran erinnerte, wenn ich das Bild ansah. Es war ein wunderschöner Traum gewesen und ich wollte mich noch oft an ihn erinnern. Ich malte erst den Hintergrund, die Wiese, die Bäume, das Sonnenlicht das durch die Baumkronen schien und die Wiese in ein goldenes Licht tauchte. Ich malte funkelnde Tautropfen an den Gräsern. Darüber war ein leuchtend blauer Himmel. Während ich in den Stall fuhr, konnte die Farbe trocknen. Am Abend würde ich weiter malen, nahm ich mir vor.

Ich ging durch das Tor auf die Weide. Ich blieb ruhig stehen, bis mein Pferd kam. Wir begrüßten uns mit dem

Hauch des Atems. Dann lud ich mein Pferd ein, mit mir zu tanzen. Inspiriert von meinem Traum ging ich ein paar Schritte und als mein Pferd mit mir ging, gingen wir miteinander. Behutsam leitete ich einen Seitenwechsel ein, mein Pferd drehte sich zu mir, als ich mich zum Pferd hindrehte und zugleich rückwärts von ihm wegging. Dann ging ich in die andere Richtung und mein Pferd folgte. Wir gingen gleich wieder Schulter an Schulter. Ich zog ein paar Kreise mit meinem Pferd. Dann blieb ich stehen und deutete meinem Pferd weiterzugehen. Galante ging ein paar Kreise um mich herum. Dann schritt ich wieder mit ihm im Kreis. Wir wechselten die Richtung und machten dasselbe auf der anderen Seite. Ich begann zu laufen und mein Pferd trabte mit mir.

Ich war überglücklich. Ich hatte noch nie versucht, mit meinem Pferd auf der Weide zu tanzen. Ich war erstaunt und berührt, dass mein Pferd mitmachte. Pferde waren Tänzer. Sie konnten nicht nein sagen, wenn man sie zum Tanz aufforderte. Mein Pferd jedenfalls nicht. Er war immer neugierig, immer motiviert, wollte immer etwas unternehmen, war immer übereifrig und gab stets sein Bestes. Er ließ sich keinen Tanz entgehen.

Den ganzen Tag lang ging mir das Bild der Frau mit weißem Haar und des weißen Pferdes nicht aus dem Kopf. Als ich zurück war, malte ich an meinem Bild weiter. Als Malhilfe druckte ich ein Foto von mir und meinem Pferd aus und malte davon ab. Am Ende hatte ich das Foto eins zu eins nachgemalt, nur dass ich mir weiße Haare malte. Als das Bild fertig war, hängte ich es an die Wand. Ich setzte mich aufs Sofa und betrachtete das Gemälde.

„Frauen, die mit Pferden tanzen," sagte ich. Ich schrieb es auf einen Zettel und hängte den Zettel unter das Bild. So lautete der Titel des Bildes.

Ich hatte sie immer bewundert, diese Frauen, die mit Pferden tanzten. Es waren besondere Frauen. Sie wussten um die Weisheit der Pferde und lernten von ihnen. Sie wussten um Dinge wie Selbstfindung, Selbstheilung, den Sinn des Lebens, das Sein und seine Bedeutung. Sie wussten, dass Pferde Mittler zwischen den Welten waren, dass sie das Tor in die immerwährende Gegenwärtigkeit kannten, dass Pferde Seelengefährten waren. Jetzt war ich eine von ihnen geworden.

Da erkannte ich, dass es meine eigene Zukunftsvision war. Die Frau mit den weißen Haaren war ich – mein zukünftiges Ich. Ich lächelte glücklich und zufrieden, denn ich wusste, ich würde ein schönes Leben haben und in Würde altern. Ich würde eine weise Frau werden. Mein Pferd würde mich noch viele Jahre begleiten.

Galoppierenden Herzens

～

Bei Anbruch der Dämmerung erwachte ich mit dem Gefühl eines geflügelten Herzens. Mein Herz fühlte sich leicht an – leichtfüßig, beflügelt, aber stark. Mein Herz galoppierte ruhig und rhythmisch vor sich hin.

Ich stand auf, zog mich an und fuhr zum Stall. Die Luft war kühl und frisch und fühlte sich gut an beim Atmen. Vor dem Tor hielt ich inne. Ich nahm ein paar tiefe Atemzüge. Als ich sicher war, dass ich ganz bei mir angekommen war, ging ich auf die Weide. Als ich durch das Tor ging, betrat ich eine andere Welt – die Welt der Pferde. Im Sein der Pferde war ich zeitlos. Ich ging ein paar Schritte über die Weide und setzte mich ins Gras. Ich sah den Pferden beim Grasen zu. Eine zeitlose Ewigkeit war ich völlig gedankenlos präsent.

Das weiße Pferd graste allmählich auf mich zu. Es ließ sich Zeit. Und doch war es offensichtlich, dass es mich anvisiert hatte. Ich wartete. Nach einer Weile stand das weiße Pferd direkt vor mir. Ich saß am Boden, zu seinen Hufen. Das Pferd hielt seine Nüster zu meinem Nasenloch und hauchte mich an. Es begrüßte mich mit dem Hauch des Atems, so wie es die Gepflogenheit der Pferde verlangte. Dann schubste es mich mit seiner Nase an meiner Schulter. Ich stand auf. Ich ging drei Schritte Richtung Tor und sah mich nach meinem Pferd um. Das Pferd sah sich nach den Stuten um. Dann sah Galante wieder zu mir. Ich ging wieder ein paar Schritte Richtung

337

Tor und sah mich wieder nach ihm um. Er sah wieder zu den Stuten und dann wieder zu mir. Ich ging noch ein paar Schritte und sah mich dann wieder nach meinem Pferd um. Das weiße Pferd kam auf mich zu. Es schritt gemächlich über die Wiese, es schnaubte. Ich lächelte und ging weiter bis zum Tor. Das Pferd folgte mir.

Ruhig stand das Pferd da und ließ sich bürsten. Gelassen ließ es sich satteln. Als ich das Zaumzeug hinhielt, kam es und nahm von selber das Gebiss. Es folgte mir, als ich aus dem Stall ging. Der Reitplatz war leer und unberührt. Die morgendliche Frische lockte uns zu einem Tanz. Zum Aufwärmen ging ich mit meinem Pferd Seite an Seite. Nachdem wir eine Zeit lang miteinander gegangen waren, begann mein Pferd zu traben. Galante trabte Kreise um mich herum. Er meinte, er sei genug warmgegangen und könne jetzt loslegen. Wir tanzten. Mein Pferd war energiegeladen. Schnell war ich außer Atem. Ich schnallte die Zügel wieder ein, die ich zum freien Training abgenommen hatte, stieg in den Sattel und ritt. Wir tanzten. Als mein Pferd am Gatter stehen blieb und in die Ferne blickte, öffnete ich es und wir ritten über das weite Land. Mit absoluter Präsenz und vollkommener Achtsamkeit, gelassener Wachsamkeit und hellwach galoppierten wir einen Feldweg an einem goldenen Kornfeld entlang. Ich fühlte mich wach, präsent, beflügelt. Ruhig und rhythmisch galoppierte das Pferd vor sich hin. Am Ende des Weges blieb Galante stehen und begann zu grasen. Ich stieg ab, nahm ihm das Zaumzeug ab, ließ ihn am Halfter Gras essen.

Nach einer Weile stieg ich wieder auf und schaukelte auf dem Rücken meines Pferdes an wogenden goldenen

Kornfeldern vorüber. Nichts wiegt die Seele wie das Reiten. Ich spürte es in diesem Moment. Es war kein Gedanke. Es war nichts, was ich mir erdacht hatte. Ich spürte es. Reiten wiegt meine schicksalsgebeutelte Seele in einen Zustand der Geborgenheit. Aus dieser Geborgenheit entsprang Seelenruhe. Reiten schaukelte meine Seele in die Ewigkeit.

Nachdem ich Galante geduscht hatte und ihn zurück auf die Weide gebracht hatte, setzte ich mich ins Gras und seufzte zufrieden.

„Galante," dachte ich. „Dieses Pferd hat mein Herz daran erinnert, dass es fliegen kann – fliegen, ohne Flügel, wie die Pferde. Danke, dass du mich erinnert hast! Danke, dass du meinem Herzen Flügel verleihst!" Galoppierenden Herzens lebte ich in der zeitlosen Ewigkeit des Moments.

ZUM (NACHTRÄGLICHEN) GELEIT

Ich bin der Frage nachgegangen, warum Pferde Menschen guttun. Die Suche nach Antworten auf diese Frage, der Versuch die Geheimnisse der Pferde zu lüften, hat mich zu Erkenntnissen über das Sein geführt. Ich habe dieses Buch geschrieben, weil ich den wahren Wert der Pferde ins Bewusstsein der Menschen rücken möchte, weil ich Menschen inspirieren möchte, sich auf die geheimnisvolle Welt der Pferde einzulassen.

Es geht in diesem Buch um Spüren, Erleben und Sein. Es geht nicht darum, ob etwas logisch, rational oder richtig ist. Es geht darum, wie ich es empfinde. Ich habe bewusst versucht, den Fokus auf das Spüren zu lenken und dafür Worte zu finden.

Es geht mir nicht darum, zu sagen, was richtig ist, sondern darum anzuregen, neue Dimensionen des Seins zu erkunden. Es geht nicht darum, ob die Zeit wirklich relativ ist, ob die Ewigkeit wirklich in der Gegenwart liegt, sondern darum, wie ich die Gegenwart im Sein der Pferde erlebe. Es geht mir nicht darum, zu behaupten, die Seele sei somatisch, ich hätte recht und alle anderen unrecht, aber ich will meinem Empfinden Ausdruck verleihen und den Verstand herausfordern, sein erstarrtes Denkmuster zu hinterfragen und die unendliche Vielschichtigkeit des Gespürs zuzulassen. Ich möchte auch nicht behaupten, dass Pferde eine Traumatherapie ersetzen, sondern lediglich, dass ihr Sein zu teilen heilsam sein kann.

Ich diesem Sinne mögen meine Beschreibungen nicht allzu wörtlich verstanden werden, meine Hypothesen nicht allzu logisch gesehen werden. Lesende mögen versuchen, die Seele weit zu öffnen und tief in sich zu spüren, denn diese Worte sprechen in Gefühlen und Bildern. Es ist nicht leicht, Worte zu finden für eine Sprache ohne Worte.

Ich hoffe, es ist mir gelungen, Gespür, Gewahrsein, Gegenwärtigsein nachspürbar zu beschreiben. Ich wollte aufzeigen, dass Spüren ein wichtiger Teil des Seins ist und die Vielschichtigkeit der gespürten Erfahrung selbst eine dualistische Ontologie in Frage stellt. Ich hoffe, es ist mir gelungen ein paar Geheimnisse des Seins der Pferde in Worte zu fassen und zu offenbaren, dass das Sein vielleicht Dimensionen hat, die der Verstand alleine nicht zu erkennen vermag.

NOTES

PAKT DER PFERDE

1. Pro Pferd (2015): Wieviele Pferde gibt es in Europa – und wer schützt sie?; https://www.propferd.at/main.asp?VID=1&kat1=87&kat2=644&NID=2708#:~:text=Insgesamt%20leben%20in%20den%20EU,und%20beschäftigt%20insgesamt%20896.000%20Menschen. (aufgerufen 2024)

ONTOLOGIE UND DAS SEIN DER PFERDE

1. Lorimer, J. (2009): Posthumanism/posthumanistic geographies. International Encyclopedia of Human Geography, 8, 344-354.

Lorimer, J. (2012): Multinatural geographies for the Anthropocene. Progress in Human Geography.

Roe, E. (2010) Ethics and the non-human: the matterings of animal sentience in the meat industry. Taking Place: Non-representational Theories and Geography Eds B Anderson, P Harrison (Ashgate, Aldershot, Hants) pp, 261-280.

Greenhough, B. & E. J. Roe (2011) Ethics, space, and somatic sensibilities: comparing relationships between scientific researchers and their human and animal experimental subjects. Environment and Planning D: Society and Space, 29, 47-66.

Whatmore, S. (2006) Materialist returns: practising cultural geography in and for a more-than-human world. Cultural Geographies, 13, 600-609.

Hayes-Conroy, J. & A. Hayes-Conroy (2010) Visceral geographies: mattering, relating, and defying. Geography compass, 4, 1273-1283.

Coole, D. & Frost, S. (2010): The new materialisms: ontology, agency and politics. Duke University Press.

Bennett, J. 2009. Vibrant matter: A political ecology of things. Duke University Press Books.

Latour, B. 1993. We have never been modern. Harvard University Press.

DEMETERS FOHLEN

1. Walker, Elaine (2011): Pferd. Gerstenberg Verlag Hildesheim.

VERLORENE SEELEN

1. Levine, Peter A. (1998): Trauma-Heilung; Synthesis Verlag; Essen.
2. Levine, Peter A. (2011): Sprache ohne Worte; Kösel-Verlag; München.
3. Eliade, Mircea (2009): Schamanismus und archaische Ekstasetechnik; Suhrkamp, Frankfurt.

KNOCHEN SAMMELN

1. Estés, Clarissa Pinkola (1993): Die Wolfsfrau; Wilhelm Heyne Verlag; München

FOLGE DEM WEISSEN PFERD

1. Spanische Hofreitschule Wien: Geschichte der Spanischen Hofreitschule; https://www.srs.at/hofreitschule/geschichte-der-spanischen-hofreitschule/ (aufgerufen 2024)
2. Dirkx, Mario (2015): Horse of Kings - Thief of Hearts - The Story of the Carthusian Horse; Dokumentarfilm
3. Wikipedia: Nisean Horse; https://en.wikipedia.org/wiki/Nisean_horse (aufgerufen 2024)
4. Walker, Elaine (2011): Pferd; Gerstenberg Verlag, Hildesheim.
5. Tacitus, Cornelius (2013): Germania - Zweisprachige Ausgabe lateinisch-deutsch; Anaconda, Köln.
6. Wikipedia: Pferdekult: https://de.wikipedia.org/wiki/Pferdekult (aufgerufen 2024)
7. Wikipedia: Schimmel (Pferd): https://de.wikipedia.org/wiki/Schimmel_(Pferd) (aufgerufen 2024)

SEELENRÜCKHOLUNG MIT PFERD

1. Arnon, Shay, et al (2020): Equine-assisted therapy for veterans with PTSD: Manual development and preliminary findings; *Military medicine.*
2. Levine, Peter A. (1998): Trauma-Heilung; Synthesis Verlag; Essen.

3. Greenhough, B. & E. J. Roe (2011) Ethics, space, and somatic sensibilities: comparing relationships between scientific researchers and their human and animal experimental subjects. *Environment and Planning D: Society and Space, 29,* 47-66.

Greenhough, B. & E. Roe (2010) From ethical principles to response-able practice. *Environment and planning. D, Society and space,* 28, 43.

4. Levine, Peter A. (2011): Sprache ohne Worte; Kösel-Verlag; München.

NERVENSYSTEMTRAINING MIT PFERD

1. Porges, Stephen (2021): Die Polyvagal-Theorie und die Suche nach Sicherheit; G.P.Probst Verlag, Lichtenau.
2. Porges, Stephen (2021): Die Polyvagal-Theorie und die Suche nach Sicherheit; G.P.Probst Verlag, Lichtenau.

SCHATTENREITER

1. Steinbrecht, Gustav (2021): Gymnasium des Pferdes; Cadmos Verlag GmbH München
2. Wilsie, Sharon (2018): Sprachkurs Pferd; Franck-Kosmos Verlags-GmbH, Stuttgart.

IM AUGE DES PFERDES

1. Binding, Rudolf G. (2018): Reitvorschrift für eine Geliebte; Olms Verlag, Hildesheim.
2. Neindorff, Egon von; in: Beran, Anja: Über die Reitkunst; https://www.anjaberan.de/ausbildungszentrum/ueber-die-reitkunst (aufgerufen 2024)

REITEN MIT BLANKEM VERTRAUEN

1. Stahl, Stefanie (2015): Das Kind in dir muss Heimat finden; Kailash Verlag, München.
2. Beran, Anja (2017): Aus Respekt! Reiten zum Wohle des Pferdes; Franckh-Kosmos Verlag; Stuttgart

DÄMONEN HÜTEN

1. Podhajsky, Alois (1980): Die klassische Reitkunst - Eine Reitlehre von den Anfängen bis zur Vollendung; Rowohlt Taschenbuch Verlag, München
2. Podhajsky, Alois (1980): Die klassische Reitkunst - Eine Reitlehre von den Anfängen bis zur Vollendung; Rowohlt Taschenbuch Verlag, München
3. Oliveira, Nuno in: Karl, Philippe (2009): Reitkunst - Klassische Dressur bis zur hohen Schule - Odin in Saumur; Cadmus Verlag, Schwarzenbek.

TANZ MIT DER TODESANGST

1. Tsultrim, Allione (2009): Den Dämonen Nahrung geben - buddhistische Techniken zur Konfliktlösung; Goldmann; München

DER ZORN DES WILDEN PFERDES

1. Stahl, Stefanie (2015): Das Kind in dir muss Heimat finden; Kailash Verlag, München.
2. Miller, Albert (2003): Fury; Arena Verlag; Würzburg.

DIE HOHE SCHULE DES HÖCHSTEN SELBST

1. Karl, Philippe (2009): Reitkunst - Klassische Dressur bis zur hohen Schule - Odin in Saumur; Cadmus Verlag, Schwarzenbek.
   Beran, Anja (2017): Aus Respekt! Reiten zum Wohle des Pferdes; Franckh-Kosmos Verlag; Stuttgart.
   Oliveira, Nuno (2016): Die Kunst des Reitens - Gesammelte Schriften; Georg Ulms Verlag; Hildesheim.
2. Podhajsky, Alois (1980): Die klassische Reitkunst - Eine Reitlehre von den Anfängen bis zur Vollendung; Rowohlt Taschenbuch Verlag, München.
3. Oliveira, Nuno (2016): Die Kunst des Reitens - Gesammelte Schriften; Georg Ulms Verlag; Hildesheim.
4. Neindorff, Egon von (2021): Die reine Lehre der klassischen Reitkunst; Franck-Kosmos Verlags-GmbH&Co.KG, Stuttgart.

DAS STREBEN NACH LEICHTIGKEIT

1. Sir Thomas Elyot in: Walker, Elaine (2011): Pferd. Gerstenberg Verlag Hildesheim.
2. Sir Philip Sidney in: Walker, Elaine (2011): Pferd. Gerstenberg Verlag Hildesheim.

SEELENREITERIN

1. William Cavendish in: Walker, Elaine (2011): Pferd. Gerstenberg Verlag Hildesheim.

DEN SINN DES LEBENS SPÜREN

1. Yalom, Irvin (2010): Existenzielle Psychotherapie; EHP; Bergisch Gladbach.

DER HAUCH DES ATEMS

1. Greenhough, B. & E. J. Roe (2011) Ethics, space, and somatic sensibilities: comparing relationships between scientific researchers and their human and animal experimental subjects. *Environment and Planning D: Society and Space,* 29, 47-66.
2. Levine, Peter A. (1998): Trauma-Heilung; Synthesis Verlag; Essen.
   Levine, Peter A. (2011): Sprache ohne Worte; Kösel-Verlag; München.

DANKSAGUNG

Ich danke Birgit Klausser und Jasmin Häfele für das Lektorat und Katharina Schönher und Jasmin Radwan für das Cover.

Über die Autorin:

Barbara Schönher ist Autorin und lebt in Wien.

Wenn dir dieses Buch gefallen hat, schenke mir doch bitte eine wertschätzende Bewertung. Dankeschön!

Ich freue mich über Feedback und Followers!

Webseite: *http://www.barbaraschoenher.com*

amazon.com/author/barbara.schoenher

instagram.com/barbara.schoenher

facebook.com/barbaraschoenher

Barbara und Galante

sind in den sozialen Medien präsent unter dem Namen:

White Horse & Soulrider

Wir freuen uns über Follower, Likes und Herzchen!

youtube.com/@whitehorse.soulrider

instagram.com/whitehorse.soulrider

facebook.com/whitehorsesoulrider